AF300561

Sigrun Dahmer, Jahrgang 1966, stammt ursprünglich aus
Bochum. Doch sie war schon immer ein Zugvogel: Paris, USA,
Spanien und dann Köln. Doch dort blieb sie nur solange, bis
sie erneut, diesmal zusammen mit ihrem Mann und ihren
drei Kindern, vom Reisefieber gepackt wurde: 2013 verabschiedete sich die ganze Familie aus Deutschland, um ein
Sabbatical in Las Palmas zu verbringen. 2022 lebte die
Autorin längere Zeit in Málaga. Bei einer Wanderung durch
die spanischen Berge kam ihr die Idee für den Krimi "Mord
an der Costa del Sol".

SIGRUN DAHMER

MORD AN DER COSTA DEL SOL

EIN ANDALUSIEN-KRIMI

Erstausgabe September 2023

Copyright © 2023 dp Verlag, ein Imprint der
dp DIGITAL PUBLISHERS GmbH
Made in Stuttgart with ♥
Alle Rechte vorbehalten

Mord an der Costa del Sol

ISBN 978-2-98778-484-2
E-Book-ISBN 978-3-98778-473-6

Covergestaltung: ARTC.ore Design / Wildly & Slow Photography
Umschlaggestaltung: ARTC.ore Design
Unter Verwendung von Abbildungen von
shutterstock.com: © tichr, © ahau1969, © Cristian H. Gomez,
© VAlekStudio, © OlegRi, © jular seesulai
Lektorat: Birgit Förster
Satz: dp DIGITAL PUBLISHERS GmbH
Druck und Bindung: Books on Demand GmbH, Norderstedt

Prolog

Sonntag, den 2. Juni, 18 Uhr

Tom

Tom kam sich wie ein Kinoheld vor: wichtig. Er hatte eine Entscheidung getroffen. Die richtige. Er würde zu seinem Wort stehen. Es durchziehen, selbst wenn es nicht leicht sein würde. Natürlich gäbe es Widerstände. Das gehörte dazu, wenn man seine Träume verwirklichen und sich selbst neu erfinden wollte. Wenn er etwas auf der Studienreise gelernt hatte, dann das!

Tom blickte sich um. Er war allein. Bewusst hatte er sich ein wenig zurückfallen lassen. Er nahm einen Schluck aus seiner Trinkflasche und stellte sie neben sich ab. Er wollte diese wilde Wüstenlandschaft einen Moment lang genießen. Sie nur für sich haben. Die alten Berge lagen majestätisch und kraftvoll vor ihm, rochen nach Hitze und Staub.

Endlich allein. Doch dann machte er aus dem Augenwinkel eine Bewegung hoch oben in der Luft aus. Er legte den Kopf in den Nacken und sah, wie über ihm Greifvögel im wolkenlosen blauen Himmel kreisten. Ihm fiel ein, dass Carola der Reisegruppe dazu etwas auf der Hinfahrt im Zug erklärt hatte. Was hatte sie nur gesagt? Richtig, der Berg hieß auf Spanisch wohl so etwas wie Geierberg, benannt nach diesen Aasfressern. Plötzlich hörte er ein Rascheln. Vermutlich ein wildes

Tier. Tom deutete es als Hinweis, dass er genug pausiert hatte. Es war an der Zeit, das Ziel zu erreichen. Er nahm noch einen Schluck, verstaute die Flasche und setzte sich wieder in Bewegung. Erst lief er durch das Geröll, dann ging es steil bergauf, und kurz danach hatte er den Gipfel erklommen.

Angekommen.

Stolz kletterte Tom auf den Felsüberhang, der vor ihm lag. Obwohl er sich vorsichtig hinsetzte, lösten sich ein paar Steine und fielen nach unten in die Schlucht. Er merkte, dass sich seine Finger instinktiv in den Felsritzen festgekrallt hatten. Vor ihm ging es verdammt tief runter. Tom spürte, wie sich Schweiß auf seiner Stirn bildete, wagte es aber nicht, eine Hand zu lösen, um ihn abzuwischen. Nachdem er den Aufstieg für leicht befunden hatte, wurde ihm jetzt erst bewusst, wie hoch oben er tatsächlich gelandet war. Er wagte einen Blick in die Tiefe und bemerkte, wie ihm schwindelig wurde.

Es war so still.

Doch dann hörte er in der Ferne Gesprächsfetzen. Er atmete laut aus. Es dauerte einen Moment, bis ihm bewusst wurde, dass die Geräusche nicht aus der Nähe, sondern von der anderen Seite des Berges kamen. Mist. Das konnte nur bedeuten, dass sich seine Reisegruppe offensichtlich schon auf dem Abstieg befand. Hatten sie nicht bemerkt, dass er zurückgeblieben war? Zumindest Frank würde doch auf ihn warten!

Plötzlich hörte er hinter sich Schritte, die schnell und zielstrebig auf ihn zukamen. Geht doch. Erleichtert entspannte Tom sich und drehte vorsichtig den Kopf, konnte aber niemanden ausmachen. War das Frank?

Tom spürte, wie wackelig seine Knie noch immer waren. Schnell schaute er wieder stur geradeaus. Komisch, früher hatte er keine Probleme mit Höhenangst gehabt.

Mit einem Mal zischte ihm jemand etwas ins Ohr. „Du Verräter. Du hast es nicht besser verdient!" Dann spürte Tom, dass eine Hand in seine hintere rechte Hosentasche griff, dorthin, wo sich sein privates Handy befand. Bevor er etwas sagen konnte, nahm ihm ein Stoß in seinen unteren Rücken den Atem. Die Wucht des Schlages hatte ihn automatisch nach vorn rutschen lassen. Instinktiv lehnte sich Tom in dem Versuch, das Gleichgewicht wiederzuerlangen, mit dem Rücken weit nach hinten. Bloß weg von dem Abgrund! Endlich konnte er wieder atmen. Er schnappte nach Luft. Doch kaum dass er sich gefangen hatte, gingen bereits kleine, aber heftige Schläge auf seinen Kopf nieder. Ihm wurde schummerig. Watte im Kopf. Kurz darauf folgte ein erneuter Hieb auf den unteren Rücken. Sein Körper rutschte noch näher an den Abgrund heran. Tom merkte, wie gefährlich weit seine Beine bereits über der Schlucht hingen. Es war zu spät. Sein letzter Versuch, die Schieflage auszugleichen, scheiterte. Er war zu langsam, zu schwach. Voller Entsetzen spürte Tom noch einen weiteren heftigen Stoß in den Rücken, und dann verlor er jeglichen Halt.

Als er in die Schlucht fiel, sauste der Wind so laut an seinen Ohren vorbei, dass er seinen eigenen Hilfeschrei nur verzerrt hörte. Gleichzeitig sah er Felsen und Kakteen auf sich zukommen. Vor seinen Augen begannen die Bilder durcheinanderzuwirbeln. Die Sträucher und Steine wurden immer größer. Dann prallte er auf.

Ein lauter Knacks. Weißes Licht. Stechen im Kopf.
Blut. Blitze.
Ruhe.

Kapitel 1

Montag, den 3. Juni, 7.12 Uhr

Javier

Javier drehte sich im Bett herum. Im Traum saß er mit seiner Tochter Ana in dem kleinen Strandrestaurant in der Nähe des Hafens von Málaga. Sie aßen, tranken und plauderten. Kein Streit, nur wohlige sonnengelbe Harmonie. Seine Traumwelt war so real, dass Javier sogar überzeugt war, im Hintergrund das Kommen und Gehen der blauen Wellen zu hören.

Plötzlich schrillte sein privates Handy. Was sollte das? Er streckte seinen Arm aus und klaubte das Scheißteil vom Nachttisch. Schlaftrunken kniff er die Augen zusammen und runzelte die Stirn. Irgendwelche Zeichen, die er ohne Brille nicht entziffern konnte, blinkten fortwährend. Er drückte mit dem Daumen auf dem Display herum, bis das Ding endlich Ruhe gab.

Einschlafen konnte er dennoch nicht mehr. Er musste aufs Klo. Unruhig warf er sich noch ein paarmal hin und her und versuchte an die Traumszene am Strand anzuknüpfen. Doch es funktionierte nicht. Nach ein paar Minuten gab er auf und erhob sich. Als er aus dem Bad zurückkam, war er so wach, dass er sein Handy nahm, um nachzuschauen, wer ihn angerufen hatte.

Was?

Inmaculada?

Wie konnte das sein?

Dann fiel es ihm ein. Auf dem Ehemaligentreffen letztes Jahr hatten sie sich zwar nur kurz gesprochen, aber immerhin Telefonnummern ausgetauscht. Javier hatte Inma in der Schule schon immer sympathisch gefunden. Doch kaum war das *Colegio* beendet, hatten sie sich Jahrzehnte aus den Augen verloren. Was machte sie jetzt noch gleich? Er kam nicht drauf. Erst mal frühstücken, dann alles andere.

Javier befüllte seine silberne Kaffeekanne und stellte sie auf den Herd. Danach fischte er ein schon recht hartes Stück Baguette aus der Papiertüte auf der Ablage. Wenig später tunkte er das mit salziger Butter beschmierte Baguette-Stück in seinen schwarzen Kaffee und bemerkte, wie ihm das Koffein den so dringend benötigten Antrieb gab. Okay, jetzt war es so weit. Nun würde er herausfinden, was Inma von ihm wollte. Sie musste schon einen dringenden Grund haben, ihn noch vor Dienstbeginn aus dem Schlaf zu reißen. Er kramte einen Stift aus der Küchenschublade und drehte einen bunt bedruckten Flyer mit Werbung für den Supermarkt um, damit er sich auf der leeren Rückseite Notizen machen konnte. So gewappnet rief er seine alte Schulfreundin zurück.

„Javier? Bist du es?"

„Morgen Inma. Was gibt's?"

„Du musst sofort kommen. Es ist schrecklich."

Javier war diese Art Anruf leider nur zu vertraut. Er arbeitete schon lange genug als *Comisario Principal* bei der nationalen Polizei in Málaga und hatte schon so einige Mordkommissionen geleitet, um diese Art von Telefonstottern einordnen zu können: Die Wortlosigkeit unter Schock war typisch für Menschen, die das erste Mal in ihrem Leben mit dem Opfer eines Gewaltverbrechens konfrontiert wurden.

„Ganz ruhig, Inma. Sag mir doch erst einmal, wo du bist."

„In El Chorro. Ich wollte mich mit meiner Wandergruppe auf den *Caminito del Rey* begeben."

Wanderführerin.

Genau, das hatte sie ihm erzählt. Nach der Familienzeit hatte sie sich zur Wanderführerin ausbilden lassen und verdiente sich ihr Geld damit, dass sie mit einheimischen Touristen Tagestouren rund um Málaga veranstaltete. Javier konzentrierte sich wieder auf das Telefonat.

„Wo genau?"

Sie nannte ihm die Adresse. In der Nähe des Dorfes El Chorro, notierte sich Javier. Danach fing sie an zu schluchzen.

„Da gibt es einen ... Verletzten?", tastete er sich vorsichtig heran.

„Ja, und so viel Blut. Ich habe einen bewusstlosen jungen Mann gefunden. Er ist anscheinend vom Berg gestürzt. Weißt du, ich bin hier mit meiner Wandergruppe unterwegs. Du bist doch Polizist. Man soll doch immer Rettungssanitäter und Polizei informieren ..."

„Du hast alles genau richtig gemacht, Inma. Hört sich so an, als ob du bereits für Erste Hilfe gesorgt hättest."

„Ja."

„Das ist erst einmal das Wichtigste. Alles andere können wir gleich klären. Allerdings muss ich dich noch um ein, zwei Kleinigkeiten bitten ...“

„Okay.“ Sie flüsterte mehr, als dass sie sprach.

„Pass auf, erstens: Fass nichts an, sorg dafür, dass niemand den ...“ Javier überlegte, wie er es formulieren konnte, ohne Inmaculada mit kriminaltechnischen Fachbegriffen zu erschrecken. „Ich meine, stelle einfach sicher, dass niemand weggeht.“

„Aber ...“

„Ich setze mich jetzt sofort ins Auto und werde gleich da sein. Und achte zweitens darauf, dass nicht irgendwelche Paparazzi wie wild herumfotografieren.“

„Warum? Wer sollte das tun?“

„Bin gleich da.“

Javier kam schnell durch. Vormittags fuhren viele Pendler nach Málaga rein, aber kaum jemand fuhr aus der Stadt raus. Es dauerte nur wenige Minuten Fahrzeit durch die Berge Andalusiens, und schon befand sich Javier auf dem Land. Während er an Olivenbäumen und weiß gekalkten Bauernhäusern vorbeifuhr, informierte er die Kollegen, dass er sich um den Vorfall kümmerte und bereits unterwegs wäre. Gleichzeitig forderte er die Spurensicherung an. Nachdem er das Dienstliche erledigt hatte, genoss er den Blick aus dem Autofenster. Er kam viel zu selten aus Málaga raus. Dabei war die Gegend hier unfassbar schön. Wie erhaben die Berge vor ihm lagen. Er stieß einen Seufzer aus. *Dios mío*, wie sehr er diese Landschaft liebte!

Er schaute auf die Uhr. Gleich würde er bei Inma sein. Die Straßen wurden immer schmaler, er fuhr durch einen Tunnel, und dann kam er in El Chorro an. Was für ein Anblick. Im Hintergrund das wuchtige Bergpanorama, das man aus so einigen nationalen und internationalen Westernfilmen kannte, und im Vordergrund ein fast karibisch grünblau leuchtender Stausee. Javier hielt in einer Parkbucht und schaute auf seine Notizen auf der Rückseite seines Werbeflyers. Der Geierberg. Er gab den Namen in seinem Navi ein und bahnte sich auf staubigen Straßen mit Schlaglöchern den Weg zum Tatort.

Als er ihn erreichte, machte er sich ein erstes Bild von der Lage: In der Mitte des Parkplatzes stand der Rettungswagen. Inma saß auf einem großen Felsbrocken am Rand, eine dieser gold-silbernen Wärmedecken über den Schultern. Ein kleiner Reisebus mit dem Kennzeichen von Málaga parkte direkt neben der Zufahrt. Sobald Javier mit dem Polizeiauto an dem Kleinbus vorbeifuhr, pressten sich jede Mengen Nasen an die Busscheiben. Inmas Schützlinge. Etwa zwanzig Meter vom Parkplatz entfernt, machte Javier die orangen Warnwesten der Sanitäter aus.

Er stieg aus dem Wagen und ging als Erstes auf Inma zu.

„Hallo, Inma." Er gab ihr Küsschen auf beide Wangen und hielt die zierliche Frau mit dem blondierten, kinnlangen Haar einen Augenblick in seinen Armen.

„Wie geht es dir?"

„Alles klar", sagte sie mit beherrschter Stimme. „Als ich heute Morgen …"

„Gut. Hör mal, es tut mir leid, dich unterbrechen zu müssen. Ich komme gleich wieder, und dann kannst du mir alles erzählen. Aber erst einmal muss ich mir ein Bild vom Tatort machen."

„Tatort?" Sie sah ihn misstrauisch an.

„Von der Unfallstelle", beruhigte er sie. Sie hatte recht. Vielleicht handelte es sich um einen Unfall am Berg. Wäre nicht unüblich in dieser Gegend. Bevor der berühmte Wanderweg *Caminito del Rey* systematisch abgesichert wurde, gab es hier einige Unglücksfälle.

Javier hielt auf die Sanitäter zu. Es waren eine Handvoll junger Männer Anfang zwanzig, im Alter seiner Tochter Ana. Javier stellte sich kurz vor und schaute auf die Bahre, die neben einer riesigen Blutlache auf dem Boden lag. Unter einem Laken zeichnete sich der Körper eines schlanken Erwachsenen ab.

„Er ist soeben gestorben. Da war nichts mehr zu machen", sagte einer der Sanitäter.

„Er hat zu viel Blut verloren." Javier schaute auf die Lache.

„Wir vermuten, dass er auch innere Blutungen hatte."

„Kann ich mal das Gesicht sehen?"

Vorsichtig deckte einer der Männer das Laken auf. In diesem Moment erleuchtete ein Blitzlicht die Szene.

„Das ist ja wohl nicht wahr!" Javier schaltete schnell und jagte dem Fotografen hinterher. Bald hatte er die Frau eingeholt. Er konfiszierte die Kamera und ließ sich ihren Ausweis zeigen. „Ab morgen können Sie sich Ihre Kamera auf der Wache abholen." Er händigte ihr eine Visitenkarte aus. „Und jetzt sollten Sie besser gehen, bevor ..." Sie warf ihm ein freches Lächeln zu und verschwand, bevor er den Satz beenden konnte.

Kapitel 2

Montag, den 3. Juni, 11 Uhr

Sandra

Sandra war gerade dabei, den Bürokalender der Kölner Polizeiwache von der Wand zu nehmen und das Blatt von Mai auf Juni umzublättern, als ihre Kollegin Julia nach ihr rief. Julia und sie arbeiteten oft im Team zusammen. Gerade die Tatsache, dass sie einen Fall von Grund auf verschieden angingen, führte immer wieder zu erstaunlich schnellen und außergewöhnlich guten Ergebnissen.

„Sandra, der Chef will dich sprechen." Julia brüllte die Info durch die Kölner Dienststelle, warf sich auf ihren Bürostuhl und packte geräuschvoll ein Croissant aus.

Sandra lächelte. Ihre Kollegin hatte die Ruhe weg.

„Oha", murmelte Sandra halblaut und setzte sich Julia gegenüber. „Weißt du, was er will?"

Bevor sie antwortete, kaute Julia genussvoll zu Ende. Dann grinste sie Sandra an. „Nö, hörte sich aber unaufgeregt an. Nichts Schlimmes."

Was für eine Frohnatur ihre Kollegin war, dachte Sandra. Es gehörte schon einiges dazu, in einer Polizeiwache nichts Schlimmes zu erwarten.

„Erst mal 'nen Tee?" Julia schob ihr den gut gefüllten Deckel ihrer Thermoskanne herüber.

„Nee, danke. Ich bringe es am besten sofort hinter mich."

Sandra stand auf und lief zu Jörgs Büro hinüber. Sie klopfte.

„Komm rein, Sandra", hörte sie ihren Chef durch die Tür rufen.

„Kannst du mittlerweile durch Türen hindurchschauen?"

„Schön wär's", ging Jörg auf den lahmen Witz ein. „Setz dich."

Julias Einschätzung schien richtig gewesen zu sein. Nichts Dramatisches. Sandra entspannte sich ein wenig.

„Sandra, die spanischen Kollegen verlangen nach dir."

Was? Sandra setzte sich unweigerlich aufrecht hin. Spanien? Schon das Wort allein triggerte sie. Es stand für ein anderes Leben. Einen fantastischen Sommer.

„Barcelona?", fragte sie atemlos nach. Dort hatte sie das Erasmus-Austauschprogramm für europäische Polizistinnen und Polizisten absolviert, zusammen mit Giancarlo aus Turin und François aus Marseille.

„Nee, Südspanien. Da ist ein Deutscher zu Tode gekommen, und sie möchten gerne von uns Unterstützung bei der Ermittlung. Da habe ich sofort an dich gedacht. Du bist einer unserer besten Polizisten ..."

„Polizistinnen", unterbrach sie ihn.

„Wie dem auch sei, jedenfalls sprichst du Spanisch und hast in Barcelona schon einmal mit den spanischen Kollegen zusammengearbeitet."

„Also ich weiß nicht ..." Natürlich freute Sandra sich über Jörgs Kompliment. Doch gleichzeitig fühlte sie sich überrumpelt. Wie immer eigentlich. Zu oft schon hatte Sandra sich von ihm um den Finger wickeln lassen. Sie wusste, dass das auch an ihr lag. Sie war manchmal zu verträumt und gutmütig. Jedenfalls hatte Jörg sie immer wieder vertröstet, was ihre Beförderung zur Polizeihauptkommissarin anging. So schnell würde ihr das nicht noch einmal passieren. Ihre Gegenstrategie: Weniger impulsiv reagieren und sich Julias ruhige Art zum Vorbild nehmen. Jetzt zum Beispiel bot sich ihr eine wunderbare Gelegenheit, ihr Vorhaben in die Tat umzusetzen.

„Also …", sie lehnte sich so lässig, wie sie konnte, auf ihrem Stuhl zurück. „Wie sind denn die Rahmenbedingungen?"

Jörg warf ihr einen langen Blick zu. Sofort kam Sandra sich manipuliert vor. Doch sie würde sich nicht zu einer vorschnellen Reaktion hinreißen lassen. Stattdessen lächelte sie ihm zu und wartete.

„Was meinst du damit?"

„Was genau hätten welche spanischen Kollegen gerne, dass ich es täte?"

Jörg lachte kurz auf. „Kannst du das bitte noch ein wenig umständlicher formulieren?"

„Mehr Informationen, bitte."

„Na ja, die Details kenne ich auch noch nicht so wirklich. Im Prinzip geht es wohl darum, dass du sofort nach Málaga fliegst. Die Kollegen haben dort bereits ein Hotel für dich für erst einmal zehn Tage gebucht. In Málaga sollst du mit einem erfahrenen Kollegen zusammenarbeiten. Mit dem, Moment mal, dem *Comisario Principal*. Ich hoffe, ich habe das richtig ausgesprochen. Ein gewisser Herr Sánchez …"

„Málaga, Andalusien?“ Jetzt erst verstand Sandra, worum es ging. Sie war beim Träumen falsch abgebogen. Das Angebot hatte mit Barcelona nichts zu tun.

„Hm, ja. “

„Habe ich das richtig verstanden, dass ich schon heute Abend in Spanien sein soll?“

Jörg nickte.

„Und wann soll ich meinen Koffer packen?“

„Also, deine temporäre Abordnung würde von uns aus ab sofort gelten.“

„Falls ich zusage.“

„Hör mal, Sandra. Warum denn nicht? Was spricht denn gegen Sonne, Meer und Tapas essen?“

Das war Sandra zu billig.

„Was ist denn das für eine Geschichte mit dem Deutschen? Warum ist er gestorben?“

„Ganz genau das ist dein Job. Du fliegst da runter, um das herauszufinden.“

Sandra starrte ihren Chef an. Sie hasste es, nicht ernst genommen zu werden. Nach einer unangenehmen Pause räusperte er sich und hob zu einer längeren Erklärung an.

„Also, es handelt sich um den sechsundzwanzigjährigen Thomas Schmittig. Er hat an einer ... Moment mal ...“ Jörg scrollte mit seiner Maus das Dokument herunter. „Also, soweit ich das sehe, hat er an einer Bildungsreise teilgenommen. Also diese ganze Mail ist so komisch ins Deutsche übersetzt ...“

Er scrollte angestrengt weiter.

„Bei dieser Studienreise soll es um irgend so etwas wie Rhetorik und Kommunikation gehen. Das Unternehmen hat seinen Sitz in Köln. Es handelt sich wohl um ein Seminar in Málaga, und von da aus wurden wohl auch verschiedene Exkursionen angeboten."

Was war nur los mit Jörg? Der war doch sonst nicht so. Sandra beschlich das Gefühl, dass ihr Vorgesetzter die Mail gerade selbst zum ersten Mal las.

„Mord?"

„Warte mal." Jörg überflog den Text und fand dann die Stelle, die er suchte.

„Es ist wohl noch nicht ganz klar, ob es sich um einen Unfall, Selbstmord oder um Mord handelt. Also, mir scheint, die Kollegen stehen noch ganz am Anfang der Ermittlungen."

Sandra dachte an Spanien. Sofort überkam sie ein warmes, wohliges Gefühl. Wie viel Spaß sie in der internationalen Gruppe gehabt hatten! Eine der wenigen Zeiten in ihrem Leben, in denen sie ohne Wenn und Aber gerne Polizistin gewesen war. Eine deutsche Polizistin in Spanien war bei vielen Landsleuten gern gesehen, denn sie sprach Deutsch und verkörperte ein Stück Zuhause.

Sandra schaute auf den stark vergrößerten Stadtplan hinter Jörgs Schreibtisch. Hier in Köln war es andersherum: Normalerweise hassten es die Hinterbliebenen, wenn die Polizei kam und sie in ihrer Trauer mit indiskreten Fragen zu dem möglichen Hintergrund des Verbrechens störte.

Sandra brauchte nicht länger nachzudenken. Sie wollte wieder die Polizistin sein, die als Freund und Helfer wertgeschätzt wurde. Also gab sie sich einen Ruck, drehte sich zu Jörg um und nickte.

„Alles klar, Jörg. Ich mach's ... Aber nur wenn Julia meine Kontaktperson in Deutschland ist."

„Klar. Sonst noch was?"

Doch wieder reingefallen. Offensichtlich hätte sie noch wesentlich mehr herausschlagen können. Spesen, Urlaubstage, ihre schon so lange fällige Beförderung. Doch bevor sie diese Gedanken zu Ende geführt hatte, war Jörg schon aufgestanden.

„Prima, Sandra. Dann sind wir uns einig. Ich schicke dir gleich mal alle Unterlagen zu. Guten Flug, und blamier uns nicht."

Kapitel 3

Montag, den 3. Juni, 15 Uhr

Javier

„Javier", Sofía, seine Sekretärin, öffnete vorsichtig die Tür. „Telefon für dich. Eine Inmaculada García. Soll ich durchstellen?"

Inma.

„Danke, Sofía. Bitte mach das. Und ich möchte nicht gestört werden."

Kurz darauf hatte er Inmaculada in der Leitung. Javier spürte, dass er nervös wurde. Wie ein Teenager. Lächerlich.

„Hallo, Javier. Wie geht's?"

„Gut, gut. Und dir?"

„Mir auch."

Sie schwieg. Rief sie an, um wieder Kontakt mit ihm aufzunehmen? Unwahrscheinlich. Vermutlich wollte sie sich nach dem toten Deutschen erkundigen. Sie war schon früher neugieriger als die anderen Mädchen gewesen. Das hatte ihm schon immer gefallen. Außerdem hatte sie sich, wenn es darauf ankam, anständig verhalten. Javier dachte an die Geschichte mit dem Pfuschzettel beim Physiktest. Das war schon Jahrzehnte her, in einem anderen, einem leichteren Leben. Javier konnte nicht anders, als ein wenig wehmütig zu lächeln.

„Hör mal. Ich rufe an, um mich zu erkundigen, was es Neues von dem Mann gibt, der vom Berg gestürzt ist."

Hatte er sie doch richtig eingeschätzt. Inma ging den Dingen noch immer auf den Grund. Allerdings machte sich auch ein bisschen Enttäuschung in ihm breit. Er hatte gehofft, sie wäre auch an ihm als Person interessiert.

„Das war sicherlich ein Schock für dich, als du den Verletzten gefunden hast."

„Das war es. Aber noch schlimmer fand ich es, hören zu müssen, dass der junge Mann, kurz nachdem ich ihn gefunden habe, gestorben ist. Er war noch so jung."

„Das ist immer besonders schrecklich."

„Habt Ihr schon herausgefunden, wer der Mann ist?"

„Ja. Ein deutscher Tourist. Sein Name lautet Tom Schmittig. Er ist zusammen mit einer Reisegruppe nach Südspanien gekommen. Er war erst sechsundzwanzig Jahre alt."

„Wie entsetzlich. So alt wie meine beiden Söhne. Wenn ich mir das vorstelle ..."

Javier hörte, dass Inmaculada schlucken musste und einen Moment brauchte, um sich zu fassen.

„Er muss die ganze Nacht dort gelegen haben. Hat so lange tapfer durchgehalten, bis er gefunden wurde, und ist dann doch gestorben."

Sie schwieg. Und dann setzten sie beide gleichzeitig zum Reden an.

„Wenn ich irgendwie ..."

„Was für eine Überraschung, dich ..."

Dann verstummten sie. Javier nahm das Gespräch als Erster wieder auf.

„Du zuerst."

„Wenn ich dir, also euch, der Polizei, irgendwie helfen kann … Ich kenne das Gelände recht gut."

„Danke für das Angebot. Vielleicht kommen wir darauf zurück."

Beide schwiegen, bis Javier das Gespräch weiter fortführte.

„Es waren keine schönen Umstände, unter denen wir uns wiedergesehen haben. Wie geht es dir?"

Während er das fragte, hätte er seine Worte am liebsten wieder rückgängig gemacht. Dasselbe hatte er sie schon einmal gefragt. Sie hielt ihn sicherlich für einen altersschwachen Papagei. Doch zu seinem Erstaunen holte sie diesmal etwas aus, um seine Frage zu beantworten.

„Ich bin zufrieden. Eduardo und ich haben uns scheiden lassen, als die Kinder ausgezogen sind. Jetzt wohne ich allein, verdiene mir ein wenig Geld durch Führungen und Wandertouren. Ich musste erst fünfzig werden, um zu sehen, in was für einer wunderbaren Gegend wir wohnen. Ich mag das Leben in Málaga Stadt. Doch obwohl ich gerne im Mittelmeer schwimme, muss ich sagen, dass mir die Berge noch besser gefallen. Wer weiß, vielleicht hat das mit dem Alter zu tun. Ich weiß nicht, wie es dir geht, aber ich hatte da früher kein Auge für. Apropos Jugend, wie geht es deiner Tochter? María, oder?"

„Fast." Javier lachte. Wie leicht es war, mit Inma zu plaudern. Das war ihm schon beim Ehemaligentreffen aufgefallen. „Ana. Seit Ana in Madrid studiert, bekomme ich nicht mehr so viel von ihr mit."

„Das kenne ich. Ich hätte auch oft gern mehr Kontakt zu den Kindern, aber dann denke ich daran, wie genervt ich damals von meiner Mutter war, die mich viel zu oft angerufen hat, um mir vorzuhalten, wie selten ich sie besuche."

Das saß. Javier brauchte einen Moment, um sich zu fangen. Nach ein paar Atemzügen murmelte er: „Interessant." Und plötzlich fiel ihm nichts mehr zu sagen ein.

„Also, wenn ich euch bei den Untersuchungen weiterhelfen kann, gib Bescheid. Meine Nummer hast du ja."

„Mach ich. Danke."

„Ich freue mich, wenn du dich meldest."

„Okay."

Dann hatte sie aufgelegt.

Javier ärgerte sich über sich selbst. Inmaculada war so freundlich gewesen, und er hatte sie abgewürgt. Doch andererseits hatte er richtig gehandelt. Er war im Dienst, das war ein berufliches Telefonat. Die Ermittlungen hatten gerade erst begonnen, und er durfte nicht zu viel preisgeben.

Kapitel 4

Montag, den 3. Juni, 21 Uhr

Sandra

Als Sandra um 21 Uhr das Gepäck vom Fließband nahm, fühlte sie sich gleichzeitig aufgedreht und müde. Sie hatte den Flug genutzt, um sich detailliert in den Fall einzuarbeiten. Doch das alles hätte nun Zeit bis zum nächsten Tag. Jetzt wollte sie erst einmal feiern, dass sie zurück in Spanien war. Und so beschloss sie, alle Gedanken an den Fall vorerst zur Seite zu schieben. Voller Vorfreude rollte sie ihren Koffer durch den Zoll und betrat die Reisehalle. Dort sah Sandra schon von Weitem den uniformierten spanischen Kollegen, der ein Pappschild mit ihrem Namen hochhielt. Schnell lief sie auf ihn zu und begrüßte ihn beim Näherkommen unbeholfen mit einem Kopfnicken. Der Polizist, dessen genuschelten Namen sie auf die Schnelle nicht verstanden hatte, führte sie dienstbeflissen durch den Flughafen zum Parkplatz. Sandra setzte sich in den Wagen und schnallte sich an. Kurz darauf hörte sie, wie das Fenster neben ihr nach unten gefahren wurde.

„Es geht zum Hotel Victoria, Frau Polizeioberkommissarin. Da ist ein Zimmer für Sie reserviert."

„Danke."

Sandra legte vorsichtig den Unterarm auf den Rahmen des geöffneten Fensters und genoss die warme, milde Abendluft auf ihrer Haut. Sie roch, dass das Meer in der Nähe war, und freute sich über das bunte Treiben auf den *Avenidas*. Da ihr Fahrer nicht zum Reden aufgelegt zu sein schien, konzentrierte sie sich auf das Geplapper aus dem Autoradio. Auch wenn sie merkte, dass ihr Spanisch ein wenig eingerostet war, fühlte sich die Ankunft in Málaga großartig an.

„Wir sind da." Ihr Kollege hielt in einer dreckigen Straße vor einem heruntergekommenen Haus.

„Ist das mein Hotel?"

„Ja. Das Hotel Victoria."

Er wich ihrem Blick aus. „Aber", fuhr er kurz darauf fort, „das Victoria liegt sehr zentral. Direkt hinter der Kathedrale. Von hier aus können Sie zu Fuß zur Wache gehen."

Ihr Begleiter kümmerte sich um das Einchecken im Victoria und verabschiedete sich. Sandra nahm ihr Gepäck und fuhr mit dem Fahrstuhl ins oberste Stockwerk. Immerhin, ein Fahrstuhl! Sie betrat das Zimmer. Es roch nach Putzmittel. Zitronenessig. Sandra eilte zum kleinen Dachfenster und riss es auf. Schon besser. Als Nächstes machte sie sich daran, ihren Koffer auszupacken. Lächelnd strich sie über ihr gelbes Sommerkleid, das ganz oben lag. Giancarlos Lieblingskleid. Zeit zum Feiern. Mit neuem Schwung hüpfte sie unter die Dusche und föhnte anschließend ihre langen blonden Haare vor dem leicht vergilbten Badezimmerspiegel. Eine Tortur in dem sowieso schon überhitzten Raum. Sie bemerkte, wie sich ein feuchter Film auf ihre Stirn legte. *Denk praktisch*, ermahnte sie sich und band ihre

Haare kurz entschlossen zu einem Pferdeschwanz zusammen. Danach legte sie hellblauen Lidschatten auf, um die Müdigkeit zu überdecken. Etwas Lippenstift, und fertig. „So, Málaga. Auf geht's!" Da ihr die Geduld fehlte, auf den Aufzug zu warten, nahm sie die Treppen. Wenig später ging sie an der Rezeption vorbei auf die Straße hinaus. Draußen war es im Vergleich zu ihrem Hotelzimmer angenehm kühl.

Schon auf der Fahrt zum Hotel hatte sie das Gefühl gehabt, dass einiges los war in Málaga, aber in den Abendstunden schien das Treiben auf den Straßen noch einmal mehr geworden zu sein. Das kannte sie bereits aus Barcelona. Sobald die Hitze nachgelassen hatte, flanierte man auch dort gern im gelben Licht der Straßenlaternen. Hier fielen ihr vor allem die vielen gestylten Menschen auf. Ah, und dieser Geruch. Was war das noch gleich? Sie überlegte einen Moment. Dann fiel es ihr ein. Es roch nach frittiertem Fisch. Obwohl sie keinen Appetit hatte, weckte das schöne Erinnerungen an gesellige Abende am Stadtstrand von Barcelona.

Während Sandra durch die Altstadt lief, bewunderte sie die alten knorrigen Bäume und die großzügig gestalteten Plätze, auf denen Brunnen plätscherten. Sie setzte sich auf eine Bank und beobachtete, wie die unterschiedlichsten Leute an ihr vorbeischlenderten. Viele schienen Touristinnen und Touristen zu sein. Offensichtlich zog Málaga Reisende ebenso stark an wie Barcelona. Was hatte sie damals mit Giancarlo und François vehement über die Vor- und Nachteile des Massentourismus diskutiert.

Sandra schlenderte zum Meer und lief den Sandstrand entlang. Sie atmete tief die salzige Luft ein, fühlte sich leicht und unbeschwert. Kein Wunder. Sie hatte das Kunststück vollbracht, nach Spanien zurückzukehren und das stressige Leben in Köln für ein paar Tage, vielleicht sogar Wochen, hinter sich zu lassen.

Sie würde das Beste aus ihrer Zeit hier machen. Wieder anknüpfen an die glücklichen Tage in Barcelona. Vergessen, dass sie in Köln viel zu oft mit der emotionalen Drecksarbeit abgespeist wurde: Ehemänner darüber zu informieren, dass ihre Ehefrauen nicht mehr zurückkehren würden. Eltern beibringen zu müssen, dass ihr Kind ermordet worden war. Der Gattin des Mordopfers mitzuteilen, dass ihr Mann sie jahrelang betrogen hatte. Sie hasste es, Nachrichten zu überbringen, die ein ganzes Lebensgebäude zum Einsturz brachten. Wie war es nur dazu gekommen, dass ausgerechnet sie in Köln zu derjenigen geworden war, die stets die unglückseligen Botschaften überbringen musste, von denen sich ihr Gegenüber nur schwer wieder erholen würde?

Ohne es zu merken, war Sandra in der Partyzone der Stadt gelandet. Bunte Lichter blinkten an den Fassaden, Erbrochenes stank am Straßenrand. Aus einem Klub erklang Drum 'n' Bass. Lachende Menschen kamen ihr entgegen. Grelle Farben, Waden-Tattoos, enge Shirts.

Sandra wusste nicht, wo sie gelandet war. Dieses Viertel hatte jedenfalls keinerlei Ähnlichkeit mit dem vertrauten gotischen Viertel in Barcelona. Hier kannte sie niemanden, doch das war vielleicht gerade gut. Ihre Füße führten sie zielstrebig zu einem Nachtklub. Aus irgendeinem Grund sollte sie hier sein. Die Tatsache, dass sie niemand kannte, gab ihr das Gefühl, einen

Blankoscheck für diese Nacht zu besitzen, der ihr erlaubte, alles zu tun, was sie wollte.

Sie öffnete ihren Pferdeschwanz, legte vor dem Rückspiegel eines parkenden Autos noch ein wenig Lippenstift nach und trug noch mehr blauen Lidschatten auf. Als Letztes knotete sie sich ihr rotes Halstuch um den Bauch. Fertig. Als sie sich dem Eingang des Nachtklubs näherte, wurde sie von dem Türsteher durchgewinkt. An der Theke bestellte sie einen Cocktail und tanzte eine Weile. Zurück am Tresen wurde ihr von jemandem ein weiterer Drink spendiert. Später stieg sie auf Shots um. Sie waren billiger und effektiver. Irgendwann sah sie zu, dass sie es schaffte, zum Victoria zurückzukommen.

Kapitel 5

Dienstag, den 4. Juni, 9 Uhr

Javier

Am nächsten Tag meldete sich die „Pressefotografin",
wie sie sich nannte, bei Javier. Er versuchte, ihr ins Gewissen zu reden, und gab ihr dann die Kamera zurück.
Anschließend schaute er zu, wie sie die Bilder entfernte. Wie er diesen ganzen Schnickschnack mit den
Medien hasste! Dennoch stand er auf, um sich höflich
von der Skandalreporterin zu verabschieden. Man
konnte nie wissen: Trotz aller Vorbehalte war es vermutlich geschickt, sich den Kontakt zur Presse warm-
zuhalten. Als Javier Anstalten machte, der Fotografin
die Tür aufzuhalten, stieß er beinahe mit seiner Sekretärin Sofía zusammen, die sich offensichtlich gerade
auf dem Weg zu ihm befand.

„Javier?"

„Ja?"

„Gleich kommt die deutsche Polizistin, diese Frau König. Gestern Abend habe ich sie noch im Hotel Victoria
zu erreichen versucht, um sie zu begrüßen und ihr die
neuesten Ermittlungsergebnisse mitzuteilen ... Aber ich
habe sie nicht an ihr Hoteltelefon bekommen können."

„Du meinst die Übersetzerin für die Befragung der deutschen Reisegruppe?" Javier war mit seinen Gedanken noch bei der aufdringlichen Skandalreporterin und konnte der Sekretärin nicht so schnell folgen.

„Nein, ich spreche von der deutschen Polizistin aus Köln, die angefordert wurde, um uns bei der Aufklärung des Falles zu unterstützen."

In diesem Augenblick drehte sich die Paparazza um. „Deutsche Polizei? Das klingt nach einem interessanten Projekt. Internationale Zusammenarbeit. Was ist denn genau geplant?"

Javier schaute zwischen den beiden Frauen hin und her. Dann bat er die Sekretärin, die Pressefrau aus dem Gebäude hinauszubegleiten. Er sah Sofía an, dass sie sich ärgerte, zu viel preisgegeben zu haben. Was waren das nur für Zeiten, in denen man dermaßen auf der Hut sein musste!

Ärgerlich ging er in sein Büro zurück. Dabei fiel ihm auch wieder ein, dass die Staatsanwältin vorgeschlagen hatte, ihm bei der Ermittlung zum Fall des toten Deutschen am Fuße des Geierbergs einen Kollegen aus Deutschland zur Seite zu stellen. Diese Idee war gestern am Ende der Dienstbesprechung laut geworden, und Javier hatte sie nicht ernst genommen. Umso erstaunter war er nun, dass anscheinend innerhalb weniger Stunden eine deutsche Kollegin nach Málaga abgeordnet worden war. So etwas Überflüssiges! Je mehr Leute, desto mehr Chaos. Oder traute die Staatsanwältin ihm nicht zu, den Fall allein mit seinem Team zu lösen?

Es klopfte. Das war sie bestimmt schon.

Adelante, bitte kommen Sie herein."

„Buenos días", hörte er eine junge Frauenstimme mit deutschem Akzent sagen. Die Tür ging auf. Im Rahmen stand die neue Kollegin: Anfang dreißig, lange blonde Haare, Jeans, weißes T-Shirt. Die Frau, die mit schnellem Schritt auf ihn zukam, strahlte nur so vor Tatkraft. Javier spürte, wie sehr ihn das provozierte. Er musste irgendetwas tun, um Zeit und Abstand zu gewinnen. Wenn er es nicht schaffte, die übereifrige Neue herunterzukühlen, dann würde sie ihn in einer wilden Stampede überrennen.

Angespannt machte er ein abwehrendes Handzeichen in Richtung der neuen Kollegin. Dann schaute er auf den Zettel, der vor ihm lag. Es war dieser Werbeflyer, auf dem er Inmas Adresse notiert hatte. Er tat so, als wäre es das wichtigste Dokument der Welt, und vermied es, hochzuschauen. Als Nächstes hob er den Telefonhörer ab und rief die erstbeste Nummer an, die er kannte. Seine Sekretärin. Die Oberkommissarin nahm ihm gegenüber Platz und wartete.

„Hallo, Sofía", fing er an und überlegte sich einen Vorwand für den Pseudoanruf. Doch Sofía kam ihm zuvor.

„Hallo, Javier. Gut, dass du dich meldest. Blöd, das mit der Reporterin."

„Schon in Ordnung. Unglücklich gelaufen."

„Tut mir leid."

„Sonst noch was?"

Sofía zögerte.

„Ja. Gerade haben sich die Kollegen in der Kaffeeküche über die neue deutsche Polizistin lustig gemacht. Sie haben sie wohl gestern Nacht im *Club Norte* tanzen gesehen. Ich habe gesagt, sie sollen sich um ihren eigenen Kram kümmern. Aber vielleicht wäre es gut, wenn du auch mal mit den Kollegen reden würdest."

„Danke."

Javier legte die Stirn in Falten, fragte sich, wie er reagieren sollte. Er beschloss, erst einmal abzuwarten. Obwohl er noch in Gedanken versunken war, spürte er, wie die junge Frau ihn musterte. Er wusste, was sie sah: einen alten, schlecht gelaunten Mann mit grau meliertem Haar Anfang fünfzig. Automatisch setzte er sich gerade hin. Aber sie würde auch sehen, dass er in Form war, und vermutlich wusste sie bereits, dass er gut in dem war, was er tat. Seine Aufklärungsquote sprach für sich. Er stand auf und begrüßte die neue Kollegin mit festem Handschlag, denn so machten das die Deutschen, soweit ihm bekannt war.

Sie stellte sich ihm vor.

„Hola. Soy Sandra König de Alemania. Wie geht es Ihnen?"

Er konnte sich nur den Vornamen merken: Sandra. Sie sprach flüssig Spanisch, wenn auch mit einem starken deutschen Akzent.

„Darf ich Sie Sandra nennen?", fragte er.

„Natürlich."

„Haben Sie die Polizeidienststelle gut gefunden?"

„Ja, danke. Das war einfach, zumal Ihr Büro direkt unten im Erdgeschoss liegt." Sie machte eine kurze Pause.

„Sollen wir anfangen?", fragte sie.

Javier nickte, und sofort packte Sandra ihr Tablet und ihr Handy samt allerlei Kabeln aus. Einen Moment später war die gesamte Tischplatte seines Schreibtischs belegt.

Eine andere Generation, dachte sich Javier, der sein Metier noch mit Papier und Pinnwand erlernt hatte.

Zuletzt legte Frau König einen sorgfältig gehefteten Papierstapel, den sie mit bunten Post-it-Zetteln, Fragezeichen und kleinen Bemerkungen versehen hatte, demonstrativ auf ihre Knie.

„Fleißig", sagte Javier mit ironischem Unterton.

„Ich habe die Zeit während des Flugs genutzt."

„Was wissen Sie über den Fall?"

„Noch nicht viel." Dann fing sie an, die wichtigsten Fakten aufzuzählen: Thomas Schmittigs Teilnahme an der Bildungsreise und den Ausflug nach El Chorro.

„Dort fand die Wanderung zu dem Berg mit dem Namen ... also, mit dem Namen ..."

Sandra wühlte in ihren Unterlagen. Javier beobachtete sie bei ihrer Jagd auf den Namen „Geierberg" und grinste innerlich, während er sie zappeln ließ.

„Einen Moment, wie hieß der Berg denn nur? Ach, hier steht es ja: Geierberg. Der befindet sich in der Nähe des *Caminato del Rey*."

„*Caminito*."

Sie wurde rot.

Javier fand sich selbst armselig. Warum hatte er es nötig, seine Kollegin auflaufen zu lassen? Vielleicht, weil sie ihn mit ihrer forschen Art an Ana erinnerte. Dann fiel ihm Sofías Bemerkung mit der Büroküche ein.

„Sandra, wir konnten Sie gestern Abend nicht erreichen."

Sie starrte ihn an.

„Es gibt Neuigkeiten."

„Stimmt. Ich hatte das Handy ausgestellt. Ich ..."

Dann stockte seine neue Kollegin und änderte offensichtlich ihre Strategie.

„Und zwar?" Ihr Tonfall klang ganz anders als eben.

„Zum einen hat man am Unfallort ein defektes Handy gefunden. Vermutlich gehört es Schmittig. Mit etwas Glück können unsere Spezialisten es reparieren. Noch kann ich nichts versprechen ... Zum anderen hat sich einer der Notfallsanitäter bei uns gemeldet. Ihm ist noch etwas eingefallen. Herr Schmittig ist vor seinem Tod noch einmal zu Bewusstsein gekommen und hat nach einem ‚Frank' gefragt."

Sandra dachte einen Moment lang nach.

„Hieß nicht einer der beiden Leiter der Studienreise mit Vornamen Frank?"

Javier nickte. Damit hatte er nicht gerechnet.

„Sie haben recht. Einer der Dozenten heißt Frank. Frank Klausen und der andere ..."

„... ist ein gewisser Johannes Fuhrmann."

„*Correcto*." Der *Comisario Principal* schaute sie an. „Sie haben sich gut vorbereitet, Sandra."

Sie ging auf sein Lob nicht ein.

„Woran genau ist dieser Schmittig gestorben?" Sie wartete noch einen Augenblick, schien ein Wort zu suchen und stellte dann die nächste Frage. „Muss man von Fremdverschulden ausgehen?"

„Die Autopsie ist noch nicht beendet. Nach wie vor kann es alles drei sein: Unfall, Suizid oder Mord."

„Und wie interpretieren Sie die letzten Worte von Herrn Schmittig? Glauben Sie, er meinte Frank Klausen?"

„Auch hier ist alles möglich: Das kann der Name des Mörders oder der eines Verwandten sein, oder vielleicht hat sich der Notfallsanitäter auch verhört und Herr Schmittig hat versucht, ihm etwas ganz anderes mitzuteilen. Vorausgesetzt, dass er noch klar im Kopf war."

Sie schien ihm erst widersprechen zu wollen, es sich dann jedoch anders zu überlegen.

„Wie sollen wir denn weiter vorgehen?"

„Ich denke, wir sollten in alle Richtungen ermitteln. Wir sind auch dabei, die Aufnahmen der Sicherheitskameras vom Bahnhof El Chorro und vom Parkplatz am Geierberg auszuwerten. Ich halte es für das Beste, wenn wir uns aufteilen."

„Ja, hört sich gut an."

„Ich schlage vor ..."

Javier musste über sich selbst lächeln. Sie hatte ihn bereits weichgekocht, jetzt gab er schon keine Befehle mehr aus, sondern machte lediglich Vorschläge.

„Ich schlage vor, dass ich mir den Tatort noch einmal genauer anschaue und den Ergebnissen der Spurensicherung und der Gerichtsmedizin nachgehe. Eventuell gelingt es mir dann, den Tatverlauf so gut wie möglich zu rekonstruieren."

„Wenn Sie nichts dagegen haben, würde ich mich dann um die Befragungen der Zeuginnen und Zeugen kümmern."

Zeuginnen und Zeugen. Wirklich? Die neue Kollegin genderte? Aber Javier ließ sich nichts anmerken. Seine Tochter sprach genauso.

„Nein, da habe ich nichts gegen. Im Gegenteil. Das halte ich für eine gute Idee. Schließlich werden die Zeugen sich jemandem, der sie in einer ihnen vertrauten Sprache vernimmt, schneller öffnen. Aber nehmen Sie bitte alle Aussagen auf!"

„Natürlich. Hoffentlich besteht niemand auf einen Rechtsanwalt, das würde uns viel Zeit kosten."

„Das glaube ich nicht. Im Moment wissen wir noch nicht einmal, ob es sich überhaupt um einen Mordfall handelt."

„Ich werde auch noch versuchen, mehr über das Opfer herauszufinden. Ich arbeite diesbezüglich mit einer sehr kompetenten Kollegin in Deutschland zusammen."

„Diesbezüglich" und „einer sehr kompetenten Kollegin". Waren das die Umgangsformen auf einer deutschen Polizeiwache, oder drückte sich die Kollegin immer so aus?

Sandra packte ihre elektronischen Geräte zurück in ihren Rucksack und war kurz davor, das Büro zu verlassen, als Javier seine Aufmerksamkeit ein letztes Mal auf sie richtete.

„*Vale,* in Ordnung. So machen wir das. Und ... von mir aus dürfen Sie gern mein Büro für die Zeugenbefragung benutzen. Ich werde tagsüber demnächst vermutlich hauptsächlich unterwegs sein. Laden Sie also Ihre Landsleute ruhig in mein Büro vor, oder befragen Sie sie in ihrem Hotel."

„Gracias."

Javier schaute ihr nach. Eigentlich hatte er immer gedacht, dass er eine gute Menschenkenntnis besäße. Aber diese Sandra konnte er nicht einschätzen

Kapitel 6

Dienstag, den 4. Juni, 11 Uhr

Sandra

Sandra machte einen Zwischenstopp in ihrer Pension und zog sich ihre blaue Dienstbluse mit der Aufschrift „Polizei" an. Dann lief sie zum Palmen-Hotel, in dem die deutsche Reisegruppe einquartiert worden war. Ähnlich wie bei ihrem Besuch im Klub wurde sie auch in dem Hotel von einem Türsteher kritisch beäugt. Sandra zeigte ihm ihren Dienstausweis.

„Ich möchte das Zimmer des Toten untersuchen."

„Der Tote aus El Chorro?"

„Genau. Thomas Schmittig."

„Moment." Der Türsteher ging zur Seite und sprach in sein Handy. Dann wandte er sich wieder Sandra zu.

„Das Zimmer ist bereits weitervermietet worden. Der *Comisario Principal* hat es direkt nach dem Auffinden des Toten untersucht und freigegeben."

Sandra ärgerte sich. Das hätte er ihr auch sagen können. Allerdings fiel so eine Zimmeruntersuchung streng genommen auch nicht in ihren Aufgabenbereich.

„In Ordnung. Ich würde dann gerne die deutsche Reisegruppe, welcher der Tote angehörte, verhören. Können Sie mir sagen, wo ich sie finde?"

Ihr Plan war es, alle Teilnehmerinnen und Teilnehmer der Studienreise nacheinander zu befragen. Zuerst den Leiter, um sich ein Bild von dem Programm zu machen, dann die Kursteilnehmenden, und zum Schluss würde sie den stellvertretenden Leiter, diesen Berühmte-letzte-Worte-Frank Klausen, genauer unter die Lupe nehmen.

„Auf dem Rooftop." Dann klingelte das Handy des Türstehers. „Entschuldigung." Er nahm einen Anruf entgegen und ging anschließend auf einen Gast mit viel Gepäck zu, der gerade dabei war, aus einem Taxi zu steigen.

Großartig, dachte Sandra. Und wie sollte sie nun zu diesem Rooftop kommen? Schicke Hotels waren nicht gerade ihre Welt. In Köln kümmerte sie sich vor allem um das trotz aller innovativen Maßnahmen immer noch trübselige Milieu rund um den Eigelstein. Sie lief den dunklen Gang hinter der Rezeption entlang, bis sie einen Aufzug fand. Das Rooftop, also die Dachterrasse, hörte sich nach oberster Etage an. Seltsamerweise funktionierte der Knopf aber nicht. Aus irgendeinem Grund konnte sie den Fahrstuhl nicht rufen. Nachdem sie es noch zweimal probiert hatte, las sie die kleine Plakette. „Bitte die Schlüssel-PIN eingeben. Nur für Hotelgäste." Genial. Sie drehte sich zu dem Türsteher um, doch der war immer noch mit dem Besucher beim Taxi zugange. Sie wandte sich ein wenig vom Fahrstuhl ab und warte. Als zwei Hotelgäste den Lift nahmen und ihre Schlüssel-PIN eingaben, schloss sie sich ihnen unauffällig an.

„*Hola*", begrüßte sie die Hotelgäste selbstbewusst und gesellte sich auch ohne die Hilfe des Türstehers zu ihnen in die Fahrstuhlkabine. Oben angekommen war das Sonnenlicht so intensiv, dass ihre Augen unwillkürlich zu blinzeln begannen. Doch nach ein paar Tränchen hatten sie sich an die Helligkeit gewöhnt.

Was für ein Ausblick: Unter ihr spiegelte sich die Sonne auf dem tiefblauen Mittelmeer. Und oben, rechts neben ihr, befand sich ein einladend kühler Pool, umgeben von Liegestühlen und einer Strandbar, aus welcher chillige Musik ertönte. Sandra schloss die Augen und genoss die warme Sonne auf ihrem Gesicht. So schön.

„Kann ich Ihnen helfen?" Eine Kellnerin sprach sie an.

„Ja, vielleicht schon." Sie war so beeindruckt von der Pracht um sie herum, dass sie einen Moment brauchte, um zur Polizeiarbeit zurückzufinden. Dann zeigte sie ihren Ausweis.

„Ich suche Johannes Fuhrmann. Man sagte mir, er wohne hier zusammen mit seiner Reisegruppe."

„Ja, das stimmt. Ich habe ihm gerade Kaffee gebracht. Er ist auf seinem Zimmer. Wenn Sie mir bitte folgen würden."

Die Angestellte fuhr mit Sandra zwei Etagen mit dem Fahrstuhl nach unten. Als sie ausstiegen, sagte sie etwas zu dem Reinigungsteam, das gerade dabei war, sich um die Wäsche zu kümmern, und klopfte dann an eine Zimmertür ganz hinten im Gang.

„Herein."

Sandra bedankte sich bei der Angestellten und steckte sich ihr Polizeiabzeichen an ihr Shirt, bevor sie das Zimmer betrat.

„Herr Fuhrmann?" Im selben Moment sah sie, wie ein großer, schlanker Mann Ende dreißig, Anfang vierzig auf sie zukam.

„Polizei", sagte er. „Gut, dass Sie kommen." Dann stand er vor ihr. Brille, Vollbart.

„Sandra."

„Johannes."

„Das ist ja eine Überraschung."

„Allerdings."

„Wie geht es deinem Bruder?"

Sandra atmete tief durch. Warum musste sie in ihrem Leben ausgerechnet noch einmal auf diesen Scheißkerl treffen? Sandra spürte, wie eine Woge der Wut in ihr hochschlug. Es fiel ihr schwer, sich zu beherrschen. Ganz ruhig bleiben.

„Lass uns anfangen." Sie nahm am Hotelschreibtisch Platz und gab ihm ein Zeichen, sich ihr gegenüber niederzulassen. Javiers Büro wäre ihr für die Zeugenaussagen zwar lieber gewesen, aber sie hatte es für psychologisch geschickter befunden, das Erstgespräch in einem Umfeld zu führen, das den Reisenden vertrauter war.

„Du hast nichts dagegen, wenn ich unser Gespräch aufnehme, oder?"

„Nein. warum sollte ich? Willst du etwas trinken?"

Sie spürte, wie sie erneut von Wut überrollt wurde.

„Dafür haben wir keine Zeit. Also lass uns mit deinen Personalien beginnen."

„Wie du meinst. Johannes Fuhrmann. Geboren am 12. März 1986 in Köln."

Sandra wartete.

„Was noch?"

„Familienstand. Beruf."

„Geschieden." Er zögerte. „Ich habe den Namen meiner Frau angenommen."

„Aha." Deswegen hatte sie ihn nicht am Namen erkannt. Früher hatte er Kleiwer geheißen. Johannes Kleiwer. Einer von Roberts Freunden. Ein gut aussehender Dreckskerl.

„Keine Kinder." Johannes nahm einen Schluck Kaffee. „Ich habe BWL studiert und biete seit fünf Jahren zusammen mit Frank Kurse für Menschen an, die sich beruflich neu aufstellen wollen."

„Geht's auch etwas genauer?"

„Na klar. Kleinunternehmer. Existenzgründer. Es gibt so viele, die sich selbstständig machen möchten. Junge Start-upper, aber auch Ältere, die in der Mitte des Lebens noch einmal neu anfangen wollen, ihrem Leben noch einmal eine andere, eine selbstbestimmte Wendung geben wollen."

Er hörte sich an wie ein zu Fleisch und Blut gewordener Werbeprospekt.

„Soso, und da kommst du ins Spiel." Sandra musste sich zwingen, die Ironie aus ihrer Stimme herauszuhalten.

„Ja. Es geht um Wirtschaftsmathematik und Rechnungswesen. Das Erstellen eines Businessplans, der Hand und Fuß hat."

Okay, das klang logisch.

„In diesem Sinne bin ich selbst Unternehmensgründer. Ich vermarkte unsere Seminare als Bildungsreise und doziere über die Grundlagen der Existenzgründung. Frank kümmert sich um Persönlichkeitsentwicklung und Kommunikation."

„Was kann ich mir darunter vorstellen?"

„Du hast ihn noch nicht kennengelernt, oder?"

Sandra reagierte nicht, wollte sich das Heft nicht aus der Hand nehmen lassen.

„Sag mir doch einfach, was Herr Klausen macht."

„Nun", wieder hatte sie den Eindruck, dass Johannes ihrem Blick auswich. „Ich bin dafür zuständig, dass die Zahlen stimmen, aber mit Wörtern da habe ich es nicht so."

Jetzt schaute er ihr direkt ins Gesicht. Sandra war baff. Das aus seinem Mund zu hören, hätte sie nicht erwartet. Johannes Kleiwer war immer ein von sich selbst eingenommener Macher gewesen, der niemals eine Schwäche gezeigt hatte.

„Frank kümmert sich somit um kommunikative Belange, persönliche Ansprache und so etwas. Du weißt schon ..."

„Nein, weiß ich nicht. Ich kann mir darunter immer noch nichts vorstellen." Natürlich verstand sie ihn, aber sie wollte ihn noch ein wenig länger schmoren lassen. Es dem Mistkerl heimzahlen. Egal wie.

„Er gibt die Rhetorikseminare."

„Rhetorikseminare. Soso."

Jetzt hätte sie loslegen können und ihn mit spöttischen Kommentaren über Selbstdarstellung, Managergehabe und Meinungsmache überhäufen können, aber sie verkniff es sich. Schließlich lief das Audio mit.

„Und wer ist für die Exkursionen zuständig?"

„Eigentlich Isabel, Isabel Santos. Aber sie ist kurzfristig erkrankt, und wir mussten Ersatz suchen. Das war gar nicht so einfach, denn wir brauchten jemanden, der ebenso gut Deutsch wie Spanisch spricht. Und da haben wir uns für Carola entschieden. Sie hat hier in Málaga eine Sprachschule und unterrichtet Deutsch. Vor allem jedoch ist sie gut vernetzt und kennt sich eigentlich aus.“

„Aber?“

„Aber sie arbeitet das erste Mal für uns, und darum unterlaufen ihr Fehler.“

„Zum Beispiel?“

„Bei der Exkursion. Die, bei der Tom den Unfall hatte.“

„Du nennst deinen Klienten Tom?“

„Ja, wir duzen uns alle. Das gehört zum Programm. Franks Idee.“

„Okay, verstehe. Und nun zurück zur Exkursion. Was ist schiefgegangen?“

„Ich weiß nicht, ob es von Bedeutung ist, aber weißt du, dass diese Gegend um die Stauseen herum sehr bekannt ist? Der sogenannte alte Königspfad hat den Ruf gehabt, einer der gefährlichsten Wanderwege in Spanien zu sein. Mittlerweile nicht mehr. Er ist jetzt sehr gut abgesichert. Man erhält auch Helme und so. Vor zwei Jahren haben Frank und ich unsere Seminarteilnehmer die Tour des *Caminito del Rey* machen lassen.“

Seine Augen wurden groß und verträumt.

„Also, den Blick auf die Stauseen werde ich nie vergessen. Atemberaubend, sag ich dir. Aber man muss schon trittsicher sein ... Doch vor zwei Jahren hat ein Teilnehmer so unter Höhenangst gelitten, dass wir ihn kaum zurückgelotst bekamen. Daher bieten wir jetzt nur noch die harmlose Tour zum Geierberg an."

Von wegen harmlos, dachte Sandra giftig, sagte aber nichts.

„Es geht darum, mutig zu sein, aus der Komfortzone herauszugehen, sich Ziele zu setzen und sie zu erreichen."

Sandra konnte es nicht fassen, wie unbedarft Johannes seine Werbephrasen abspulte, obwohl einer seiner Teilnehmer gerade unter noch ungeklärten Umständen zu Tode gekommen war. Aber er hörte und hörte nicht auf. Selbstverliebter Dreckskerl.

„Die Gegend ist fantastisch und auch sehr berühmt, weil ..." Sie musste sein selbstgefälliges Geschwätz unterbinden.

„Weil hier viele Western gedreht worden sind, zum Beispiel mit Henry Fonda, Frank Sinatra und Doris Day ..." Auch wenn Sandra keine Psychologin war, wurde sie das Gefühl nicht los, dass Johannes neben sich stand. Es schien ihr so, als hätte er noch immer nicht begriffen, was passiert war und in welch misslicher Lage er und sein Unternehmen sich befanden.

„Ob Henry Fonda, weiß ich nicht ... Auf jeden Fall ist der Ausflug zum Geierberg schon einer der Höhepunkte unserer Bildungsreise. Er kommt immer gut an. Natürlich ist diese Exkursion nicht so beeindruckend wie unsere Tagesfahrt nach Marokko, aber sie ist auf jeden Fall ein weiteres Highlight der Studienreise."

Sandra verstand immer noch nicht, wie die Bildungsreise aufgebaut war. „Ich habe euer Programm gelesen, aber erkläre mir den Ablauf der Fahrt genauer. Wann seid ihr wohin gefahren?"

„Zuerst geben wir den Teilnehmern drei Tage Zeit, um sich in Málaga einzugewöhnen. Üblicherweise besichtigen sie die maurische Festung mitsamt den prächtigen, sorgfältig restaurierten Bädern und erfahren am eigenen Leib, dass Al-Andalus von 711 bis 1492 unter arabischer Herrschaft gestanden hat. Dadurch sehen sie selbst, wie sehr dieser Teil Spaniens von der arabischen Kultur geprägt ist."

Johannes klang wie ein Stadtführer, der fleißig alle Daten brav auswendig gelernt hat, dachte Sandra spöttisch.

„Am vierten Tag ist dann meistens etwas die Luft raus. Darum fahren wir für einen Tag mit der Fähre nach Marokko. Unsere Reisegruppe soll die Bedeutung der besonderen geografischen Lage Andalusiens spüren. Denn wo gibt es das sonst noch auf der Welt, dass zwei Kontinente nur vierzehn Kilometer voneinander entfernt liegen? Du musst zugeben: Das ist überaus selten. Jedenfalls kannst du von der südspanischen Küstenstadt Tarifa aus Marokko mit dem bloßen Auge sehen. Stell dir das mal vor!"

Sandra blieb unbeeindruckt. Sie verstand Johannes' Art, ihr zu antworten, nicht. Schließlich war das eine Zeugenbefragung in einem mutmaßlichen Mordfall und keine Kaffeefahrt in den sonnigen Süden.

„Wohin in Marokko seid ihr genau gefahren?"

„Nach Tanger. Eine faszinierende Stadt und über Tarifa mit der Schnellfähre einfach zu erreichen."

„Und da wart ihr auch mit dieser Reisegruppe."

„Ja, ein schöner Ausflug. Keine Probleme."

Sandra notierte sich, dass sie Javier fragen wollte, wie er die Fahrt nach Tanger einschätzte. Sie selbst fand einen Tagesausflug auf den afrikanischen Kontinent mehr als merkwürdig, um nicht zu sagen zynisch. Soweit sie wusste, gehörte die Meerenge von Gibraltar doch zu den grausamen Orten, an denen so viele Flüchtlinge ertranken.

„Okay, notiert. Am vierten Tag geht es nach Marokko und dann?"

„Am siebten Tag unternehmen wir die Exkursion zum Geierberg, und üblicherweise beenden wir dann das Programm am zehnten Tag mit einer Abschlussfeier."

„Verstehe. Zurück zum Geierberg. Ihr habt euch in Málaga getroffen. Was passierte dann?"

„Wir trafen uns morgens in Málaga und haben den Zug nach El Chorro genommen. Dort mussten wir warten, da der Reisebus nicht kam. Die Stimmung war schlecht. Es war so unglaublich heiß, und niemand hatte Lust auf die Warterei. Aber Carola hatte den Bus irgendwie nicht richtig gebucht und musste noch umständlich hin und her telefonieren, bis sie ihn uns endlich zum Bahnhof schickten."

„Du sagtest Bahnhof. Warum habt ihr dann keinen Zug genommen, sondern einen Bus?"

„El Chorro ist ein Kaff. Es fahren nur eine Handvoll Züge pro Tag und sonntags noch weniger."

„Also ein Bus. Vom Bahnhof hätte es für euch dann sofort im Anschluss mit einem Kleinbus bis zum Fuß des Geierbergs gehen sollen."

„Genau. Das machen wir seit letztem Jahr so, da voriges Jahr eine Teilnehmerin Platzangst bei dem Gang durch den Tunnel bekommen hat."

„Echt jetzt?"

Was für ein Witz. Sandra würde als Reiseleitung sofort sämtliche solcher Touren aus dem Programm streichen. Aber nach dem Sturz dürfte sich das Thema sowieso erledigt haben.

„Der Bus hatte, wie gesagt, diesmal Verspätung, doch zum Glück hat Carola am Bahnhof Kaltgetränke für alle besorgt. Da hob sich die Stimmung schon wieder ein bisschen."

„Alkohol?"

„Aber nein. Softdrinks."

Sandra machte sich eine Notiz dazu, ein toxikologisches Gutachten anzufordern.

„Weiter, bitte."

„Wir gingen dann rauf auf den Berg. Und nach dem Abstieg sind wir mit unserem Kleinbus zurück zum Bahnhof gefahren, denn es halten dort doch nur noch zwei Züge, die zurück nach Málaga fahren. Darum wurden wir immer nervöser, als Tom einfach nicht am Bahnhof auftauchte. Wir warteten. Und er kam und kam nicht."

„Langsam. Noch mal zurück zum Geierberg. Habt ihr alle zusammen als Gruppe den Gipfel bestiegen?"

Johannes zögerte und versuchte sich zu erinnern. Wie viele Befragte schaute er dabei nach rechts oben, so als ob sich dort ein magisches Orakel befände, das jede bedeutende und unbedeutende Frage der Welt zwar vielleicht mystisch, aber auf jeden Fall korrekt beantworten könne.

Als Johannes nach einem langen Moment des Schweigens noch immer nichts sagte, drosselte Sandra ihr Befragungstempo.

„Also, lass uns bei eurem Bus anfangen. Nachdem ihr gewartet und etwas getrunken habt, hat euch der Kleinbus am Bahnhof von El Chorro abgeholt, richtig?"

„Ja."

„Ihr fahrt mit dem Kleinbus durch den Tunnel zum Fuß des Berges. Ihr steigt aus und beginnt mit dem Aufstieg."

„Richtig. Also, am Anfang sind wir noch zusammengeblieben, haben Fotos voneinander aufgenommen."

Auch dazu machte Sandra sich schnell eine Notiz. Die Fotos wollte sie alle sehen. Insbesondere das Handy von Herrn Schmittig musste sie kontrollieren. Hoffentlich würde den IT-Expertinnen und -Experten die Reparatur gelingen.

„Und dann liefen wir alle unterschiedlich schnell. Also so vom Schritttempo her, meine ich. Die Gruppe löste sich auf, und wir haben Zweiergruppen gebildet. Richtig, genau so war es." Johannes schien mehr mit sich selbst als mit ihr zu sprechen.

„Zweiergruppen? Mit wem bist du gegangen?"

„Mit Manuel, dem Schauspieler."

„Was macht ein Schauspieler in einem Rhetorikkurs? Er ist doch bereits Profi."

„Er bereitet sich auf ein spanisches Theaterstück vor. Da hast du ein typisches Beispiel für einen Menschen, der nach einer zweiten Lebenschance sucht, einen Neubeginn wagen will. Manuel ist versessen auf diese Rolle. Er denkt, er bräuchte sie, um sich als seriöser

Schauspieler zu profilieren. Bislang hat er eher in Boulevardstücken gespielt und Werbefilme fürs Kino gemacht. Die Idee, sich beruflich noch einmal neu aufzustellen, spricht viele Menschen an. Viel mehr, als ich anfangs erwartet hätte. Es gibt so viele, die unzufrieden mit ihrem Beruf sind …"

Sandra gefiel die Richtung nicht, die das Gespräch nahm.

„Gut, gut. Lass uns zurück zu deinem Alibi kommen."

„Alibi? Du glaubst, es war Mord?"

Er starrte sie mit weit aufgerissenen Augen an. „Und du hältst mich für den Täter?"

Sie ruderte zurück. „Nein, noch wissen wir nicht, was passiert ist. Ich befrage die Zeuginnen und Zeugen, und es ist wichtig, dass ihr euch alle so genau wie möglich erinnert und ehrlich alle Einzelheiten zu Protokoll gebt. Wir wissen noch nicht, was davon noch relevant sein könnte. Also, du warst während der Besteigung des Geierbergs mit diesem Schauspieler unterwegs."

„Ja."

„Das kann er bestätigen?"

„Verdächtigst du mich noch immer?" Sandra schaute ihn stumm an. Dann fuhr sie mit neutraler Stimme mit der Befragung fort. „Der Schauspieler kann bestätigen, dass er dich die ganze Zeit im Blick hatte?"

„Ich glaube schon."

„Du bist dir nicht ganz sicher?"

„Doch."

„Und du hattest den Schauspieler im Blick?"

„Ja schon."

„Und diese Carola Nuñoz: Hatte die auch einen Gesprächspartner?"

„Ich glaube schon. Also, ja, hatte sie. Sie war mit Tamara zusammen.“

„Eine Kundin, nehme ich an?“

„Ja. Tamara arbeitet als Sozialarbeiterin.“

„Alibis: Du und der Schauspieler, Orga-Frau und Sozialarbeiterin, richtig?“

Johannes nickte eifrig.

„Wer noch?“

„Eine Kundin, Nina, ist Krankenschwester und möchte neu durchstarten. Sie engagiert sich auch politisch für so eine ähnliche Organisation wie Fridays for Future. Ich komm nicht auf den Namen. Auf jeden Fall war sie zusammen mit Torsten auf dem Geierberg. Der will sich ein Geschäft mit Knöpfen aufbauen.“

„Knöpfe?“

„Ja, ganz klassisch. Import, Export. Applikationen für Textilien.“

„Und mit wem war Frank Klausen unterwegs?“

„Ich weiß es nicht.“

„Ihr erreicht den Gipfel, und Herr Schmittig ist allein ...“

„Ich weiß es nicht. Ich weiß nur, dass ich die ganze Zeit mit Manuel zusammen war.“

„Und bei der Rückfahrt fehlte Thomas Schmittig. Warum hat das niemand bemerkt?“

„Der Kleinbus, der uns vom Geierberg abgeholt und zum Bahnhof von El Chorro gebracht hat, war sehr geräumig. Die meisten von uns haben sich einen Einzelplatz geschnappt, um sich etwas auszuruhen. Erst am Bahnhof bemerkten wir, dass Tom nicht da war. Aber zuerst dachten wir uns nichts dabei. Tom war schon öfter mal zu spät zu unseren Verabredungen gekommen oder hat noch irgendwelche Extratouren gemacht."

„Okay, das reicht mir fürs Erste. Johannes, ich würde gern mehr über die Kursteilnehmenden erfahren. Hast du irgendetwas, was mir helfen könnte, sie genauer kennenzulernen?"

Johannes setzte sich wieder, schloss die Augen und dachte nach.

„Zum einen die Kursliste mit den Personaldaten, zum anderen, warte mal, wir haben Kurzvideos aufgenommen. Jeder Teilnehmer sollte sich in unserem Auftaktseminar mithilfe von ein paar ersten Impulsen unsererseits einen Vorstellungs-Pitch erarbeiten, und den haben wir dann gefilmt."

„Bingo. Genau so etwas suche ich. Hast du diese Filmaufnahmen griffbereit?"

„Ja, Frank hat sie mir geschickt. Ich habe auch von meinem Handy aus Zugriff auf die Videos."

„Cool, dann leite sie bitte an diese E-Mail-Adresse weiter." Sie gab ihm Javiers dienstliche Adresse.

„Jetzt sofort?"

„Ja, bitte."

Während Johannes ihrer Aufforderung nachkam, kündigte sie Javier die Videodateien an. Dann schwieg sie und sah Johannes zu.

„Okay, ich habe sie über einen File Host an deinen Kollegen geschickt."

„In Ordnung, danke. Jetzt habe ich noch eine letzte Frage an dich. Was für einen Eindruck hattest du von Thomas Schmittig?"

„Wie meinst du das?"

„Was für ein Typ Mensch war er?"

Sandra wunderte sich darüber, wie begriffsstutzig Johannes war. Sie biss die Zähne zusammen, denn natürlich durfte sie ihn nicht direkt fragen, ob er Herrn Schmittig für depressiv und selbstmordgefährdet gehalten hatte, denn sonst könnte man ihr vorhalten, Suggestivfragen zu stellen.

„Ich soll mich zu Johannes' Charakter äußern?"

Sandra nickte.

„Nun, dazu kann ich nicht viel sagen. Er war sehr unauffällig, hielt sich bei den Gruppenaktivitäten stets im Hintergrund. Ein Einzelgänger, würde ich sagen. Unabhängig. Er kam und ging, wie es ihm gefiel, ohne Frank oder mich darüber zu informieren, wo er sich gerade aufhielt. Darum habe ich mir auch nicht ernsthaft Sorgen gemacht, als er nicht vom Geierberg zurückkam. So was hat er schon früher gemacht. Ich habe versucht, ihn anzurufen, aber da ist immer nur seine Mailbox angesprungen. Ich meine, er ist erwachsen. Er hätte mich telefonisch jederzeit erreichen oder sich ein Taxi nehmen können."

„Habt Ihr als Reiseleitung denn nicht so etwas wie eine Aufsichts- oder besser gesagt Fürsorgepflicht?"

„Was soll das denn heißen, Sandra? Wir sind doch nicht im Kindergarten. Die Teilnehmer sind doch keine Kleinkinder."

Sandra hörte skeptisch zu. Johannes versuchte anscheinend nach dem uralten Motto vorzugehen, dass Angriff die beste Verteidigung sei.

„Überhaupt kannst du dir gar nicht vorstellen, wie chaotisch das in El Chorro abgelaufen ist. Die Teilnehmer waren genervt, dass der Bus sie nicht rechtzeitig vom Bahnhof abgeholt hat. Alles hatte sich verzögert, und es wurde immer später. Es hat Carola offensichtlich überfordert, diesen kleinen Tagesausflug zu organisieren.“

Sandra merkte, wie wütend sie der Versuch von Johannes machte, die Schuld auf jemand anders zu schieben. Klar, dass in seinen Augen mal wieder eine junge Frau die Verantwortliche war, die er natürlich per se für inkompetent hielt.

„Hast du deinen Aussagen noch etwas hinzuzufügen?“ Leider klang die Frage selbst in ihren Ohren aggressiv und viel weniger professionell, als sie es sich erhofft hatte.

„Nein.“

„Gut. Dann beende ich hiermit offiziell die Befragung.“ Sandra schaltete die Aufnahme aus und packte ihre Utensilien in den Rucksack.

„Glaubst du wirklich, es war Mord?“, fragte Johannes. Plötzlich klang er unsicher.

Sie zuckte mit den Schultern.

„Glaubst du, einer von uns ist ein Mörder?“

Willkommen in meiner Welt, dachte Sandra. Nicht cool, allen, denen du begegnest, erst einmal das Schlimmste zu unterstellen. Doch dann sah sie, dass er nicht dasselbe dachte wie sie. Seine Augen schauten unruhig hin und her. Johannes hatte Angst.

Sandra ließ sich noch das Hotelzimmer des stellvertretenden Reiseleiters Frank Klausen zeigen. Sie klopfte an die Tür, doch niemand öffnete ihr. Danach machte sie sich auf die Suche nach der Eventmanagerin Frau Nuñoz, konnte sie aber ebenso wenig wie Herrn Klausen im Hotel ausfindig machen. Das brachte zwar einerseits ihren ursprünglichen Verhörplan durcheinander, andererseits war sie aber auch froh darüber, keine weiteren Befragungen mehr durchführen zu müssen. Die unerwartete Begegnung mit Johannes saß ihr noch in den Knochen. Bevor sie das Hotel verließ, hinterlegte sie zwei Nachrichten an der Hotelrezeption, in denen sie die beiden bat, sie zwecks Terminvereinbarung anzurufen. Falls sie auf ihre Mitteilungen nicht reagieren würden, müsste sie Herrn Klausen und Frau Nuñoz vorladen. Doch Sandras Bauchgefühl sagte ihr, dass das höchstwahrscheinlich nicht nötig sein würde.

Kapitel 7

Dienstag, den 4. Juni, 15 Uhr

Javier

Gute Arbeit, Sandra. Javier hatte die Videodateien sofort an die für den Fall zuständige Übersetzerin Frau Ruiz geschickt mit der Bitte um eine schnelle Übersetzung ins Spanische. Den Vormittag verbrachte er mit Büroarbeit und schaute immer wieder in seinem Postfach nach, ob Frau Ruiz ihm bereits etwas gesendet hatte. Am späten Nachmittag war es endlich so weit. Er hörte ein Pling auf seinem Computer, öffnete das Mailprogramm und sah, dass die Übersetzerin ihm einen Link zu einer großen Datei geschickt hatte. Javier las die Beschreibung. Es handelte sich um alle Mitschnitte vom Auftaktseminar der deutschen Reisegruppe. Die Übersetzerin hatte dankenswerterweise alle Videos mit spanischen Untertiteln versehen. Das konnte aufschlussreich sein. Neugierig lud Javier die Dateien herunter.

Zeit fürs Kino.

Die Clips, die während der Seminare aufgenommen worden waren, dauerten zwischen zwei und fünf Minuten. Der Längste stammte von Frank Klausen. Wenn er es richtig verstanden hatte, war Johannes Fuhrmann, den Sandra als Erstes vernehmen wollte, der

Chef des Unternehmens und dieser Frank Klausen sein
Vize. Leider gab es kein Video von Fuhrmann. Dann
eben die Nummer zwei des Unternehmens. Javier öffnete Klausens Videoclip.

Das Video begann, und offensichtlich gab es techni-
sche Probleme bei der Aufzeichnung. Bevor Herr Klausen zu sprechen anfing, frickelte er jedenfalls noch an
seinem Gerät herum. Er tat das ganz entspannt und
machte irgendeinen Witz über die Technik dabei. Für
Javier war sofort klar, dass Frank Klausen Redetalent
besaß. Er wusste um seine Wirkung, konnte mit Sprache umgehen. Er benutzte keine antrainierten Gesten
und sprach die Wörter nicht überdeutlich aus, wie man
das aus dem Fernsehen kannte. Nein, Herr Klausen
wirkte in dem Clip überaus natürlich. Er schaffte es,
dem Zuschauer das Gefühl zu vermitteln, mit einem
Freund in einem Zimmer zu sitzen und sich ungezwungen zu unterhalten. Dabei kam er sehr sympathisch
rüber. Sein jungenhafter Charme erinnerte Javier an
Robert Redford. Jedoch ohne dessen Attraktivität. Dafür besaß der stellvertretene Agenturchef ein zu durch-
schnittliches Gesicht. Außerdem war er leicht überge-
wichtig. Javier fand, dass genau diese Mittelmäßigkeit
den Mann besonders sympathisch und vertrauenswür-
dig wirken ließ.

So richtig konnte er Sandra nicht verstehen, die ihm
neulich zwischen Tür und Angel angedeutet hatte, dass
sie Frank Klausen bislang für den Hauptverdächtigen
hielt. Sie war nach wie vor überzeugt, dass sich Schmittigs Worte kurz vor seinem Tod auf Klausens Vornamen bezogen. Javier war sich da nicht so sicher. Allerdings konnte sie als Muttersprachlerin die Stimmung

in dieser Touristengruppe sicherlich besser einschätzen als er. Er konnte mit dem Konzept dieser Studienreise sowieso wenig anfangen. Neuerfindung, Abenteuer, Träume. Wie konnten gestandene Menschen für so etwas Geld ausgeben?

Javier konzentrierte sich wieder auf das Video.

Jetzt hatte Herr Klausen anscheinend alles so eingestellt, wie er sich das vorstellte, nahm Platz und begann zu reden. Javier rollte näher an den Computermonitor heran, kniff die Augen zusammen und versuchte, die spanischen Untertitel der Übersetzerin zu entziffern.

„Also, Freundinnen und Freunde der spanischen Sonne, jetzt kann es endlich losgehen. Mit diesem Video will ich euch zeigen, wie ihr euren Pitch gestalten könnt. Das Wichtigste ist, dass er kurz und knackig ist und Neugier weckt. Überlegt euch, welche beruflichen Qualifikationen ihr habt, aber auch, welche Hobbys, Talente oder Fertigkeiten euch sonst noch ausmachen. Wählt davon ein oder zwei Punkte aus und verpackt sie in einer Anekdote."

Javier hielt inne und dachte kurz nach. Nettes Gedankenspiel. Bei ihm wäre es neben der Liebe zu seiner Tochter sein Faible für Málagas *Club de Fútbol*. Das war zwar nicht sonderlich originell, hatte ihm aber schon viele unterhaltsame Stunden mit anderen Fußballfans im La Rosaleda Stadium und vor allem in seiner Lieblingskneipe bereitet. Eine Schande, dass der Verein in die zweite Liga abgestiegen war, doch wahre Fans hielten ihm selbstredend dennoch die Treue.

Javier stoppte das Video von Frank Klausen. Er hatte sich bereits ein Bild von dem stellvertretenden Reiseleiter gemacht, konnte sehen, dass er gut in seinem Beruf war, und das genügte ihm erst einmal. Schade, dass Herr Fuhrmann keinen Videoclip von sich aufgenommen hatte. Er hätte zu gern gewusst, ob der Chef sich ebenso telegen wie sein Partner präsentieren konnte. Javier schaute sich das Polizeifoto von Fuhrmann an, das er, wie alle anderen Fotos auch, auf dem Whiteboard befestigt hatte. Der bärtige Reiseleiter war ein attraktiver Mann, hatte aber auch etwas Stures an sich. Vermutlich war er nicht in der Lage, sich ähnlich souverän wie sein Vize in Szene zu setzen.

Als Nächstes klickte Javier auf das Video des Mordopfers.

„Hallo. Ich bin Thomas Schmittig." Der junge Mann lachte unsicher auf. „Tom. Ich, ähm, ich komme aus dem Ruhrgebiet und interessiere mich für Kommunikation und so. Wie gesagt, Social Media und so." Während er das behauptete, schaute Herr Schmittig auf den Boden. Nicht sehr überzeugend. Im Vergleich mit den schnellen Reaktionen der dubiosen Paparazzi-Reporterin wirkte Tom Schmittig jedenfalls alles andere als redegewandt. Sehr seltsam, dass sich jemand, der sich mit Worten so offensichtlich schwertat, vorgab, sich für Kommunikation zu interessieren.

„Ansonsten arbeite ich gern mit meinen Händen. Hab eine Ausbildung zum Klempner angefangen. Das war gar nicht so schlecht. Nun ja, Frank sagt, wir sollen das Video mit einem Spruch beenden."

Javier war seltsam berührt von Schmittigs Worten, da er wusste, dass der junge Mann, der vor der Kamera so unbeholfen von seinen Zukunftsplänen sprach, mittlerweile nicht mehr lebte. Was waren seine Träume, seine Visionen? Wie würde sein Lebensmotto lauten?

„Leute", er blickte direkt in die Kamera. „Nicht vergessen: Immer mit den Beinen auf dem Boden bleiben!"

Javier drückte die Pausentaste, stand auf und ging zum Fenster. Er zündete sich eine Zigarette an.

Was für ein Horror!

Was konnte dazu geführt haben, dass das Leben dieses Mannes viel zu früh hatte enden müssen? Er wirkte weder unsportlich noch wie ein Selbstmörder. Javier schaute auf das Standbild auf seinem Monitor. Tom Schmittig, in was hast du dich da nur reingeritten?

Kapitel 8

Mittwoch, den 5. Juni, 10 Uhr

Sandra

Sandra betrat das Palmen-Hotel. In einer Stunde hatte sie einen Termin mit Frau Nuñoz auf der Dachterrasse. Die Eventmanagerin hatte sie am Nachmittag des Vortages angerufen und sich nett und kooperativ gezeigt. Von Frank Klausen jedoch hatte sie nichts gehört. Sie klopfte an sein Zimmer, und wieder kam keine Reaktion.

„Hallo, Sandra." Diese Stimme kannte sie nur zu gut. Johannes.

„Weißt du, wo Herr Klausen steckt?"

„Ist er nicht auf seinem Zimmer?"

„Er macht mir nicht auf."

Johannes klopfte an Klausens Tür.

„Frank, ich bin's, Johannes. Mach mal auf."

Stille.

„Er scheint nicht da zu sein."

„Wann hast du ihn das letzte Mal gesehen?"

„Heute Morgen beim Frühstück. Er hat zwar nichts gegessen, aber er saß im Frühstückszimmer und hat in seinen Kaffee gestarrt."

„Aha."

„Wir haben uns überlegt, dass es wichtig ist, Präsenz zu zeigen. Weißt du …“ Johannes senkte die Stimme. „Es gibt da gewisse Gerüchte, die die Runde machen …“

Bevor er das genauer ausführen konnte, kam eine schwarz gekleidete Frau den Hotelkorridor entlanggelaufen. Als sie bei ihnen ankam, blieb sie stehen, strich sich durch ihre schulterlangen braunen Locken, grüßte Johannes und musterte Sandra neugierig.

„Guten Morgen, Tamara“, grüßte Johannes die mittelalte Frau zurück. Danach beugte er sich zu Sandra hinüber und erklärte ihr halblaut, dass das die Sozialarbeiterin sei.

„Hallo“, grüßte sie jetzt auch Sandra. Johannes stellte die beiden Frauen einander vor.

„Das ist Tamara Meyer, und das ist Kommissarin Sandra König.“

„Polizeioberkommissarin.“ Sandra schaute auf die Uhr, und da Klausen immer noch nicht zu erreichen war, beschloss sie spontan, eine Befragung der Sozialarbeiterin einzuschieben. „Haben Sie einen Moment Zeit für mich, Frau Meyer?“

„Natürlich. Ich wohne gleich gegenüber.“

Sandra folgte ihr und hörte, wie Johannes’ Tür im selben Moment zufiel, in dem Frau Meyer ihr Zimmer mit der Schlüsselkarte geöffnet hatte.

Wie schon bei der vorherigen Vernehmung nahm Sandra an dem Hotelschreibtisch Platz. Ihre Zeugin setzte sich auf das Bett und machte Sandra mit ihrem Rumgewackel fast wahnsinnig. Ihr linkes Bein stand zwar fest auf dem Boden, aber sie schaffte es dennoch, den rechten Oberschenkel, den sie locker darüber gekreuzt hatte, permanent zappeln zu lassen. Sandra zwang sich, ihre Augen auf dem Tablet zu halten, aber sie merkte deutlich, wie viel Kraft es sie kostete, die Hampelei zu ignorieren. Innerhalb weniger Sekunden hatte Frau Meyer sie mit ihrer Unruhe angesteckt und machte sie regelrecht aggressiv.

Dennoch setzte Sandra ein freundlich-professionelles Gesicht auf und nahm die Personalien auf. Auch wenn ihre spanischen Kolleginnen und Kollegen gute Arbeit geleistet hatten. Sämtliche Dokumente, angefangen mit der Nummer ihres Reisepasses bis hin zu ihrer Essensbestellung bei der Fluglinie, mit der sie eingereist war, lagen Sandra bereits vor. Dennoch fragte sie die Personalien erneut ab, da sie hoffte, dass die monoton gestellten kurzen Fragen und die zu erwartenden einfachen Standardantworten das Wackelpuddingbein zur Ruhe bringen würden. Leider ging ihr Plan nicht auf. Also wechselte sie die Strategie.

„Kommen wir zu Herrn Schmittig.“
Die Frequenz des Zitterns steigerte sich.
„Was für ein Mensch war er Ihrer Meinung nach?“
„Ich weiß nicht. Hatte nicht viel mit ihm zu tun.“
Sandra wartete.
„Still. Introvertiert.“
„Hatte jemand mehr Kontakt zu ihm?“
„Eigentlich nicht. Er war eher ein Außenseiter. Obwohl ich ihn in letzter Zeit häufiger mit Frank gesehen habe.“
„Mit Herrn Klausen?“
„Ja.“
„Gut. Dann lassen Sie uns doch über das sprechen, was am Sonntag passiert ist. Erinnern Sie sich noch an die Exkursion zum Geierberg?“

„Ja." Sie sprach so leise, dass Sandra sich in ihre Richtung vorbeugen musste, um sie besser zu verstehen.

„An was erinnern Sie sich?"

„Es war grässlich."

Die Frau machte es ihr wahrlich nicht leicht.

„Was genau war denn grässlich?" Aktives Zuhören hieß die Technik. Hatte Sandra im ersten Jahr auf der Polizeihochschule gelernt. Wiederholen, was die befragte Person selbst gesagt hat, damit sie sich auf der emotionalen Ebene wahrgenommen fühlt. Gleichzeitig sollte man dabei möglichst in einem neutralen Tonfall sprechen, um so dem Vorwurf zu entgehen, man hätte Suggestivfragen gestellt.

„Die Busfahrt war grässlich. Wissen Sie, ich leide entsetzlich unter Höhenangst."

„Höhenangst."

„Ja, schon immer. Im Aufzug. In der Seilbahn. Und dann in dem verspäteten Bus, als er sich ..."

Es schien ihr fast unmöglich zu sein, weiterzusprechen.

„Als sich das Fahrzeug in die Kurven legte ... Ich saß am Fenster, und es ging richtig steil hinunter. Und der Busfahrer hat andauernd gehupt. So lang und panisch, als hätte ihn jemand übersehen."

„Aha, verstehe."

„Und dann kamen uns Autos entgegen und Motorradfahrer."

„Beängstigend, nehme ich an ..."

„Fürchterlich. Der Fahrer musste immer wieder bremsen, und ich klammerte mich an dem Sitz fest. Wissen Sie ..." Tamara beugte sich verschwörerisch vor.

„Ich habe ein schwaches Herz und muss Medikamente nehmen.“

„Me...?“

„Und wenn ich vor Angst Herzrasen bekomme, mache ich mir schon Gedanken.“

„Sie ha...?“

„So von wegen Herzinfarkt oder so.“

War das dieselbe Frau, der Sandra eben noch jedes Wort aus der Nase ziehen musste? Jetzt wurde sie so von ihrem eigenen Film mit dem Titel „Lebensbedrohliche Busfahrt“ vereinnahmt, dass sie Sandras Versuche, sie zu unterbrechen, gar nicht zu hören schien.

Angesichts so großer Emotionalität fühlte sich Sandra überfordert. Sie konnte die Ängste nicht nachvollziehen. Ganz im Gegenteil, denn ihr gefiel das Autofahren. Sie fuhr gern ein wenig rasant, hatte das Fahrzeug dabei aber immer unter Kontrolle.

Was sie allerdings noch bemerkenswerter fand, war die Tatsache, dass die Zeugin die Busfahrt, die sie problemlos überstanden hatte, als Haupterinnerung des Tages vor ihr ausbreitete. Was war mit dem Todesfall?

Sandra versuchte erneut, das Gespräch in diese Richtung zu lenken.

„Ich verstehe. Die Busfahrten waren sehr unangenehm für Sie.“

„Ja, vor allem die Hinfahrt.“

Bitte nicht. Es schien Sandra so, als ob Frau Meyer, anstatt das Thema fallen zu lassen, wieder von vorn anfangen wollte.

„Auf der Rückfahrt schaffte ich es nämlich, mich abzulenken. Ich hörte Musik, las und habe den Fensterplatz der Caro überlassen.“

„Danke. Jetzt habe ich ein ungefähres Bild von den Busfahrten."

„Ich war Caro sehr dankbar."

Moment, bremste sich Sandra. Sie durfte die Zeugin nicht zu sehr drängen. Sie wollte ihr vielleicht durch die Blume etwas mitteilen.

„Caro?"

„Carola. Sie hat gemerkt, wie sehr ich gelitten habe, hat sich neben mich gesetzt und meine Hand gehalten."

„Die Organisatorin der Veranstaltung, Carola ..." Sandra überflog die Liste, konnte aber so schnell nicht den passenden Nachnamen finden.

„Richtig, Caro hat auf der Hinfahrt neben mir gesessen."

„Und auch den Aufstieg auf den Geierberg haben Sie beide zusammen in Angriff genommen ..."

„Stimmt genau. Caro hat versucht, mir meine Angst zu nehmen, und ich habe im Gegenzug probiert, ihr gut zuzusprechen. Sie hat sich solche Vorwürfe gemacht, dass der Bus uns mit so großer Verspätung vom Bahnhof abgeholt hat. Doch ich habe ihr gesagt ..."

Oh, nein, sie setzte wieder an, ohne Punkt und Komma zu reden. Auch das Bein schaukelte wieder heftiger. Sandra spürte, dass Kopfschmerzen im Anmarsch waren. Höchste Zeit, die Befragung zu beenden.

„Ich habe Caro beruhigt, ihr gesagt, dass das jedem passieren könnte. Das Wichtigste sei doch, dass sie eine Lösung gefunden hat."

„Sie gingen also zu zweit den Berg hinauf. Hatten Sie oben auf dem Gipfel Angst?"

„Nein, ich habe mich von dem Rand ferngehalten, sodass nichts passiert ist."

Sandra schaute hoch. Wie konnte man so etwas sagen? Ein Mensch war zu Tode gekommen! Aber die Zeugin schnatterte immer weiter. Irgendwas war komisch an der Sozialarbeiterin. Stand sie unter Schock? Verdrängte sie den tödlichen Sturz, oder steckte da noch etwas ganz anderes dahinter?

„Und die Rückfahrt?", unterbrach Sandra sie.

„Tom kam nicht. Wir warteten, und Johannes bat sogar den Schaffner, die Abfahrt noch ein paar Minuten hinauszuzögern. Doch dann befahl Johannes uns allen einzusteigen und blieb allein zurück, um sich noch einmal auf die Suche nach Tom zu machen. Falls er sich verlaufen habe oder so."

„Was sagen Sie da? Johannes blieb noch länger in El Chorro, nachdem die restliche Reisegruppe schon abgefahren war?" Ach was! Das hatte Johannes doch glatt „vergessen", ihr mitzuteilen.

„Ja."

„Danke. Das war es vorerst. Ich gehe jetzt, aber Sie können sich jederzeit an mich wenden, wenn Ihnen noch etwas einfällt." Sandra stoppte den Audiomitschnitt und speicherte ihn. Dann aktualisierte sie ihre Visitenkarte mit dem Hotelkugelschreiber, der auf dem Schreibtisch lag, und drückte Frau Meyer ihre neuen Kontaktdaten in die Hand.

Sandra verließ das Hotelzimmer und machte sich auf den Weg zur Dachterrasse. Sie hatte noch eine halbe Stunde Zeit vor ihrem nächsten Gespräch. In diesem Moment rief die Eventmanagerin an und bat darum, ihr Treffen auf den nächsten Tag zu verschieben. Am liebsten würde sie Sandra am Donnerstag um genau

16.30 Uhr sprechen. Sandra verdrehte genervt die Augen. Allmählich bekam sie das Gefühl, auch in Málaga nicht wirklich ernst genommen zu werden. Herr Klausen meldete sich gar nicht bei ihr, und Frau Nuñoz vertröstete sie von einem Tag auf den anderen. Vermutlich müsste sie allmählich die nächste Phase einleiten und die Zeuginnen und Zeugen formal zur Befragung in die Dienststelle vorladen. Es fiel ihr schwer, sich ihre Genervtheit nicht anmerken zu lassen, als sie dem neuen Termin zustimmte.

Sie beschloss, zu ihrer Pension zurückzukehren. Sobald sie wieder draußen auf der Straße stand, besserte sich ihre Laune. Als sie an der Kathedrale vorbei durch die Altstadt schlenderte, beschloss sie, die unerwartete Arbeitspause für einen größeren Spaziergang zu nutzen. Sie lief zu den Überresten des alten römischen Theaters, hinter dem die Burg *Gibralfaro* und die maurische Festung *La Alcazaba* zu sehen waren. Sandra fand es beeindruckend, dass so viele historische Sehenswürdigkeiten so nahe beieinanderlagen und Zeugnis von der langen und bewegten Geschichte Málagas gaben. Sandra überlegte, ob sie noch einen Umweg zum Leuchtturm machen sollte, beschloss aber, dass das zu lange dauern würde. Die Verschnaufpause war vorbei. Jetzt ging es wieder an die Arbeit. Zurück in ihrem Hotel fasste Sandra die Ergebnisse der beiden Zeugenbefragungen für Javier in einer E-Mail zusammen und schickte sie ihm zusammen mit den Tonaufnahmen.

Kapitel 9

Javier

Javier las sich Sandras E-Mail durch. Sie hatte sich also Fuhrmann, den Chef, und Meyer, die Sozialarbeiterin, vorgenommen.

Je älter er geworden war, desto leichter fiel es ihm, Aufgaben zu delegieren. Früher konnte er das nicht, war unfähig, Kontrolle abzugeben. Manchmal erinnerte ihn Sandra an sich selbst, an seine Zeit als junger Polizist. Bevor er sich um Ana kümmern musste, war er auch so ein Hochleistungspolizist gewesen wie seine deutsche Kollegin. Es ging um Einkommen, Status und Karriere. Heutzutage sah er das wesentlich entspannter und besaß andere Werte. Er merkte deutlich, dass seine Kräfte nachließen. Insofern kam ihm das Delegieren von Aufgaben entgegen. Er konnte die mühsame Kleinarbeit gut und gern anderen überlassen. Durch seine lange Routine hatte Javier etwas Wichtigeres entwickelt. Etwas, das vielen der jüngeren Kollegen, auch Sandra, meist noch fehlte: Weitblick. Mittlerweile war er in der Lage, auf Abstand zu gehen und Muster zu erkennen. Und genau diese Fähigkeit wollte er nun bei der Analyse der Videos einsetzen.

Javier schaute sich die Liste der Videoclips an. Nein, von Fuhrmann gab es, wie er bereits wusste, keine Filmaufnahme, wohl aber von der nervösen Frau Meyer. Er beschloss, sich dieses Video als Nächstes anzuschauen.

Javier suchte den Clip und klickte auf Start. Nach dem, was Sandra ihm berichtet hatte, erwartete er eine erbarmungswürdige Stotterpartie oder einen hektischen Redeschwall, begleitet von fahrigen Gesten. Doch weit gefehlt. Im Video machte Tamara Meyer einen vollständig anderen Eindruck. Es erstaunte ihn, wie sicher und zielstrebig sie den „Pitch" bewältigt hatte. Die Frau war so gelassen, dass sie fast schon ein wenig zu distanziert und kalt auf ihn wirkte. Verwundert schaute sich Javier die Aufnahme noch einmal an und konzentrierte sich beim zweiten Durchgang auf die spanischen Untertitel.

Es gab keinen Zweifel. Was die Frau sagte, hatte Hand und Fuß.

Für einen kurzen Moment fragte Javier sich, ob dieses Video nicht vielleicht die wahre Frau Meyer zeigte und ob sie Sandra während der Befragung ihre Nervosität nur vorgespielt hatte. Aber warum hätte sie das tun sollen? Javier hielt seine Beobachtung in seinem Notizbuch fest, wohl wissend, dass er den Widerspruch in diesem Moment nicht auflösen konnte.

Danach stieß er sich auf dem Bürostuhl ein wenig vom Schreibtisch ab und reckte sich. Zeit für eine Mittagspause. Die anderen Videos konnte er sich später anschauen. Wer weiß, mit ein wenig Glück würden die Obduktionsergebnisse vielleicht schon nach der Mittagspause vorliegen und aussagen, dass der Sturz lediglich ein unglückseliger Unfall gewesen war. Das wäre das Beste. Dann könnte er die Ermittlungen beenden und Sandra nach Hause zurückschicken.

Javier verließ das Kommissariat und schlenderte zu seinem Stammrestaurant um die Ecke. Dort wurde er wie gewohnt schnell bedient. Die Belegschaft kannte und schätzte ihn. Wie immer nahm er das Tagesmenü. Das Essen bestand aus leckerer spanischer Hausmannskost. Gut und preiswert. Beim ersten Gang entschied er sich für *Ropa Vieja*, einen deftigen Eintopf, in dem die Essensreste der letzten Mahlzeiten als sogenannte „alte Wäsche" auf schmackhafte Weise neu zusammengemischt wurden. Köstlich. Als zweiten Gang wählte er ein großes Stück Kartoffelomelett. Danach war er satt. Zum Abschluss bestellte er sich noch einen Espresso, um nach dem vielen guten Essen wieder wach zu werden. Er beobachte die Passanten und beschloss, trotz Inmas Mahnung seine Tochter anzurufen. Die Kommunikation zwischen seiner Tochter und ihm war verzwickt, normalerweise drückte sie ihn weg. Es läutete einige Male, und gerade als Javier wieder auflegen wollte, nahm sie tatsächlich ab.

„*Hola* Ana."

„Hallo, Papa. Was gibt's?"

„Nichts Besonderes. Sitze gerade im Café, habe gut gegessen ..."

„Und versuchst, die Zeit totzuschlagen? Sorry, Papa. Ich muss nächste Woche eine Hausarbeit abgeben ..."

Javier wollte sich nicht so leicht abwürgen lassen.

„Interessant. Über was denn?"

„Würde dir sowieso nichts sagen. Hör mal, warum gehst du denn nicht mit dieser deutschen Polizistin, von der du mir erzählt hast, essen? Die würde sich doch sicherlich über ein bisschen Gesellschaft freuen. Mir fehlt dazu leider gerade die Zeit. Tut mir leid, ich muss jetzt Schluss machen."

Und schon hatte sie das Telefonat beendet.

Schlecht gelaunt kehrte Javier ins Büro zurück und stürzte sich in die Arbeit. Es fehlten noch drei Videos: die Umweltaktivistin, der Start-up-Typ, der ein Knopfimperium aufbauen wollte, und der Schauspieler.

Javier fing mit der Klimaaktivistin an. Körpersprachlich wirkte sie nett und harmlos, mehr schüchtern als kämpferisch. Auch in Spanien wurde das Thema Klimawandel immer wichtiger, in Deutschland – das hatte ihm Sandra erzählt – setzten sich anscheinend vor allem Jugendliche schon länger dagegen ein. So hatte sie ihm berichtet, dass viele Schüler freitags die Schule geschwänzt hatten, um für mehr Umweltschutz zu protestieren. Die Schule bestreiken, so etwas gab es in Spanien, zumindest, soweit er informiert war, nicht. Plötzlich hatte Javier eine Idee. Er könnte seine Tochter fragen. Da Ana in Madrid wohnte, war sie am politischen Geschehen viel näher dran als er. Doch dann dachte er an das ärgerliche Telefonat eben und rief sie nicht noch einmal an.

Javier sah sich das Video der Umweltaktivistin zum zweiten Mal an und achtete auf die Untertitel. Frau Kramer berichtete, dass sie aus der Krankenpflege käme. Sie sagte, dass ihr Wunsch darin bestünde, anderen zu helfen, und erzählte erst eine Anekdote aus ihrer Schulzeit.

Javier grinste. Klausen war ein guter Dozent. Es war ein kluger Tipp von ihm gewesen, die Seminarteilnehmer zu bitten, ihre Einstellung zum Leben anhand einer kleinen Geschichte zu veranschaulichen. Kurz darauf berichtete Nina Kramer, dass sie das Gefühl habe, in der Coronazeit im Krankenhaus verschlissen worden zu sein. Ihr Traum wäre es, weiter im Pflegebereich zu arbeiten, aber den Schichtdienst im Krankenhaus hinter sich zu lassen.

Ja, das war nachvollziehbar. Javier wünschte ihr viel Glück.

Als Nächstes schwärmte sie von Málaga und hob vor allem die vertikalen Gärten hervor. Javier stutzte einen Augenblick. Was meinte sie damit? Dann fiel es ihm ein. In der Nähe des Theaters in der Altstadt gab es zum Beispiel eine Hausfassade, die praktisch wie ein Gartenbeet aussah. Javier las in den Untertiteln, wie Frau Kramer die Vorteile solcher begrünten Fassaden aufzählte. Sie filterten die Luft, reduzierten die Temperatur und dienten außerdem als Lärmschutz. Darüber hatte sich Javier bislang noch keine Gedanken gemacht, fand aber, dass das logisch klang. Doch dann rutschte Frau Kramer ins Politische ab und wurde polemisch. So müsste die Zukunft der Innenstädte angesichts der Klimakrise aussehen.

Anschließend erzählte sie langatmig von einer Organisation, die sich KLUG nannte und die Klimaschutz als Gesundheitsschutz verstanden wissen wollte. Nina Kramer wurde immer emotionaler und erklärte, dass sie mehr Zeit für ihr politisches Engagement bräuchte. Die Menschen würden nicht nur verantwortungslos und brutal miteinander umgehen, sondern auch die Umwelt ausbeuten und den Ast absägen, auf dem sie säßen. Schon der Begriff Umwelt wäre falsch, es müsste vielmehr Mitwelt heißen ...

Javier hatte genug gehört. Auch wenn Frau Kramers politische Ansichten ihn nicht überzeugten, tippte er, was den Fall anging, auf unschuldig.

Der Start-up-Mann mit seinem Knopfgeschäft schien Javier ebenfalls unauffällig zu sein. Nach wenigen Sekunden wurde deutlich, dass er sich im Video nicht allzu gut verkaufen konnte. Ständig verhaspelte er sich und erzählte langatmig von seinem Training im „Gym". Am Ende des Clips zeigte er stolz, *whoosh*, seinen nackten Oberkörper. Ein halber Striptease im Bewerbungsvideo? Warum?

Javier widmete sich anschließend genauer den Untertiteln, konnte aber immer noch nicht verstehen, was das Video mit einem Knopf-Import-Export zu tun hatte. Doch dann kam Javier ein Gedanke: Er durfte sich nicht täuschen lassen, denn die Aktivistin, das Mordopfer, der Knopftyp und auch der Schauspieler hatten mehr oder weniger dasselbe Alter, alle waren in ihren Zwanzigern. Die Wahrscheinlichkeit, dass sich zwischen ihnen irgendein Konflikt hochgespielt hatte, sollte er nicht vorschnell von der Hand weisen.

Javier merkte, wie seine Augen, trotz Brille, zu schmerzen anfingen. Ihm lag diese Computerarbeit nicht. Aber egal. Das letzte Video würde er noch durchhalten. Es wurde Zeit, dass sie in dem Fall vorankamen.

Der Schauspieler.

Wie hieß er noch gleich? Richtig: Manuel Esser. Bei diesem Kerl schrillten bei Javier sofort sämtliche Alarmglocken. Ja, er war voreingenommen, aber er misstraute der Branche und dem ganzen Medienzirkus, der um Schauspieler gemacht wurde. Er öffnete das letzte Video. Nach der ersten Minute wollte er den Clip gleich schon wieder abbrechen, da er glaubte, sich vertan zu haben. Der Mann in dem Video sah kein bisschen aus wie auf dem Foto von Manuel Esser, das auf dem Whiteboard hing. Der Mann im Video trug eine Frisur mit viel Haaröl, hatte Tattoos und wirkte ziemlich heruntergekommen. Er sprach auch nicht wie ein deutscher Schauspieler, sondern benutzte eine Art spanischen Akzent und zog die Wörter ganz seltsam zusammen. Es dauerte einen Moment, bis Javier verstand, dass Manuel nicht sich selbst in dem Video vorstellte, sondern eine Kunstfigur.

„Hallo. Mein Name ist Alberto.“

Dann redete er noch weiter, dass er Haschisch möge und zwischen zwei Frauen stehe. Was? Und dann begriff Javier, was das sollte: Der Schauspieler nahm an der Reise teil, um sich auf eine Rolle vorzubereiten, die er vermutlich im Theater oder im Kino spielen wollte. Eine Rolle, überlegte Javier, in der er einen Spanier darstellte. Eine Rolle, verdammter Mist, in der es um Drogen ging.

Kapitel 10

Donnerstag, den 6. Juni, 9 Uhr

Sandra

Am nächsten Morgen nach dem Frühstück las Sandra sich Javiers Bericht über die Sichtung der Videoclips durch. Es klang so, als ob der *Comisario Principal* sich auf den Schauspieler als Hauptverdächtigen eingeschossen hätte. Das bestätigte das Bild, das sie sich von ihm gemacht hatte. Er war eben konservativ, konnte mit Künstlerinnen und Künstlern und dem freien Lebensstil, den sie verkörperten, offenbar wenig anfangen. Auch dass er das Thema Drogen so wichtig nahm, konnte sie nicht nachvollziehen. Gleichzeitig musste Sandra anerkennen, dass er sich in Südspanien besser auskannte als sie. Als Erklärung für seine Vermutung hatte er erläutert, dass sich viele Drogenprobleme durch Andalusiens Nähe zu Nordafrika ergäben.

Sandra war noch müde und fühlte sich einsam und unverstanden. Sie vermisste es, sich mit jemandem fachlich auszutauschen, der sie ernst nahm und ihr wohlgesinnt war. In dem Moment fiel ihr Julia ein. Spontan wählte sie die Telefonnummer ihrer Kollegin.

„Polizeiwache Köln-Nord. Sie sprechen mit Julia Buchmann. Was kann ich für Sie tun?"

„Hallo, Julia."

„*Buenos días*, Sandra. Na, wie ist es für dich, zurück in Spanien zu sein?"

„Nice, schon nicht schlecht hier. Aber auch anders als in Barcelona."

Sandra lief in ihrem Pensionszimmer auf und ab und schaute auf das kitschige Bild einer Flamencotänzerin.

„Hast du ein paar Minuten Zeit für mich? Mir fällt die Decke auf den Kopf."

„Klar. Warte mal, ich mache mal die Tür zu."

Sandra lachte, als sie den Rums hörte.

„Und", fragte sie, als Julia zurückgekommen war und den Hörer wieder aufgenommen hatte, „wie läuft es bei euch ohne mich?"

„You-know-who ist anstrengend." Julia senkte die Stimme. „Er versucht uns wieder mal seine bizarren halbausgegorenen Ideen aufzudrücken. Als ob wir mit der Routinearbeit nicht schon mehr als genug zu tun hätten. Aber genug von unserer geliebten Stadt am Rhein. Wie läuft es mit den Kollegen in Südspanien? Sind sie heißer als in Köln?"

„Geht so." Sandra musste laut lachen.

Julia und sie mochten sich, waren aber keine Freundinnen. Es war ungewohnt für sie, so einen albernen Small Talk mit ihrer Kollegin zu machen.

„Und dein spanischer Vorgesetzter. Wie ist der? Vergleichbar mit dem von uns allen verehrten Kölner Chef?"

„Ähm, nee. Anders. Mein Kollege ist der *Comisario Principal* Javier Sánchez."

„Oha."

„Ganz genau. Er ist *Comisario Principal*, steht über mir, und das lässt er mich gern spüren."

„Wie blöd."

„Stimmt, meistens schon, aber manchmal ist er auch nett. Allerdings redet er insgesamt nicht gerade viel."

„Klingt nicht ganz einfach."

„Nein, das ist es nicht. Aber schon okay. Málaga ist großartig."

„Soll ich dich mal aufheitern?"

„Unbedingt."

„Gestern hat Jörg mit deinem Typen telefoniert, mit Ja-Ja-Javier ..."

Julia machte verschiedene seltsame Rachenlaute hintereinander und fand sich sehr spaßig. Sandra verdrehte die Augen und wartete ungeduldig, bis Julia weitersprach.

„Jörg hat Englisch mit ihm gesprochen. Das klang gar nicht mal so schlimm. Auf jeden Fall hat er dich als *German Bloodhound* bezeichnet. Du seist wie ein Bluthund und würdest dich den Schuldigen an den Nacken heften und sie nicht mehr loslassen."

„Nicht dein Ernst."

„Aber ja doch. Du hättest einen starken Willen und würdest hartnäckig so lange an deiner Theorie dranbleiben, bis du sie bewiesen hättest."

„Ich weiß nicht, ob das ein Kompliment ist."

„Doch, doch. Jörg hat es eindeutig so gemeint." Julia lachte wieder polternd los und versuchte dann, einen Hundelaut zu imitieren. Irgendwann hatte sie sich wieder beruhigt.

„Also, ich fasse zusammen. Dir geht es gut, aber du musst dich noch ein wenig … wie sagt man so schön? … akklimatisieren.“

„Ja, genau.“ Sandra war erstaunt. Julia hatte ihr Grundgefühl tatsächlich treffend auf den Punkt gebracht. „Krass, du hast den Nagel auf den Kopf getroffen, Julia. Genau so fühle ich mich gerade. Ich bin gedanklich weder in Köln noch in Málaga zu Hause.“

„Tja, das ist jetzt hart, aber weißt du: Es gibt nicht überall solche Prachtkollegen wie mich.“

Diesmal musste Sandra laut lachen. „Da hast du wohl recht.“

Sie zögerte einen Moment, und dann beschloss sie, Julia etwas Persönliches anzuvertrauen. Sie wusste nur nicht, wie sie anfangen sollte. Dann legte sie los, ohne zu lange nachzudenken.

„Aber ich kann dir auch etwas Überraschendes erzählen. Ich habe hier jemanden wiedergetroffen, den ich von früher her kenne.“

„Sieht er gut aus?“

„Ja. Das tut er, aber er ist ätzend.“

„Olé. Wie leidenschaftlich. Ein sexy Bad Boy also …“

„Julia, du streamst die falschen Serien.“

Sandra hörte ihre Kollegin durch die Leitung kichern.

„Also, sag schon: Wo hast du den Typen denn wieder gesehen?“

Sandra stand auf und begann mit dem Handy in der Hand auf und ab zu laufen.

„Das hat mit dem Fall zu tun. Es handelt sich um Johannes, den Anbieter dieser Studienreise. Er ist ein alter Freund meines Bruders.“

„Von Robert?" Julia schwieg einen Augenblick. Als sie wieder etwas sagte, hatte ihre Stimme einen ernsten Klang.

„Hör mal, pass bloß auf von wegen Befangenheit und so. Ich meine, wenn du Johannes schon von früher kennst. Nicht, dass sie dich wegen dem Typen wieder aus Spanien abziehen."

„Nein, nein. Keine Sorge. Johannes und ich haben uns damals, also vor Ewigkeiten, noch zu Schulzeiten, weißt du, ein paarmal gesehen, wenn er Robert besucht hat. Und auf ... Partys."

Sandra musste schlucken. Sie wollte sich nicht an diese schreckliche Nacht erinnern.

„Außerdem wissen wir noch nicht einmal, ob es sich um einen Mordfall handelt."

Sandra überlegte schnell, wie sie Julia ablenken könnte, und griff auf den ersten Gedanken, der ihr in den Sinn kam, zurück.

„Weißt du, dass ich echt Mitleid mit dem Opfer habe? Stell dir das mal vor: Du willst von deinem Ersparten Urlaub im Süden machen, vielleicht ein bisschen an deinem Auftreten arbeiten oder auf der Bildungsreise Frauen kennenlernen oder was auch immer, und dann verunglückst du bei einer Wanderung mit Mitte zwanzig ..."

„Dumm gelaufen, würde ich mal sagen. Allerdings ... bist du bereit? Sollen wir zum Geschäftlichen kommen?"

„Ich bitte darum, aber warte noch einen Moment."

Sandra machte es sich auf dem Pensionssessel so gemütlich, wie es ging, und legte ihr Tablet vor sich auf der Matratze des Hotelbetts, direkt unter der Flamencotänzerin, ab. Die Mittagssonne knallte mit aller Kraft auf die gerade von ihr geschaffene Arbeitsecke.

„Bin gleich so weit."

Ungeschickt machte sie sich an der Jalousie zu schaffen. Warum ging das Ding nicht zu? Sie wagte nicht, noch heftiger an den Schnüren zu ziehen, da sie Angst hatte, etwas zu beschädigen. Endlich hatte sie es geschafft. Ihre improvisierte Workstation lag im Schatten. Sie fuhr ihr Tablet hoch, bereit, Julias neueste Informationen sofort einzupflegen.

„Also, was hast du für mich?"

„Dieser Thomas Schmittig ist ein seltsamer Typ. Habe ein wenig über ihn recherchiert."

„Seltsam? Warum?"

„Er ist sechsundzwanzig Jahre alt, kommt aus Bochum und ist nicht der träumerische Weltenbummler, den du dir vorstellst, sondern das genaue Gegenteil, ein Kleinkrimineller. Bereits als Jugendlicher ist er aktenkundig geworden: Schwarzfahren, Diebstahl, Fälschung von Unterschriften. Mit sechzehn Jahren ist er von zu Hause weggelaufen und hat ein paar Monate auf der Straße gelebt. Seine Mutter wollte ihn nicht mehr aufnehmen, sodass das Sozialamt tätig geworden ist. Bis zur Volljährigkeit ist er in einem betreuten Wohnprojekt untergekommen und hat seinen Hauptschulabschluss gemacht. Eine Klempnerlehre hat er jedoch abgebrochen. Stattdessen fing der an zu dealen."

„Das habe ich nicht erwartet. Die ganze Reisegruppe hat auf den ersten Blick eher so einen betulichen Touch."

„Hm, verstehe. Thomas Schmittig war zwar kein verträumter Jugendlicher, aber dennoch eine arme Socke. Hör zu, ich bin zu seiner Mutter gefahren, um sie über den Tod ihres Sohnes zu informieren, und stell dir vor: Sie hat überhaupt nicht reagiert, stattdessen schien ihr meine Anwesenheit lästig zu sein.“

„Heftig.“ Sandra hielt einen Moment inne. Allerdings hatte jeder Mensch eine andere Art, mit schlimmen Nachrichten umzugehen. Sie hatte schon die verschiedensten Reaktionen erlebt: Tränen, Fassungslosigkeit, Wut ... aber so ein Nichtreagieren, wie Julia es beschrieben hatte, war ihr bislang noch nicht begegnet.

„Absolut“, Julia war noch immer aufgewühlt. „Ich meine, es handelt sich um ihren Sohn. Ihr eigenes Kind!“

„Hammer. Was meinst du, stand sie vielleicht unter Schock? Vermutlich benötigt sie psychologische Betreuung ...“

„Ich glaube nicht, dass sie sich auf so etwas einlässt. Ich sage dir, so etwas habe ich noch nie erlebt. Sie konnte mich gar nicht schnell genug wieder loswerden und hatte wenig Interesse, bei der Aufklärung mitzuwirken.“

„Unfassbar.“

„Wirklich heftig. Der Vater ist anonym, und die Mutter schien nichts, ich sage dir gar nichts, über Schmittigs Freunde oder Feinde zu wissen.“

„Oder sie wollte nichts darüber wissen.“

„Auf jeden Fall hat sie mir null Komma nix mitgeteilt. Ich habe sie dann gefragt, ob ihr Sohn vor seiner Reise besonders niedergeschlagen gewirkt habe. Sie hat nur mit den Schultern gezuckt und meinte, sie wisse nichts von einer Reise."

„Das macht es uns nicht gerade einfacher, den Fall zu lösen."

„Ja. Wenn es kein Unfall ist, werden wir die Drogenszene in Bochum unter die Lupe nehmen müssen."

„Viel Spaß bei deinen Nachforschungen im Ruhrgebiet."

„Aber", gab Julia pragmatisch zu bedenken, „wir können uns auf diejenigen beschränken, die Verbindungen nach Südspanien haben."

„Hört sich logisch an. Und überhaupt erhält die Option Suizid bei so einem Lebenslauf auch noch einmal ein anderes Gewicht."

„Mit anderen Worten: Wir sind so klug wie am Anfang."

„Mal sehen. Wer weiß? Vielleicht könntest du auch noch versuchen, mehr über die anderen herauszufinden."

„Klar. Wem soll ich hinterherschnüffeln?"

„Dem Reiseleiter: Johannes Fuhrmann, meinem Bekannten."

„Hinter den klemme ich mich als Erstes."

Sandra musste lachen. „Sei nicht so neugierig. Wichtiger ist meiner Meinung nach sein Partner Frank Klausen. Ich finde ihn sehr verdächtig, denn er hat kein Alibi, und, was ich noch auffälliger finde, Schmittig hat anscheinend noch kurz vor seinem Tod dessen Namen erwähnt."

„Fuhrmann, Klausen, sonst noch wer?"

„Ja, bitte. Die dritte Person, über die ich gern mehr wüsste, ist Carola Nuñoz. Soll ich ihren Namen buchstabieren?

„Nicht nötig, ich habe die Namensliste deiner Reisegruppe vor mir liegen. Was hat es mit Carola N. auf sich?“

„Sie kümmert sich um die Logistik und organisiert die Exkursionen. Sie ist erst seit Kurzem mit dabei. Normalerweise leitet sie eine Sprachschule in Málaga.“

„In Ordnung, ich lass die alle einmal durchs System laufen.“

„Prima, dann hätten wir die Anbieter der Bildungsreise durchleuchtet. Morgen werde ich mir die Teilnehmenden vorknöpfen. Es könnte sein, dass ich dich anschließend noch einmal auf die ein oder anderen ansetze.“

„Natürlich. Schließlich musst du deinem Ruf als *German Bloodhound* alle Ehre machen.“ Julia gab wieder ein albernes Wuff von sich und flüsterte dann in den Hörer: „Sorry, viel Spaß noch da unten. Muss jetzt auflegen.“

„Tschö, Julia. Super, das mit deinen Nachforschungen. Vielen Dank, und grüß mir den Dom.“

„Mach ich. Und du, arbeite nicht zu viel.“

Sandra legte auf. Sie hatte Julia schon immer sympathisch gefunden, aber so persönlich hatten sie sich zuvor noch nicht ausgetauscht. Schon seltsam, dass sie ausgerechnet aus der Distanz heraus begannen, sich besser kennenzulernen. Es tat so gut, im Beruf nicht gegeneinander, sondern miteinander zu arbeiten. Sie hoffte nur, dass auch der sture Javier das noch lernen würde.

Kapitel 11

Donnerstag, den 6. Juni, 16 Uhr

Javier

Kurz vor Dienstschluss hatte Javier Lust auf etwas Süßes. Ana zog ihn gern deswegen auf, indem sie behauptete, sie könne den Stand der Ermittlungen an seinem Leibesumfang ablesen. Er lief zu dem Automaten im Flur und zog sich einen Schokoladenriegel. Als er in sein Büro zurückkam, lagen die Ergebnisse der Gerichtsmedizin auf seinem Schreibtisch. Neugierig überflog er das Deckblatt. Kein Unfall, kein Selbstmord, sondern höchstwahrscheinlich Mord.

Mord!

Unten auf dem Blatt stand die Zusammenfassung in einem Kästchen.

Fazit: Der deutsche Tourist Thomas Schmittig ist am Samstag, den 2. Juni, zwischen 16 und 19 Uhr vom Berg gestürzt und infolgedessen am Montag, den 3. Juni, um 8.27 Uhr (Totenschein) an inneren Blutungen gestorben. Die Untersuchungsergebnisse legen Fremdverschulden nah: (1) Der toxikologische Befund. Im Blut konnten Opioide nachgewiesen werden. Das Opfer wurde vor dem Sturz

*anscheinend betäubt. (2) Einige Hämatome wurden ver-
mutlich vorab von Schlägen und Tritten verursacht (Art
und Ort sind untypisch für einen Absturz).*

Mit der schmelzenden Schokolade im Mund verzich-
tete Javier darauf, sich durch die weiteren Fotos und Er-
klärungen im Ordner zu blättern. Das hatte Zeit. Wichtig war zunächst einmal das Ergebnis. Unwillkürlich
lief ihm ein Schauer über den Rücken. Bislang hatten
Sandra und er im Nebel gestochert, doch jetzt wurde es
ernst. Das bedeutete, dass er den Chip in seinem Gehirn
austauschen und bei den Ermittlungen einen Gang zu-
legen musste.

Als Erstes musste ein Plan her. Wie sollte er weiter
vorgehen? Die Hauptverdächtigen, da waren Sandra
und er sich einig, waren die Teilnehmer der Weiterbildungstruppe von Johannes Fuhrmann. Es war mehr als
unwahrscheinlich, dass irgendein Wildfremder den
deutschen Touristen auf dem Gewissen hatte. Schmittigs Mord war kein Zufall. Entweder steckte eine alte
Geschichte dahinter, oder es ging um etwas Aktuelles,
etwas, das mit der Málaga-Fahrt zu tun hatte. Diese
Spur würde er verfolgen. Als Nächstes würde er Sandra
bei den Verhören unterstützen. Er könnte sich auch
den Tatort noch einmal ansehen. Das hatte er viel zu
lange vor sich hergeschoben. Javier konnte sich den
Tathergang immer noch nicht wirklich vorstellen. Vermutlich konnte er sich die Fahrt nach El Chorro aber
sparen und sich stattdessen den Obduktionsbericht
vornehmen. Oder er könnte Inma anrufen. Ja, genau
das würde er machen. Er verbot sich, noch länger über

diesen Einfall nachzudenken, und wählte Inmas Nummer.

„Ja, bitte?“ Javier spürte, wie sehr er sich darüber freute, die vertraute Stimme zu hören.

„*Hola* Inma. Ich bin's. Javier.“

„Oh, hallo. Schön, dass du dich meldest. Was kann ich für dich tun?“

Javiers gute Laune verschwand so schnell, wie sie gekommen war.

„Der Unfall war kein Unfall, sondern vermutlich Mord. Ich wäre dir sehr verbunden, wenn du mir noch mehr Informationen über den Tatort geben könntest.“ Zu schnell schob er nach, dass er damit auf das Angebot zurückkommen wolle, welches sie ihm neulich gemacht hatte.

„Wie schrecklich. Der arme Junge. Natürlich, das mache ich gern. Soll ich aufs Revier kommen?“

Er hörte Unwillen aus ihren Worten heraus.

„Musst du nicht.“

„Wie wäre es, wenn ich dich zum Essen einladen würde?“

Damit hatte Javier nicht gerechnet. Er hätte sich bereits über einem schnellen gemeinsamen Kaffee in dem Café um die Ecke gefreut. „Aber, ist das nicht ein zu großer Aufwand?“

„Nein, sonst hätte ich dich nicht eingeladen.“

„Also dann sage ich nicht Nein.“ War das ein Rendezvous?

„Ich bringe Wein und Nachtisch mit.“

„Musst du nicht.“

„Doch, doch.“

„Isst du noch Fleisch?“

Javier zögerte. „Du nicht?"

Sie lachte.

„Also, muss für mich auch nicht sein."

„*Vale*, in Ordnung. Und, was die Ermittlung angeht, soll ich eine gute Karte des Gebietes besorgen?"

„Ja. Bitte."

Sie machten einen Termin für die nächste Woche aus. Inma aß kein Fleisch mehr. Automatisch dachte er an die Krankenschwester-Aktivistin. Die Erinnerung an sie brachte ihn auf seine Tochter und ihr unglückliches letztes Telefonat. Plötzlich fiel Javier Anas Vorschlag ein, sich mehr um die Deutsche zu kümmern, die sich sicherlich ein wenig einsam fühlte. Da Javier mit seiner Energie irgendwo hinmusste, rief er auch sie an.

„Hallo, Sandra. Wie geht es Ihnen?"

„Gut."

„Sandra. Wo sind Sie denn gerade?"

„Auf der Dachterrasse des Hotels. Ich warte auf Carola Nuñoz, die Frau, die für die Organisation der Ausflüge zuständig ist."

„Ah, das ist wichtig." Javier sah auf die Uhr. Es war schon spät. „Aber kommen Sie bitte morgen früh als Erstes zu mir ins Büro. Es gibt entscheidende Neuigkeiten, zu denen ich gern Ihre Meinung hören würde."

Auf der anderen Seite der Leitung war es still. Die Deutsche schien nicht mit seiner Aufforderung zur Zusammenarbeit gerechnet zu haben. Vielleicht hatte Ana recht und es war gut, die junge Polizistin ein wenig freundlicher zu behandeln. Doch dann musste Javier über seine eigenen Gedanken lachen. Was für ein rührseliger alter Mann er geworden war. Vermutlich hatte Sandras verzögerte Reaktion einen anderen Grund.

„Ja, natürlich, Javier. Ich komme, sobald ich kann. Ich habe auch Neuigkeiten für Sie. Ich habe mit meiner Kollegin in Deutschland telefoniert.“

„Sie haben diesbezüglich mit Ihrer sehr kompetenten Kollegin gesprochen?“ Javier konnte es sich nicht verkneifen, sie gut gelaunt ein wenig aufzuziehen.

„Oh, ich muss auflegen. Frau Nuñoz kommt.“

Kapitel 12

Donnerstag, den 6. Juni, 16.30 Uhr

Sandra

Sandra saß am Tresen der Bar auf der Dachterrasse des Palmen-Hotels. Sie war noch ein wenig ärgerlich, dass die Eventmanagerin ihren ersten Termin abgesagt hatte. Doch nach ein paar Minuten in der Sonne beurteilte Sandra die Lage wieder entspannter. Neugierig sah sie Carola Nuñoz auf sich zukommen: Sie war eine aparte Erscheinung und bewegte sich überaus elegant.

Sandra bat die Kellnerin, ihnen einen ruhig gelegenen Tisch für zwei zuzuweisen. Die Angestellte führte sie daraufhin an einen schattigen Tisch am Rand der Dachterrasse.

„Was darf ich Ihnen bringen?"

„Einen Milchkaffee im Glas für mich, bitte."

„Für mich dasselbe."

Sogar das Spanisch von Frau Nuñoz war wundervoll. Sandra hörte nicht die Spur eines deutschen Akzents.

„Leben Sie schon lange in Spanien?", begann sie ihre Befragung. Wenn Frau Nuñoz diese Frage erstaunte, ließ sie es sich nicht anmerken.

„Sieben Jahre."

Die Kellnerin brachte die Heißgetränke. Sandra sagte nichts und beobachtete fasziniert, mit welch geschmeidigen Bewegungen ihr Gegenüber erst Zucker nahm und diesen dann in kleinen Kreisen im Glas umrührte.

„Ich bin der Liebe wegen nach Málaga gekommen. Wir haben geheiratet, sind mittlerweile wieder geschieden, und ich bin geblieben."

Sandra hätte gern mehr erfahren, fand es aber angemessener, ihre Neugier zu unterdrücken.

„Interessant. Kommen wir zu dem Sturz von Thomas Schmittig. Haben Sie etwas dagegen, wenn ich unser Gespräch aufnehme?"

Kopfschütteln.

Sandra begann die Befragung, konnte jedoch nicht viel Neues aus Frau Nuñoz herauskitzeln. Sie hakte die Liste ab: Frau Nuñoz gab Tamara Meyer, der Sozialarbeiterin, ein Alibi, check. Sie bestätigte ihr Missgeschick bei der Organisation des Anschlussbusses, check. Auf dem Gipfel hatte auch sie Thomas Schmittig nicht gesehen, check. Auf der Rückfahrt zum Bahnhof von El Chorro hatte sie nicht bemerkt, dass eine Person fehlte.

„Wie kann das sein?", hakte Sandra nach. „Man merkt doch, wenn der Platz neben einem leer bleibt."

„Normalerweise schon, aber der Bus vom Geierberg zurück zum Bahnhof in El Chorro war groß, und es gab viele freie Plätze. Die meisten saßen allein. Frank zum Beispiel saß vor Tamara und mir. Ich glaube, wir waren sogar die Einzigen, die zusammengesessen haben."

Klang plausibel. So etwas Ähnliches hatte Johannes auch erzählt. Sandra dachte an die zitternden Knie von

Frau Wackelpudding und konnte sich gut vorstellen, dass sie sich an Frau Nuñoz' Rockzipfel gehängt hatte.

„Das heißt, Sie bemerkten erst am Bahnhof, dass Herr Schmittig fehlte."

„Ja, genau. Ich hatte ein schlechtes Gewissen, dass ich im Bus nicht nachgezählt hatte. Doch Johannes beruhigte mich und meinte, er würde sich darum kümmern. Und so sind wir ohne Johannes zurückgefahren."

Schon die Zweite, die bestätigte, dass Johannes allein in El Chorro zurückgeblieben war. Wie hatte sie diese Information nur vergessen können? Während Sandra sich eine Notiz mit drei Ausrufezeichen machte, beantwortete sie sich ihre Frage selbst. Sie wusste schon, warum. Pure Verdrängung! Sie musste alles, was mit Johannes zu tun hatte, so unauffällig wie möglich behandeln. Aus reinem Eigennutz, denn sie wollte nicht wegen Befangenheit zurückgeschickt werden. Natürlich musste sie der Spur dennoch nachgehen. Am besten allein, auf jeden Fall jedoch so diskret wie möglich.

Sandra warf einen Blick auf ihr Tablet. Die Befragung der Organisatorin war unauffällig. Dienstlich gesehen könnte sie die Vernehmung beenden. Wenn sie jetzt Schluss machte, hätte sie vielleicht sogar noch Zeit, rechtzeitig zur Wache zurückzukehren, um herauszufinden, welche Neuigkeiten Javier ihr mitteilen wollte. Als Privatperson jedoch hatte sie die Frau, die genauso wie sie dem Traum von einem besseren Leben im Süden hinterherjagte, in ihren Bann gezogen. Sandra konnte sie noch nicht gehen lassen. Sie musste noch mehr von ihr erfahren. Und so blieb sie sitzen und hielt das Gespräch am Laufen.

„Frau Nuñoz, ich habe gesehen, dass Sie eine Sprachschule leiten und nur kurzfristig als Organisatorin eingesprungen sind."

„Ja, ich gebe Deutschkurse für Spanier."

„Lohnt sich das?"

Sandra dachte an Giancarlo und ihren Traum, zusammen nach Barcelona zu ziehen und dort zu leben.

„Ja, mittlerweile schon. Natürlich war der Anfang schwierig, aber viele qualifizierte Spanier wollen ihr Glück als Fachkraft in Deutschland probieren. Meine Kurse sind gut besucht. Ich kann nicht klagen. Im Moment gebe ich allerdings mehr Inhouse-Schulungen als private Sprachkurse."

„Sie sprechen ein wunderbares Spanisch."

„Danke. Das habe ich von meinem geschiedenen Mann gelernt. Sonst noch was?"

Sandra fühlte sich ertappt. Ihre Fragen hatten wenig mit Schmittigs Unfall zu tun.

„Nein. Ich denke, wir sind vorerst fertig." Sie stand auf und schaute sich um. „Es muss wunderschön sein, den Sonnenuntergang von hier oben zu erleben."

„Finden Sie? Johannes hat mich gebeten, den Teilnehmern der Reisegruppe nach dem Unfall hier im Hotel tagsüber Gesellschaft zu leisten. Das mache ich selbstverständlich. Persönlich gefällt es mir hier nicht. Es ist mir zu künstlich." Sie schaute auf ihre Armbanduhr. „Ehrlich gesagt bin ich froh, jetzt Feierabend zu haben und wieder in meine Wohnung zurückzukönnen. Wenn ich Ihnen einen Tipp geben darf ..."

„Nur zu!"

„Lassen Sie sich vom schönen Schein nicht blenden. Ich lebe schon so lange in Málaga. Dennoch werde ich immer noch nicht überall akzeptiert. Es gibt Geschäfte, in denen ich als Letzte bedient werde. Dasselbe passiert manchmal auch in Kneipen. Einheimischen wird automatisch ein Schälchen mit Oliven hingestellt, mir aber nur ab und zu. Dabei habe ich noch Glück, andere – wie soll ich sagen? –, andere Hinzugezogene trifft es wohl deutlich ärger."

Sandra nickte nachdenklich und fühlte sich erneut irgendwie ertappt. Frau Nuñoz musste gespürt haben, dass Spanien ihr großes Sehnsuchtsland war. Und natürlich hatte sie recht. Ausgrenzung und Co gab es auch in Andalusien. Massentourismus, Migration ... Sandra merkte, wie sie sich in Gedanken verlor, gab sich einen Ruck und fand wieder zu ihrer Professionalität zurück.

„Danke für Ihr Vertrauen."

„Gerne." Dann erhob sich auch Frau Nuñoz. „Wenn Sie keine weiteren Fragen mehr haben, würde ich jetzt gerne gehen."

„Nein, habe ich nicht. Also, dann wünsche ich Ihnen noch einen schönen Abend."

„Gleichfalls."

Sandra sah Frau Nuñoz nach. Kurz darauf machte Sandra sich auf den Weg zu ihrer Pension. Auf dem Platz vor der Kathedrale sah sie ein kleines Mädchen, das in einem Hauseingang saß und weinte. Sandra blieb stehen und beobachtete die Kleine. Als sie sich nach ein paar Minuten noch immer nicht beruhigt hatte und kein Angehöriger in der Nähe zu sein schien, ging sie beherzt auf das Kind zu. Sie beugte sich zu ihr hinunter.

„Hallo, ich bin Sandra. Du siehst traurig aus."

Das Mädchen rückte von ihr weg, hörte aber auf zu weinen.

„Wie heißt du denn?“

„Luisa.“

„Hallo, Luisa.“ Sandra wartete einen Moment und bot ihr dann ein Papiertaschentuch an.

„Ich habe meine Mama verloren“, erklärte die Kleine und fing wieder an zu schluchzen. „Wir waren einkaufen, dann ist sie vorgegangen, und dann habe ich sie nicht mehr gesehen.“

„Oh, da habe ich eine gute Idee.“

„Was denn?“

„Du kletterst auf meine Schultern, ich nehme dich huckepack, und dann laufen wir die Straße auf und ab und du hältst Ausschau nach deiner Mama.“

„Ich weiß nicht.“

„Das ist doch ein lustiges Spiel. Ich bin ein Schiff und du ein Matrose.“ Das Mädchen lachte und kletterte auf Sandras Schultern. Uff, ächzte Sandra. Obwohl Luisa im Kindergartenalter war, wog sie mehr als erwartet. Es waren erst ein paar Minuten vergangen, sie waren gerade an dem Supermarkt vorbeigekommen, in dem Luisa ihre Mutter verloren hatte, als jemand laut „Luisa“ rief. Auch das Mädchen hatte seine Mutter entdeckt und versuchte sofort von Sandras Schultern zu rutschen. Die Mutter breitete ihre Arme aus und nahm ihre Tochter erleichtert in Empfang. Sie wechselte ein paar Worte mit Sandra und bedankte sich. Sandra winkte den beiden zum Abschied und lief zur Pension. Als sie oben unter dem Dach angekommen war, öffnete sie die Jalousien. Voller Schwung riss sie das Dachfenster auf und ließ die bereits kühler werdende Luft herein. Puh, sie war ganz schön verschwitzt von der kleinen Huckepackaktion. Sie nahm ein paar tiefe Atemzüge. Dann verschwand sie unter die Dusche. Im Bademantel kam sie aus dem Bad heraus, setzte sich auf den Sessel im Zimmer und beschloss, sich zu belohnen. Nach einem langen, heißen Tag hatte sie sich einen kühlen Drink verdient. Aber anders als das letzte Mal im Klub.

An diesem Abend wollte sie es so stilvoll wie Carola Nuñoz im Palmen-Hotel haben. Sie wollte feiern, glücklich sein. Sie öffnete den dunklen Hotelkleiderschrank. Hinsichtlich der Kleiderwahl bedeutete das, alles hinter sich zu lassen, was auch nur im Entferntesten an Polizeiuniform, Arbeit und raue Wirklichkeit erinnerte. Sie brauchte etwas Schönes, Weiches. Etwas, das ihr den Glauben an das Gute im Menschen zurückbrachte. Sandra nahm ihr kleines Schwarzes heraus. Leider war es empfindlicher als das Gelbe. Nun denn, dann war das eben so. An diesem Abend hatte sie das Bedürfnis nach Eleganz. Im Badezimmer fand sie ein Bügeleisen, mit dem es ihr gelang, das Kleid zu glätten.

Aus dem weit geöffneten Fenster klang eine Salsa-Melodie von einem Autoradio zu ihr hoch. Musik, Tanzen, es sich gut gehen lassen. Sie bürstete ihre Haare, zog ihre Sandaletten mit Absatz an und ging hinaus in die Nacht. Sie wusste, dass Giancarlo ihr Aussehen gefallen hätte.

Sandra begann mit der Kneipe um die Ecke, setzte sich an einen Tisch unter einer üppig blühenden Bougainvillea. Die roten Blüten dufteten süß und verführerisch. Sie lächelte und hob eine vom Boden auf, um sie sich ins Haar zu stecken.

„Señorita. Was darf ich Ihnen bringen?“

Sie richtete sich auf. Was wollte sie trinken? Etwas gegen den Durst, aber es sollte auch Spaß machen.

„Was gibt es denn so?“

„Bier, Wein, Cocktails.“

Sandra zögerte. Nichts davon überzeugte sie.

„Probier doch vielleicht unseren Cider.“

Der Kellner war zum „Du“ übergegangen. Es fühlte sich wie eine Eintrittskarte zur spanischen Kultur an, dachte Sandra überschwänglich. Dann dachte sie kurz an Frau Nuñoz, schob aber sämtliche Bedenken zur Seite.

„Auf jeden Fall.“

„Rot oder gelb?“

„Welchen würdest du mir denn empfehlen?“

Kurze Zeit später hatte sie zwei Gläser roten und einen gelben geleert. Das süße Zeug erfrischte und ließ die Gedanken in ihrem Kopf tanzen. Zudem hatte der Kellner ihr einen Teller mit eingelegten Oliven hingestellt. Sie nippte an dem Cidre, knabberte die Oliven, spürte die kühle Abendluft auf ihrer Haut und beobachtete die Menschen um sie herum. Sie steckte sich noch eine Olive in den Mund und dachte an Frau Nuñoz. Sie wußte nicht, was sie von ihren Aussagen halten sollte. Vielleicht war es auch egal, ob sie stimmten oder nicht. Frau Nuñoz empfand es so, dass sie nie so ganz dazugehörte, und litt darunter. Das war ihre Wahrheit. Basta. Mit einem Mal ploppten wieder Erinnerungen an Barcelona und vor allem an Giancarlo in ihrem Kopf auf. Hätte er es ernst gemeint, säße sie jetzt vielleicht ebenfalls im Süden fest. In Spanien oder Italien. Was hatte er noch gesagt? Familien in Südeuropa seien wie ein Mantel: warm und eng.

Der Kellner kam an ihrem Tisch vorbei. „Noch einen roten?"

Sie zögerte. Das bunte Blubberzeug hatte seinen Reiz für sie verloren. Ihr war nach etwas Stärkerem zumute. Shots vielleicht? Oder besser weiterziehen?

In dem Moment hörte sie ihren Namen. Erstaunt schaute sie sich um. Johannes. Ohne zu fragen, setzte er sich neben sie. Der Kellner zog sich diskret zurück.

„Sandra. Ich hätte dich fast nicht wiedererkannt. Das letzte Mal sahst du so streng aus, aber jetzt ... so mit offenen Haaren und im Kleid ..."

„Hallo, Johannes", unterbrach sie ihn.

„Was machst du hier? Du siehst toll aus."

Sofort verkrampfte sich ihr Körper. Sie atmete tief durch und versuchte die damals erlebte Demütigung bewusst zur Seite zu schieben. Was fiel ihm ein, überhaupt irgendeine Bemerkung über ihr Äußeres zu machen? Sie spürte, wie ihr Puls schneller wurde, und es ärgerte sie, wie schnell sie sich immer noch provoziert von ihm fühlte.

„Tut mir leid. Ich wollte gerade gehen."

Sie rief dem Kellner zu, dass sie gern die Rechnung hätte.

Er brachte sie ihr. Sandra bezahlte und wünschte Johannes betont höflich einen schönen Abend.

„Bitte bleib!" Seine Finger umfassten zärtlich ihr Handgelenk.

„Laß mich los!" Sandra suchte den Blick des Kellners und bemerkte, dass die vorher so zuvorkommende Servicekraft plötzlich bewusst den Blickkontakt mit ihr vermied.

„S-o-f-o-r-t." Sie schaute Johannes direkt in die Augen. Seine Finger lockerten sich. Am liebsten hätte Sandra Johannes öffentlich heruntergeputzt und ihm gleich noch an den Kopf geworfen, dass sie wusste, was in El Chorro passiert war. Dass er sie wieder einmal angelogen hatte und nach der Abfahrt des Zuges allein dort zurückgeblieben war. Doch dann warnte eine innere Stimme sie davor, so impulsiv zu handeln. Sie war die Polizeioberkommissarin und er ein Verdächtiger, der nicht die Wahrheit gesagt hatte. Vermutlich, um ein Alibi vorzutäuschen. Ein Verhalten, das nicht ungewöhnlich war und mit ihrer privaten Vergangenheit nicht das Geringste zu tun hatte. Sandra wandte sich ab und stöckelte, ohne noch ein Wort zu sagen, zu ihrer Pension zurück.

Kapitel 13

Freitag, den 7. Juni, 9 Uhr

Javier

Javier hatte gerade den Dienst begonnen, als er die Unruhe im Korridor wahrnahm. Das hektische Klackern von Schuhen und das mit deutschem Akzent im Vorbeigehen zugerufene „Guten Morgen" kündigten Sandras Kommen an. Sobald sie an seiner Tür klopfte, platzte er auch schon mit der Neuigkeit heraus.

„Sandra, die Ergebnisse der Gerichtsmedizin sind da."

„Ah ja, und was sagen sie?"

„Weder Unfall noch Suizid, sondern höchstwahrscheinlich Mord", fasste Javier das Resultat zusammen.

„Scheiße", murmelte sie.

Javier sah sie an. „Du sagst es. Sie werden uns höllisch unter Druck setzen. Gut, dass du hier bist, Sandra. Jetzt wird einiges auf uns zukommen."

Gemeinsam gingen sie den Obduktionsbericht durch. Zu Javiers Erstaunen verstand Sandra viele Fachbegriffe, wie zum Beispiel „Abbauprodukte von verschreibungspflichtigen Opioiden", auf Anhieb. Andere Ausdrücke jedoch, etwa „ungebremstes Sturzgeschehen" und „Hautläsionen" musste er ihr erklären. Bei der Todesursache, einer Milzruptur, mussten sie eine Übersetzungsapp zu Hilfe nehmen. Innerhalb weniger Sekunden hatte Sandra verstanden, dass Schmittigs Tod auf innere Blutungen, die von dem Milzriss stammten, zurückgeführt werden konnte. Javier bemerkte anerkennend, dass die Deutsche eine überaus schnelle Auffassungsgabe besaß.

„Okay", bestätigte Sandra, „das ist logisch. Auch dass er erst noch weitergelebt hat ..."

„Mehr oder weniger. Laut Aussage des Rettungssanitäters war er wohl kaum noch aufnahmefähig, sondern befand sich in einer Art Koma."

„Ja, das habe ich verstanden. Wasserlösliche Betäubungsmittel, Riss am Hinterkopf, Polytrauma an der Wirbelsäule. Was ich aber noch nicht begreife, ist, warum die Symptome anscheinend auf einen Mord hinweisen."

„Hm", Javier blätterte ein paar Seiten zurück. „Also, ich bin auch kein Rechtsmediziner, aber die Art der Hämatome lässt diesen Rückschluss offenbar zu. Hier steht etwas von einer Hutregel. Kenne ich nicht, da habe ich noch nie von gehört."

„Doch", entfuhr es Sandra. Sie war auf einmal ganz aufgeregt. „Ich schon. Die Hutkrempenregel."

„Was?"

Javier überflog das Papier auf der Suche nach dem Fachbegriff.

„Ja, du hast recht. Hier steht es: Hutkrempenregel. Wer denkt sich bloß solche Begriffe aus?"

„Wie war das noch?" Sandra kniff die Augen zusammen. „Ich versuche, mich an die Skizze auf der Flipchart zu erinnern."

So ernsthaft und hoch konzentriert hatte Javier die Polizistin noch nie erlebt.

„Genau“, murmelte sie. „Die Position der Gesichtsverletzung kann auf Fremdverschulden hinweisen. Ich glaube, die Regel besagt, dass wenn sich die Verletzungen oberhalb der gedachten Hutkrempe befinden, dann sind sie in der Regel auf Schläge oder Hiebe eines Täters oder einer Täterin zurückzuführen.“

„Darauf muss ich eine rauchen. Willst du auch?“ Javier öffnete das Fenster und zog eine Packung Zigaretten, auf der in Großbuchstaben „Rauchen tötet“ stand, aus seiner Schreibtischschublade. Sandra lehnte ab, aber Javier zündete sich eine an und zog gierig am Filter. Die Deutsche hatte ihn erneut beeindruckt. Er ließ die Asche nach unten in den Hof fallen. Aus den Augenwinkeln sah er, wie Sandra einen Hustenreflex unterdrückte. Dann überflog sie die letzten Seiten des Gutachtens.

„Hier steht, dass ein Suizid in der Regel entweder durch Betäubungsmittel oder durch einen Sturz begangen wird. Die Kombination beider Methoden, so sagen sie, weist auf einen Mord hin.“ Sandra sah Javier an. „Das habe ich mir auch schon überlegt. Das widerspricht sich doch. Wer sich töten will, entscheidet sich doch entweder für einen sorgfältig vorab geplanten sanften Opiumtod oder handelt impulsiv und stürzt sich in eine Schlucht. Aber doch nicht beides.“

Javier legte die Zigarette auf der Fensterbank ab. „Ja, da gebe ich dir recht. Da halte ich Mord auch für wahrscheinlicher. Ich vermute, dass jemand Schmittig erst unbemerkt ein Betäubungsmittel verabreicht hat, um ihn wehrlos zu machen. Später hat er ihn dann durch Schläge und Tritte hinunterbefördert."

Sandra nickte eifrig. „Genau. So könnte es gewesen sein. War in dem Bericht nicht die Rede von wasserlöslichen Opioiden?" Noch bevor er ihr zustimmen konnte, sprach sie schon weiter. „Ich glaube, der Täter hat ihm das Mittel in Form von Tropfen oder Pulver in seine Trinkflasche gemischt."

Javier wiegte den Kopf von einer Seite zur anderen. „Durchaus möglich. Macht unsere Ermittlungen aber nicht gerade einfacher." Er schloss das Fenster und setzte sich wieder an den Schreibtisch. „Wir müssen die Reisegruppe noch genauer unter die Lupe nehmen. Für die wäre es vermutlich besonders einfach gewesen, Schmittig dazu zu bringen, ein Getränk mit Betäubungsmittel zu sich zu nehmen."

Sandra sah ihn nachdenklich an. „Stimmt. Ich frage mich gerade, wie die an verschreibungspflichtige Mittel hätten kommen können. Frau Meyer nimmt ein Herzmittel, hat dadurch aber keinen Zugang zu Opium. Eher die Krankenschwester, aber Frau Kramer …"

Javier lachte und unterbrach sie. „Ich fürchte, das ist nicht so schwierig. Im Netz, auf der Straße … Sandra, das ist eine Sackgasse. Wer will, der kommt an Drogen und verwischt anschließend seine Spuren."

Sandra fluchte. „Verdammt. Das stimmt vermutlich."

Javier schwieg einen Moment und überlegte, wie er seiner Kollegin mitteilen konnte, dass er bei den Verhören dabei sein wollte.

„Hör mal, Sandra, du hast schon viele Verhöre durchgeführt und mir immer die Zusammenfassung zukommen lassen. Danke."

„Bitte.“

„Ab jetzt will ich, auch wenn die Übersetzerin keine Zeit haben sollte, bei allen Verhören mit dabei sein.“ Javier schaute ihr direkt ins Gesicht, als er ihr diese Mitteilung machte. Ein großes Warum schien ihr über die Stirn geschrieben zu sein. Vermutlich fand sie es sinnlos, da sie wusste, dass er kein Deutsch verstand. Wahrscheinlich nahm sie an, dass er sie kontrollieren wollte. Was stimmte. Schließlich arbeiteten sie an einem Mordfall. Trotz des anfänglich sichtbaren Unwillens hatte Sandra ihre Mimik bald wieder im Griff und kommentierte nach außen hin unbeeindruckt: „Klar. Von mir aus.“

„Wen wolltest du denn als Nächstes vernehmen?“

„Frank Klausen. Den Kommunikationsprofi.“

Javier notierte den Namen.

„Der Mann, dessen Vornamen Schmittig eventuell noch kurz vor seinem Tod genannt hat?“

„Genau der.“

„Na ja“, schränkte Javier ein. „Da wir jetzt wissen, dass Tom Schmittig irgendeine Form von Opium intus hatte, ist das mit dem Namen höchst unwahrscheinlich. Er hat vermutlich nur noch irgendetwas gebrabbelt.“

Sandra schaute ihn an. Javier kam es so vor, als würde sie mit sich ringen, ob sie weitersprechen sollte. Er lächelte ihr aufmunternd zu. Und dann legte Sandra los. „Hör mal, Javier, ich wollte dir auch noch erzählen, was meine Kollegin mir über das Mordopfer mitgeteilt hat. Thomas Schmittig ist kein unbeschriebenes Blatt, sondern ein Kleinkrimineller, der auch schon im Gefängnis war.“

„Ach was."

„Und seine Mutter ..." Sandras Stimme überschlug sich fast. „Sie scheint keinerlei Interesse an der Aufklärung des Todes ihres eigenen Sohnes zu haben."

Aufgebracht lief sie hin und her.

„Entschuldigung. Ich muss für einen Moment verschwinden. Bin gleich wieder da."

Javier schaute betroffen aus dem Fenster und hörte dann am Klackern ihrer Schuhe, wie sie aus seinem Büro stürzte. Etwas in Sandras Leben lag massiv im Argen. Anders konnte er es sich nicht erklären, dass sie einerseits scharfsinnig und gründlich und andererseits derart leicht erregbar und instabil war. Außerdem soff sie. Ihre Fahne war ihm sofort in die Nase gestiegen, als sie zusammen die Papiere durchgegangen waren.

Kapitel 14

Freitag, den 7. Juni, 10 Uhr

Sandra

Sandra schloss die Tür von Javiers Büro hinter sich, blieb davor stehen und wartete, bis sie sich beruhigt hatte. Stress, Kater, Kopfschmerzen und Hunger. Alles etwas viel für sie.

Sandra suchte sich einen leeren Schreibtischplatz, um Julia den neuesten Stand der Untersuchung per Mail mitzuteilen. Als Nächstes musste sie unbedingt etwas essen. In der Pension hatte sie lediglich Kaffee und Aspirin als Frühstück zu sich genommen. Sie ging zu dem Automaten am Ende des Ganges und zog sich ein paar Süßigkeiten. Während sie die Münzen einwarf, erinnerte sie sich, dass Javier eine Schwäche für Schokoriegel besaß. Sie warf noch einmal Geld ein, um auch ihm etwas Nervennahrung zu besorgen. Sobald Julia ihren Kölner Vorgesetzten Jörg in Kenntnis darüber setzen würde, dass es sich bei dem Sturz des deutschen Touristen höchstwahrscheinlich um Mord handelte, würden die deutsche und spanische Polizei im Turbomodus arbeiten. Schon allein, um die Tourismusindustrie nicht zu gefährden.

Sandra kehrte in Javiers Büro zurück. Er schien ebenso angespannt zu sein wie sie.

„Hier, für dich."

„Dank dir." Sandra fiel auf, dass sich ihre Anrede irgendwann von „Sie" zu „du" geändert hatte.

„Kein Problem. Bei uns in Köln war das immer unser Grundnahrungsmittel."

Eine halbe Stunde später brachen Sandra und Javier Richtung Palmen-Hotel auf. Da an diesem Morgen ein Kreuzfahrtschiff angelegt hatte, brauchten sie länger als sonst, um an den Selfies machenden Touristinnen und Touristen vorbeizukommen.

Im Palmen-Hotel angekommen, wurden Sandra und Javier sofort eingelassen und zum Aufzug begleitet. Mittlerweile wusste das Personal, wer sie waren, und unterstützte sie so unauffällig wie möglich. Sandra grinste. Sie kannte das bereits aus Köln: Die vorauseilende Hilfsbereitschaft hatte weniger mit dem Respekt vor der Polizei, sondern mehr mit dem eigennützigen Wunsch nach Diskretion zu tun.

Die Rezeptionistin begleitete sie bis vor die Tür von Frank Klausens Zimmer. Sandra kannte bislang nur sein Polizeifoto, das einen etwas untersetzten Mann mittleren Alters zeigte. Javier hatte ihr erzählt, dass er auf dem Videoclip ausgesprochen sympathisch und nahbar auf ihn gewirkt habe. Umso erstaunter waren sie, als Klausen ihnen im Schlafanzug öffnete und sie in sein miefiges, halbdunkles Hotelzimmer eintreten ließ. Klausen sah schlimm aus. Ungepflegt mit einem wilden Stoppelbart und fettigem Haar. Er lehnte die Tür hinter ihnen vorsichtig an. Es sah so aus, als ob er sich einen Fluchtweg offenlassen wollte. Danach ging er schnurstracks zurück ins Bett.

„Herr Klausen. Ich bin Oberkommissarin Sandra König aus Köln, und das ist mein spanischer Kollege, *Comisario Principal* Javier Sánchez.“

Der stellvertretende Reiseleiter reagierte nicht.

„Herr Klausen, haben Sie etwas dagegen, wenn wir Platz nehmen?“

Nichts passierte. Doch dann setzte sich Javier in Bewegung und gab Sandra durch ein Zeichen zu verstehen, dass sie sich den Schreibtischstuhl schnappen sollte, während er sich auf einem Schemel niederließ, der ursprünglich als Kofferablage gedacht war.

Frank Klausen sagte immer noch nichts. Er blieb erst auf dem Rücken im Bett liegen, dann drehte er sich demonstrativ mit dem Gesicht zur Wand. Sandra schaute Javier fragend an, doch der behielt sein Pokerface bei.

„Herr Klausen, bitte sagen Sie mir, wenn Sie etwas dagegen haben, dass ich unser Verhör mitschneide.“

Klausen sagte nichts.

„Das werte ich als Zustimmung.“ Sie drückte auf Aufnahme. „Also lassen Sie uns beginnen. Sie und Johannes Fuhrmann haben Ihre Bildungsreise nach Spanien schon zum wiederholten Mal durchgeführt.“

Nichts.

„Wir sind auf Ihre Mithilfe angewiesen. Ich …“

Sandra wurde das Gefühl nicht los, dass dieser Typ sie vorführen wollte. Gut, dachte sie sich, er hat es nicht anders gewollt. Sie ging zum Bett und riss ihm das Laken vom Körper. Klausen zuckte überrascht zusammen.

„Drehen Sie sich um, Mann. Reden Sie mit mir!“

Immerhin wandte er sich ihr zu. Doch noch immer sagte er kein Wort.

„Der Urlaub ist vorbei, Herr Klausen. Die Gerichtsmedizin hat uns heute mitgeteilt, dass Thomas Schmittig mit ziemlicher Sicherheit ermordet wurde."

Er schwieg noch immer. Sandra bemerkte, dass sie wütend wurde.

„Wir können Sie auch vorladen lassen."

In dem Moment klopfte es. Während Sandra noch „Moment, jetzt nicht" rief, wurde die Tür schon aufgerissen. Ein muskulöser junger Mann, dessen markante, fast schon harte Gesichtszüge durch seine schwarzen Locken abgemildert wurden, stürzte auf das Bett zu.

„Und wer bitte sind Sie?", fragte Sandra überflüssigerweise, denn ihr war sofort klar, wen sie vor sich hatte. Das also war Manuel Esser, der Schauspieler.

Manuel Esser stellte sich kurz vor, die Augen weiterhin auf den Mann im Bett gerichtet.

Sandra stellte sich und Javier ebenfalls vor, während der Schauspieler unbeeindruckt auf Frank Klausens Bett zuging und sich zu ihm auf die Bettkante setzte.

Sandra überlegte, wie sie weiter verfahren sollte. Das Feld räumen und die beiden Männer allein lassen, bis sie sich einigermaßen gefasst hätten, sodass sie die beiden vernehmen konnte? Nein, sie waren hier nicht bei einer Selbsthilfegruppe, sondern bei der Mordermittlung!

Was also dann?

Den Schauspieler rauswerfen und sich weiter die Zähne an Klausen ausbeißen? Wenig ergiebig und zudem peinlich, da Javier alles mitbekam.

Herrn Klausen fallen lassen und stattdessen Herrn Esser verhören?

Dann kam ihr eine Idee. Wie wäre es, wenn sie Javiers Strategie übernähme und einfach gar nichts täte, sondern den Schauspieler ihre Arbeit machen lassen würde? Mit etwas Glück würde es ihm gelingen, Frank Klausen zum Reden zu bringen.

Sandra schaute zu Javier hinüber. Er schien mit der Zimmereinrichtung verschmolzen zu sein. Soweit sie es beurteilen konnte, hatte er sich nicht bewegt, seit er das Zimmer betreten und Platz genommen hatte.

„Frank", hörte sie Manuel Esser sagen. „Wie geht es dir? Wir haben uns schon Sorgen um dich gemacht, weil du dich so lange nicht mehr bei uns hast blicken lassen."

Sandra lehnte sich zurück und genoss die Show.

Frank Klausen setzte sich tatsächlich auf. Der Schauspieler gab ihm einen Klaps auf die Schulter.

„Es ist alles so schrecklich!"

„Ja." Sandra hörte zum ersten Mal Herrn Klausens tiefe, kehlige Stimme. „Das ist es."

Beide schwiegen. Javier und Sandra warfen sich Blicke zu und warteten. Plötzlich wandte sich Esser an sie.

„Und, Frau Kommissarin, weiß die Polizei schon Neues?"

Sandra zögerte, dann nickte sie. „Laut Obduktion deutet alles darauf hin ... dass es Mord war."

„Nein!" Manuel Esser sah sie mit weit aufgerissenen Augen an. „Das kann nicht sein." Er legte sich eine Hand vor den Mund. Schauspielerte er, oder hatte er sich wirklich noch keine Gedanken darüber gemacht, dass es sich bei Schmittigs Tod um Mord handeln könnte?

„Warum kann das nicht sein?", hakte Sandra nach.

„Weil, das geht doch gar nicht ..."

„Warum geht das nicht?"

„Weil ..." Manuel verstummte. Dann richtete er seine Aufmerksamkeit auf den Mann im Bett. „Frank, was meinst du denn?"

Und tatsächlich, Frank antwortete. „Das kann nicht sein."

Doch das war leider alles. Mehr bekam er nicht heraus.

Mist, sie drehten sich im Kreis.

Plötzlich erhob sich Javier und ging zum Fenster.

„Smoke?", fragte er in einem brachialen Englisch. Ohne eine Antwort abzuwarten, stellte er das Fenster auf Kippe und beförderte aus irgendeiner Tasche in seinem Hemd eine Zigarette ans Licht. Er nahm sich viel Zeit, um sie umständlich anzuzünden. Alle Augen folgten seinen Bewegungen.

„Herr Esser", brach Sandra den Bann. „Während des Ausflugs zum Geierberg waren Sie mit Johannes Fuhrmann zusammen, stimmt das?"

„Mit Johannes", wiederholte er mechanisch. Er dachte einen Moment nach.

„Ja, ich war mit Johannes in dem Kleinbus und auch auf dem Berg. Aber auf der Rückfahrt ... Also, auf der Rückfahrt im Zug waren wir nicht mehr zusammen. Johannes wollte sich auf die Suche nach Tom machen und hat uns allein abfahren lassen. Tom, mein Gott. Ich kann es gar nicht fassen."

„In Ordnung", sagte Sandra und tat so, als würde sie sich Notizen auf ihrem Tablet machen, obwohl sie nichts Neues erfahren hatte.

„*Vamos*", befahl Javier in einem Tonfall, der keinen Widerspruch erlaubte. Sandra stoppte die Aufnahme, verabschiedete sich kurz von den beiden und folgte dem *Comisario Principal*.

Kapitel 15

Freitag, den 7. Juni, 14 Uhr

Javier

„Und?", begann Javier das Gespräch, nachdem ihre Getränke in einem Straßencafé in der Nähe des Palmen-Hotels serviert worden waren. Er nahm genüsslich einen großen Schluck Kaffee. Sandra machte dasselbe.

„Was hältst du von den beiden?"

„Und du?"

Sandra wich der Antwort aus, indem sie ihm eine Gegenfrage stellte. Ältester Trick der Welt.

„Dieser Manuel Esser", fing er an. „Ein komischer Typ. Den müssen wir im Auge behalten."

„Ich finde das Verhalten von Frank Klausen ausgesprochen verdächtig. Das personifizierte schlechte Gewissen, findest du nicht?"

Beide schwiegen. Langsam leerten sie ihre Kaffeegläser. Javier übernahm die Rechnung.

„Was hast du getrunken?", fragte er, während sie auf das Wechselgeld warteten.

„Einen Milchkaffee?"

„Hast du dich schon ein wenig eingelebt in Málaga?"

Sandra schien sein Themenwechsel zu überraschen.

„Es ist schon anders als in Barcelona", antwortete sie.
Der Kellner kam zurück. Javier nahm den Schein an sich und ließ ein paar Münzen als Trinkgeld auf dem Tablett zurück.

„Also, hier in Málaga sind wir berühmt für unsere Kaffeekreationen."

„Bitte was?"

Javier schlenderte mit Sandra in Richtung Wache. „Kennst du den Unterschied zwischen *Wolke* und *Schatten?*"

„Nein."

„Überall in Spanien gibt es entweder einen schwarzen Espresso oder einen Milchkaffee. Wir hier in Málaga haben aber mindestens acht Sorten Milchkaffee, bei denen das Mischverhältnis jeweils anders ist. Von einem kleinen, schwarzen Kaffee, der sehr intensiv im Geschmack ist, bis zur ,Wolke', bei der es nur einen Hauch von Espresso gibt."

„Noch nie gehört. Ich kenne zwar einen amerikanischen Kaffee mit viel Wasser und einen mit Brandy, aber ..."

„Das ist etwas ganz anderes", schnitt ihr Javier das Wort ab.

„Jedenfalls schmeckt mir der spanische Kaffee sehr gut. Den in Deutschland finde ich oft viel zu schwach. Diesen Kapselkaffee mag ich gar nicht."

„Nicht wahr? Eine Geschmacksverirrung! Was soll das? Komplett stillos!"

Javier hielt einen Moment inne und änderte dann die Marschrichtung. Statt den direkten Weg zur Wache einzuschlagen, bog er in einen Parkstreifen ab, in dem viele tropische Pflanzen wuchsen. Dort nahm er Kurs auf eine Parkbank, die sich direkt vor einem Brunnen befand.

Er setzte sich, und Sandra nahm neben ihm Platz.

„Schön hier, oder?" Er schloss die Augen und genoss es, sich die Sonne ins Gesicht scheinen zu lassen. Sandra entspannte sich anscheinend ebenfalls. Gemeinsam hörten sie dem Gezwitscher der Vögel zu. Plötzlich unterbrach Javier die friedliche Atmosphäre.

„Das Handy des toten Deutschen ist endlich entschlüsselt worden. Unseren Spezialisten ist es gelungen, es zu reparieren und die Daten herunterzuladen."

„Und?" Sandra schien auf einen Schlag wieder hellwach zu sein.

„Dieser Schmittig war in den sozialen Netzwerken gleich mit mehr als zehn Konten aktiv."

„Was?"

„Die Techniker meinen, er habe verschiedene Profile benutzt. Gab sich mal als Mann, mal als Frau aus. Außerdem variierte er die Alters- und Berufsangaben."

„Fake-Accounts? Wozu?"

„Er hat viel Zeugs hochgeladen. Dabei ging es immer nur um eine Person: Manuel Esser."

„Den Schauspieler."

„Genau der. Der tickt doch nicht sauber. Dieses übertriebene Künstlergehabe. Glaube mir, ich habe da Erfahrung. Und auch diese Tagesfahrt nach Marokko. Klar, kann man machen. Aber was hat das mit Rhetorik zu tun? Ich wette, dass es dabei in Wirklichkeit irgendwie um Drogenhandel geht. Vielleicht sogar um die Beschaffung von Opium?"

Sandra lachte kurz auf und reagierte sofort. „Angenommen! Um was wetten wir?"

Javier sah sie erstaunt an. „Was meinst du?"

„Das Drogenthema triggert dich ganz schön, oder?" Sie kicherte. „Ich behaupte, dass es in unserem Fall um etwas ganz anderes als um Drogen geht." Dann fragte sie mit ernster Stimme, ob die Übersetzerin schon die Posts von Schmittig übersetzt hatte.

„Nur ganz grob. Ich wollte dich bitten, da noch mal drüberzugehen, damit wir den Schauspieler ins Kreuzverhör nehmen können."

„Mach ich."

„Ich gebe dir die Unterlagen gleich im Kommissariat." Javier stand auf und schlug nun den direkten Weg zur Wache ein. „Und übrigens, was die Wette angeht: Lass uns um ein schickes Abendessen in einem guten Restaurant in Málaga wetten. Wenn der Fall nichts mit Drogen zu tun hat, lade ich dich ein. Wenn doch, darfst du die Rechnung übernehmen."

„Drei Gänge und ein guter Rotwein?"

„Was immer du willst. Hauptsache, keinen Pulverkaffee nach dem Dessert."

Javier sah es zuerst. „Stopp!" Vor der Polizeidienststelle wartete ein Pulk von Reportern auf sie. „Schnell. Wir nehmen den Seiteneingang." Im selben Moment bemerkte er, dass die Paparazzi-Journalistin vom Geierberg ihn bereits gesichtet hatte und auf Sandra und ihn zugelaufen kam. Er schob Sandra durch die Tür und wies die Sicherheitskräfte an, keine Reporter hereinzulassen.

In seinem Büro händigte Javier Sandra den Ordner aus, in dem sich die Ausdrucke aller Handydateien des Mordopfers befanden.

„Hier, bitte schön."

„Das ist aber ein Haufen Arbeit.“

„Stimmt. Morgen ist Samstag. Laut Plan hast du zwar Regeldienst, aber in Anbetracht der Umstände kannst du am besten im Homeoffice arbeiten.“

„In meinem malerisch kleinen Dachzimmer, meinst du“, korrigierte Sandra ihn grinsend. Javier lächelte. Wie gut, dass sie bei dem Druck den Humor nicht verlor.

„Und wir müssen neben dem Schauspieler …“

„… und Herrn Klausen …“

„… auch noch die weiteren Zeugen, die Krankenschwester und den anderen, den mit den Knöpfen, verhören.“

„Unbedingt. Da gebe ich dir recht. Auch Johannes, den Leiter, sollten wir uns noch mal vornehmen.“

„Johannes also.“

Javier musterte Sandra aufmerksam. „Du magst ihn. Er ist der Einzige, den du beim Vornamen nennst und den du duzt. Bei allen anderen Tatverdächtigen benutzt du, wenn du von ihnen sprichst, stets Vor- und Nachnamen oder nur den Nachnamen.“

Sandra erstarrte für einen kurzen Moment, fing sich jedoch schnell wieder.

„Apropos Johannes Fuhrmann, er hat zwar ein Alibi für den Geierberg, ist aber anschließend, nachdem alle anderen mit dem Zug nach Málaga zurückgefahren sind, allein in El Chorro geblieben. Ein Detail, das er bei meiner ersten Befragung angeblich zu erwähnen vergessen hat.“

Javier beschloss, seine Kollegin zu schonen und vorerst nicht weiter nachzufragen. Stattdessen wechselte er das Thema.

„Es muss auch keiner von den Teilnehmern der Bildungsreise gewesen sein. Wir arbeiten darum auch mit anderen Experten zusammen, die sich bestens in der Gegend auskennen."

Javier schickte im Geist ein Dankeschön an Inma.

„Wenn du nichts dagegen hast, Javier, mach ich mich jetzt an das Sichten der Handyaufzeichnungen."

„Klar. Mach das."

Nachdem Sandra das Büro verlassen hatte, klingelte sein Telefon.

„Ja?", bellte er. Vermutlich rückten ihnen die Reporter auf die Pelle.

„Javier", hörte er die Stimme seiner Sekretärin. „Eben ist ein Notruf eingegangen. Eine aus der deutschen Reisegruppe. Ich habe ihr Englisch kaum verstanden, aber sie wird wohl verfolgt."

„Wer genau?

„Frau Meyer."

Javier lachte kurz auf. Die Sozialarbeiterin. Wie hatte Sandra sie genannt? Frau Wackelbein.

„Okay, ich kümmere mich darum."

Doch dazu kam er nicht. Denn als er hochsah, stand die Staatsanwältin mit grimmigem Gesicht in der Tür. „*Comisario Principal* Sánchez. Ich muss sofort mit Ihnen sprechen!"

Kapitel 16

In der Nacht von Freitag, den 7. Juni auf Samstag, den 8. Juni

Sandra

Es wurde eine lange Nacht. Eigentlich wollte Sandra sich sofort schlafen legen, um ihren Homeoffice-Tag ausgeschlafen und mit frischem Kopf zur Durchsicht der Handyausdrucke zu nutzen. Sie stellte sich die Papierarbeit ganz entspannt vor: Statt in dem heißen Dachgeschosszimmer fast zu ersticken, wollte sie in einem netten Straßencafé im Sonnenschein ein wenig in den Papieren stöbern und zwischendurch immer wieder mal ein Schlückchen Milchkaffee *Nube* trinken. Doch irgendwie konnte sie nicht einschlafen. Unruhig wälzte sie sich hin und her. Rückenlage, Seitenlage rechts, Seitenlage links, Bauchlage. Zu viel schwirrte ihr durch den Kopf.

Jetzt war es raus. Schmittigs Tod war kein Unfall und auch kein Selbstmord gewesen. Es gab höchstwahrscheinlich einen Mörder. Fremdverschulden, wie es in der Amtssprache so schön hieß. Ihr lief ein Schauer über den Rücken. Eine heimtückische Tat. Bislang hatten Javier und sie lediglich im Nebel gestochert, doch jetzt hatte sich das Blatt gewendet. Eigentlich in jeglicher Hinsicht. Sie musste sich endlich mit ihrem spanischen Kollegen, dem *Comisario Principal*, arrangieren, denn ab sofort waren alle Augen auf sie gerichtet.

Málaga war gleichbedeutend mit Mord.

Auf Wiedersehen Urlaubsfeeling à la Barcelona und hallo Misstrauen. Keine Passantinnen und Passanten mehr, die sich herzlich für ihre Hilfeleistungen bedankten, sondern jetzt musste sie, wie in Köln, erst einmal allen das Schlimmste unterstellen. Sandra stand wieder auf und schaltete den Fernseher an, um sich abzulenken.

Doch es wollte alles nichts nützen. Sie konnte sich nicht auf die bunten Bilder konzentrieren. Wenn sie schon nicht in der Lage war, einzuschlafen, dann könnte sie, statt zu grübeln, auch weiterarbeiten.

Kurze Zeit später saß sie in ihrem Schlafshirt im Sessel und starrte auf ihren flirrenden Monitor. Hauptverdächtig, da waren Javier und sie sich einig, war die Weiterbildungstruppe von Johannes.

Johannes inklusive.

Es kam nur selten vor, dass ein Unbekannter so einen Mord spontan beging. Schon allein die Verabreichung von Opioiden bedurfte der Planung. Unwahrscheinlich, dass irgendein Wildfremder Schmittig auf dem Gewissen hatte. Nein, nein, sein Tod war kein Zufall. Entweder steckte eine alte Geschichte dahinter, die mit seinen kriminellen Machenschaften in Bochum zu tun hatte, oder es ging um etwas Aktuelles. Etwas, das mit der Málagafahrt zusammenhing.

Sandra machte sich eine Notiz, bei Julia nachzuhören, wie weit sie mit ihren Recherchen gekommen war.

Dann nahm sie Javiers Dossier zur Hand. Doch schon beim Lesen des Deckblatts merkte Sandra, wie schwer ihre Augenlider waren. Anscheinend hatte bereits die Planung, wie sie weiter vorgehen wollte, eine beruhigende Wirkung auf sie gehabt. Nun würde sie endlich einschlafen können. Und in der Tat fiel sie ein paar Minuten später in einen unruhigen Schlaf.

Doch die Nacht blieb nach wie vor wechselhaft. Sandra träumte jede Menge wirres Zeug, wachte immer wieder auf. Sie ging zur Toilette, versuchte mithilfe eines Hörbuchs zur Ruhe zu kommen, aber es funktionierte alles nicht. Erst in den frühen Morgenstunden schlief sie so fest ein, dass sie Erholung fand.

Um 11 Uhr am Vormittag wachte sie zwischen komplett zerwühlten Bettlaken auf. Sie zog sich schnell an, doch als sie im Foyer ankam, wurde das Frühstücksbüfett bereits abgeräumt. Sandra beschloss, dass sie erst zu Kräften kommen musste, bevor sie sich an die Arbeit machte. Sie nahm den Fahrstuhl nach oben, packte das Dossier zusammen und fuhr wieder hinunter. Als Erstes lief sie in Richtung des Stadtstrands, der nur zehn Minuten von ihrer Pension entfernt lag.

Dort hatten sich bereits zahlreiche Strandbesucher eingefunden. Im Wasser befanden sich nur wenige Menschen, die meisten lagen auf ihren Handtüchern, aßen, tranken, hörten Musik und sonnten sich, während die Kinder neben ihnen Sandburgen bauten oder Ball spielten.

Sandra zog sich die Sandaletten aus und lief barfuß durch das lauwarme Wasser. Es fühlte sich herrlich an. Die beste Medizin gegen ihre Müdigkeit. Sie blieb stehen und beobachtete, wie die Bojen sich im Wellengang hin und her bewegten. Dann drehte sie den Kopf. Links hinter ihr standen mächtige Palmen, dahinter zeichneten sich die andalusischen Berge ab. Rechts vor ihr markierten mehrere Baukräne mit Giraffenhälsen aus Metall den Hafen. Sandras Magen begann zu knurren. Höchste Zeit, etwas Essbares aufzutreiben. In den kleinen Strandbuden, den *chiringuitos*, wurde bereits Fisch angeboten. Nein, danach stand ihr nicht der Sinn. Ihr Biorhythmus war noch nicht auf Mittagessen eingestellt, sondern verlangte nach knusprigem Baguette, süßer Marmelade und heißem, starkem Kaffee.

Sandra beschloss, ihr Glück in der Altstadt zu versuchen. Die Gegend rund um die Kathedrale war ebenso malerisch wie überfüllt. Da Sandra mittlerweile grob orientiert darüber war, wo sich was befand, nahm sie kleine Seitenwege, sodass sie die „Hauptrennstrecke", wie sie es nannte, umgehen konnte. Bald erreichte sie die Plaza de la Merced, auf der sich die Bank mit der Skulptur des sitzenden Picasso, einem der berühmtesten Söhne der Stadt, befand. Sandra hatte erst im Flugzeug gelesen, dass Picasso in Málaga geboren worden war. Die Stadt verfügte über so viele Sehenswürdigkeiten, dass Sandra es schade fand, nur so wenig freie Zeit zu haben. Sie würde sich den Besuch des Picasso-Museums für einen Regentag aufsparen. Etwas, das im Juni allerdings so gut wie nie vorkam.

Hinter Picassos Geburtshaus bog Sandra in einen Durchgang ab, der zur Markthalle führte. In der Nähe entdeckte sie das Teatro Cervantes, und ein paar Schritte weiter fand sie tatsächlich, wonach sie gesucht hatte: Vor ihr lag auf einem etwas abgelegenen Platz ein süßes, kleines Café, das sehr einladend aussah. Sowohl drinnen als auch draußen waren mehrere Tische frei. Sandra entschied sich dafür, hineinzugehen, da sie hoffte, drinnen mehr Ruhe zu haben. Die Kellnerin sah sie sofort und bediente sie ausgesprochen nett und aufmerksam. Nachdem Sandra sich mit süßen Toasts gestärkt hatte, machte sie sich an die Arbeit.

Als sie das Dossier öffnete, überflog sie das Deckblatt erneut. Sie grinste, als sie bemerkte, dass sie sich an rein gar nichts mehr erinnern konnte. Was für eine schwachsinnige Idee, mitten in der Nacht arbeiten zu wollen! Sandra reckte sich, bestellte sich noch einen Milchkaffee und blätterte weiter. Direkt hinter dem Deckblatt befanden sich Fotos von Manuel Esser, dem Schauspieler. Die hatte sie in der Nacht gar nicht gesehen.

Sandra sah sich die Fotos genauer an. Es waren Schnappschüsse im Paparazzi-Stil. Ausgesprochen unvorteilhafte Bilder. Sie zeigten Manuel Esser beispielsweise in einer Badehose. Mit Speckröllchen. Dann gab es eine Serie von Bildern, die dokumentierten, wie er mit aufgerissenem Mund einen Hamburger aß. Dabei lief Mayo sein Kinn hinunter, und Zwiebelringe hingen in seinem Dreitagebart. Ein weiteres Set von Schnappschüssen präsentierte den Schauspieler in Begleitung einer barbusigen Frau.

„*Gracias.*" Sandra nahm den Milchkaffee entgegen.

Tom Schmittig musste dem Schauspieler nachgestellt haben. Seltsam. Kaum vorstellbar, dass Manuel Esser das nicht bemerkt hatte. Und vor allem, warum machte Schmittig solche Aufnahmen? Welches Interesse konnte das Mordopfer daran gehabt haben, Herrn

Esser zu diskreditieren?

Sandra riss ein Tütchen Zucker auf und ließ den Inhalt in ihr Glas rieseln. Gedankenverloren rührte sie anschließend mit einem langstieligen Teelöffel in dem Kaffee herum.

Gab es etwa ein größeres Geheimnis, einen Skandal, den der Schauspieler vermeiden wollte? Hinter den Fotos musste noch mehr stecken, da gab sie Javier recht. Auf jeden Fall würde sie Julia bitten, sich über die rechtliche Lage kundig zu machen, was fotografiert und veröffentlicht werden durfte und was nicht. Wenn sie das richtig in Erinnerung hatte, wurde zwar jedem Menschen mit dem Recht am eigenen Bild eine gewisse Privatsphäre garantiert, darüber hinaus gab es aber auch Sonderbestimmungen, wenn es um Personen des öffentlichen Interesses ging.

Also noch einmal überlegen: Konnten die Handybilder das Mordmotiv sein? Hatte Herr Esser den Fotografen umgebracht, um die Schmutzkampagne zu unterbinden?

Nein, unwahrscheinlich. Der Schauspieler hätte höchstwahrscheinlich eine Klage einreichen können, um die unrechtmäßige Verbreitung der Fotos zu unterbinden. Infolgedessen wäre das Bildmaterial im Netz vom Admin ohne Blutvergießen gelöscht worden.

Wenn kein Geld geflossen war, um den Rufmord zu beenden, ging es dann vielleicht um den Verkauf der Paparazzi-Fotos? Nein, auch das überzeugte Sandra nicht. Bislang hatte Manuel Esser Sandra jedenfalls nicht das Gefühl gegeben, dass irgendwer voller Begeisterung seinen Müll durchsuchte, um News über diesen Mega-Promi ans Licht zu bringen.

In Sandras Kopf jagte eine Frage die andere. Plötzlich war das Glas leer. Sandra hatte gar nicht mitbekommen, wie sie nebenher mit schnellen, kleinen Schlucken den gesamten herrlich süßen, warmen Milchkaffee ausgetrunken hatte.

Sandras Stirn legte sich in Falten, als sie die niveaulosen Schlagzeilen las, die Thomas Schmittig unter verschiedenen Fake-Namen gepostet hatte:

- *Unappetitlich: Manuel in Málaga*
- *Solche Frauen knuddelt er*
- *Fress-Exzesse eines mittelmäßigen Schauspielers Ganz reizend.*

Sandra spürte, dass Kopfschmerzen im Anzug waren. Sie klappte die Mappe vorerst wieder zu und rief die Kellnerin, um zu zahlen. Das reichte fürs Erste. Nun würde sie sich ein wenig die Beine vertreten und alles sacken lassen. Danach würde sie die Ausdrucke grob für Javier übersetzen und ihm eine Zusammenfassung schreiben.

In Gedanken versunken, spazierte sie den Burgberg erst hinauf und kehrte dann wieder um. Bei ihrem Abstieg kam sie vor einer Kreuzung zum Stehen. Entweder konnte sie den direkten Weg ins Zentrum nehmen oder einen kleinen Umweg, der sie durch einen Kiefernwald führen würde. Sie entschied sich für die längere Route. In den nächsten Minuten genoss sie den intensiven harzigen Duft der Bäume. Kaum, dass sie den Wald betreten hatte, hörte sie das Zirpen der Zikaden, für Sandra ein Symbol des Sommers im Süden. Sie ging auf sich windenden Pfaden, musste manchmal ein wenig klettern und entdeckte immer neue Aussichtspunkte auf die Stadt. Das Beste war, dass sie kaum jemandem begegnete, obwohl sie sich in unmittelbarer Nähe des Stadtzentrums befand. Sandra setzte sich auf eine der vielen Bänke, die zum Verweilen einluden. Sie merkte, wie ihre Gliedmaßen schwer wurden. Die letzte Nacht steckte ihr noch immer in den Knochen. Aber: Sie hatte ihren Lieblingsplatz in Málaga gefunden. Ihre persönliche kleine Oase im Grünen. In den Kiefernwald würde sie sich in Zukunft immer zurückziehen. Zum Kraftschöpfen. Wenn ihr alles zu viel wurde.

„Auf, auf!", ermahnte sie sich innerlich. *Du hast noch viel zu tun.* Sie holte noch einmal tief Luft und genoss den Ausblick. Dann erhob sie sich kurze Zeit später und lief zügig zur Pension zurück.

Dort ging sie energiegeladen in ihr Zimmer und machte sich erneut an die Arbeit. Die restlichen Ausdrucke von Schmittigs Handy waren im Grunde genommen nicht viel anders als die Ersten. Paparazzi-Bilder und billige Schlagzeilen, die den Schauspieler in ein unvorteilhaftes Licht rücken sollten.

Die Fragen, welche die Aufnahmen aufwarfen, blieben dieselben wie vorher: Was hatte Schmittig gegen den Schauspieler? Warum hat er ihn so gehasst? Sandra spürte, dass sie zwar auf dem richtigen Weg war, aber nicht wirklich weiterkam. Es gab so viele Ungereimtheiten. Schon die Rahmenbedingungen der Accounts machten sie stutzig. Zwar schien Schmittig einen Nerv mit seinen Gehässigkeiten getroffen zu haben, denn es gab zahlreiche Kommentare, die ebenfalls darauf zielten, Manuel Esser zu beleidigen. Ansonsten gab das Handy aber nichts preis. Die Fake-Accounts hatten zwar viele Likes, aber nur wenige Follower.

Sandra ging noch einmal alle Ausdrucke auf der Suche nach privaten Informationen durch. Sie hielt Ausschau nach Bildern von Freunden, Mails an die Familie und Ähnlichem, fand jedoch nichts. Überhaupt gar nichts. Schmittig schien das Handy ausschließlich für das Posten von Beiträgen seiner Schmutzkampagnen genutzt zu haben. Es gab keinerlei eigene E-Mails, Kurznachrichten oder Privatfotos. Das konnte eigentlich nicht sein. Es musste noch ein anderes Handy geben. Ob er das bei dem Fall verloren hatte? Während Sandra sich über ein weiteres Handy von Schmittig Gedanken machte, klingelte ihr eigenes.

„Frau König?“

„Am Apparat.“

„Sie müssen mir helfen.“

„Mit wem spreche ich?“

„Ich bin's, Tamara. Tamara Meyer.“

„Frau Meyer, wo sind Sie?“

„Immmmm …“

„Können Sie bitte etwas lauter reden?“

„Im Hotel. Da ist jemand.“

„Wo liegt das Problem?“

„Ich habe Angst.“

Sandra überlegte kurz. Die gute Frau Meyer schien immer Angst zu haben.

„Was meinen Sie mit ‚*Da ist jemand*‘?“

„Vor der Tür ist jemand!“

Was sollte sie tun? Sandra schaute auf die Uhr. Es war schon spät. Javier war sicherlich nicht mehr in der Wache, und zu Hause wollte sie ihn nicht stören. Sollte sie sich dafür stark machen, dass eine Streife zum Palmen-Hotel geschickt wurde? Ja, das wäre die richtige Maßnahme!

„Wie lautet Ihre Zimmernummer? Gleich kommt Ihnen jemand zu Hilfe.“

„785.“

„Alles klar. Ich gebe das so durch. Ich lege jetzt auf, um meine Kolleginnen und Kollegen zu informieren.“

Eine halbe Stunde später, Sandra war gerade dabei einzuschlafen, klingelte ihr Handy erneut.

„Ja?“, meldete sie sich.

„Was sollte das denn?“, fragte sie eine Frauenstimme vorwurfsvoll auf Deutsch. Sandra setzte sich aufrecht hin. Sie brauchte einen Moment, bis sie die Stimme zuordnen konnte.

„Frau Meyer ... Alles in Ordnung?“

„Nein. Es war entsetzlich.“

Sandra reckte und streckte sich, um wach zu werden. Dabei dachte sie sich, dass bei Frau Meyer immer alles entsetzlich war.

„Was ist passiert?“, fragte sie so neutral wie möglich. Sie hoffte, durch die Frage ein wenig Zeit zu gewinnen, denn sie war noch immer nicht ganz wach.

„Ich bin gestorben vor Angst, als ich die lauten Schritte im Flur hörte. Sie hielten direkt vor meiner Tür. Dann pochte es an meine Tür. Ich hatte abgeschlossen und eine Barrikade errichtet, und einen Moment später standen drei Polizisten in meinem Zimmer.“

Dramaqueen, fluchte Sandra innerlich. Warum konnte Frau Meyer sie denn nicht einfach weiterschlafen lassen?

„Aber Frau Meyer. Sie hatten mich doch darum gebeten, dass ..."

„Aber doch nicht so", fiel sie Sandra ins Wort. „Und wer kommt für die Tür auf? Und überhaupt habe ich kein Wort verstanden, als die spanischen Polizisten mit mir gesprochen haben. Warum sind Sie denn nicht selbst gekommen, Frau König?"

Sandra holte Luft. Doch bevor sie etwas sagen konnte, sprach Frau Meyer schon weiter.

„Sie hätten das sicherlich diskreter gemacht. In Ihrer Gegenwart hätte ich mich sicher gefühlt. Bewacht. Beschützt. Wie soll ich denn jetzt schlafen, mit einer aufgebrochenen Zimmertür?"

Sandra war mit einem Mal wach und musste zugeben, dass sie die Sozialarbeiterin bis zu einem gewissen Grad verstehen konnte. Sandras Entscheidung war halbherzig gewesen und hatte der verängstigten Frau nicht wirklich weitergeholfen. Entweder hätte Sandra sie abwimmeln und beruhigen müssen oder sich persönlich um die Angelegenheit kümmern sollen. Mist, das würde Ärger geben.

„Sind Sie jetzt allein, oder ist noch jemand bei Ihnen?"

„Allein? Hier ist die Hölle los. Neben mir stehen, wie gesagt, drei Polizisten in Uniform und der Hotelchef, glaube ich zumindest. Ich verstehe kein Wort."

„Okay, dann geben Sie jetzt bitte den Hörer an einen meiner spanischen Kollegen weiter."

Nach fünf Minuten hatte Sandra ein neues Hotelzimmer in einer anderen Etage für Frau Meyer organisiert.

Außerdem hatte sie die spanischen Kolleginnen und Kollegen darum gebeten, sich bei der nächtlichen Streife regelmäßig vor dem Hotel blicken zu lassen, um Präsenz zu zeigen.

Sie ließ den Hörer wieder an Frau Meyer zurückgeben.

„Sie können nun beruhigt schlafen, Frau Meyer. Keiner weiß, in welchem Zimmer Sie sind. Niemand wird es wagen, noch einmal Ihre Nachtruhe zu stören. Alle haben ... ein Auge auf Sie.“

Den letzten Teil des Satzes hatte Sandra umsonst gesagt. Frau Meyer hatte bereits aufgelegt.

Kapitel 17

Sonntag, den 9. Juni, 8 Uhr

Javier

Javier hatte sich seit Langem auf dieses Wochenende gefreut. Nach seinem von ihm selbst angefertigten Dienstplan stand ihm alle fünf Wochen ein komplett arbeitsfreies Wochenende zu. In dem Zeitraum dazwischen konnte er sich, wenn es passte, unterhalb der Woche freie Tage als Ausgleich für das Durcharbeiten am Wochenende nehmen. Obwohl diese Flex-Tage auch schon gut waren, besaßen sie nicht denselben Erholungswert wie ein freier Samstag und ein freier Sonntag, die direkt hintereinander lagen.

Sein Plan für den Sonntag hatte darin bestanden, erst einmal lange auszuschlafen, sich dabei genussvoll immer wieder umzudrehen und erst gegen Mittag wirklich aufzustehen. Die Realität sah anders aus. Wie auch schon am Samstag öffneten sich seine Augen um Punkt 8 Uhr. Sofort füllte sich sein Hirn mit Hypothesen, Sorgen, Ängsten und Strategien. Javier presste die Lider fest aufeinander. Die unliebsamen Gedanken hatte er nicht eingeladen. Er wollte der Herr seines Kopfes sein. Doch dann machte sich das Bild der Staatsanwältin vor seinem inneren Auge breit. An und für sich mochte er

Frau Díaz. Sie war besonnen und hatte einen schrägen Sinn für Humor, aber wenn es ernst wurde, dann änderte sich ihre Persönlichkeit. So, als ob sie eine Art inneren Schalter umlegen würde. Plötzlich wurde sie knallhart und schwang die Peitsche. Am Freitag hatte sie ihm, wie erwartet, auch prompt wieder diese Seite von sich gezeigt. Plötzlich war Schluss mit lustig, Ergebnisse mussten her. Drama hoch zehn: Der gesamte Polizeiapparat schien dem Untergang geweiht, Málaga drohte im Mittelmeer zu versinken. Schon klar, dass Frau Díaz ihm persönlich nichts wollte, aber dennoch wurmte es Javier, als gestandener *Comisario Principal* so unter Druck gesetzt zu werden.

Javier beschloss, aufzustehen und die lästigen Grübeleien hinter sich zu lassen. Er machte sich ausgehbereit und schlenderte zum Kiosk an der Ecke, kaufte sich Croissants und die Sportgazette „Marca" und kehrte in seine Wohnung zurück. Während er auf der Titelseite das Kurzinterview mit dem neuen Fußballtrainer des FC Málaga las, stellte er die silberne Kaffeekanne auf den Gasherd. In dem Moment klingelte es an der Tür. Wer konnte das sein? Er schaute auf die Küchenuhr. Es war kurz nach neun. Inmaculada vielleicht? Sie machte doch manchmal zu seltsamen Zeiten Ausflüge. Einen magischen Sonnenaufgang in El Chorro oder einen romantischen Sonnenuntergang in der Sierra de las

Nieves erleben und so etwas. Javier warf einen kurzen Blick in den Spiegel. Dann öffnete er die Tür. Vor ihm stand Sofía. Er wusste, dass seine Sekretärin im selben Stadtviertel wie er wohnte und sie praktisch Nachbarn waren. Aber sie hatte noch nie bei ihm geklingelt. Ohne jemals darüber gesprochen zu haben, war es ihnen beiden wichtig, Beruf und Freizeit strikt zu trennen.

„Sofía, was machst du denn hier?"

Die Sekretärin war vom Treppensteigen außer Atem.

„Komm doch rein." Javier trat zur Seite. „Willst du auch einen Kaffee?"

Sie schüttelte den Kopf. „Danke, nein. Ich muss gleich weiter, wollte dich nur eben warnen. Es gibt Ärger. Und zwar riesengroßen. Wegen der deutschen Reisegruppe und irgendwelchen Hilferufen und Noteinsätzen im Palmen-Hotel. Du solltest das heute unbedingt noch klären. Ich wollte dir lieber persönlich Bescheid geben. Mach dich auf etwas gefasst."

„Was sagst du da? Was ist denn passiert?"

„Es geht wohl um eine gewisse Frau Meyer. Tamara Meyer."

„Frau Meyer?" Auf einmal fiel Javier ein, dass eine Frau mit diesem Namen bei ihm angerufen und um Hilfe gebeten hatte. Kurz vor der großen Standpauke der Staatsanwältin. Er hatte der Touristen vage zugesagt, sich um ihr Anliegen zu kümmern, hatte das aber dann komplett vergessen.

„Scheiße."

Sofía stimmte ihm zu und fasste für Javier kurz zusammen, was sie über den Einsatz im Palmen-Hotel wusste, und dann verabschiedete sie sich hektisch. Doch als sie in der Wohnungstür stand, drehte sie sich noch einmal um.

„Weißt du, wo Sandra ist? Ich kann sie telefonisch nicht erreichen."

„Vermutlich in ihrem Hotel. Gestern habe ich sie im Homeoffice arbeiten lassen, und den Sonntag habe ich ihr freigegeben. Ich wollte ihr die Möglichkeit verschaffen, sich erst einmal ein wenig einzuleben. Hätte ich geahnt, dass sie auf einmal die Kollegen von der Nachtschicht verrückt macht ..."

Sofía winkte ihm zum Abschied und lief dann wieder die Treppen hinunter.

Auch Javier konnte Sandra nicht erreichen. Er versuchte es immer wieder und wurde immer wütender. *Danke, Sandra. Danke, dass du mir mein freies Wochenende verdirbst.* Sie hatte ihre Befugnisse überschritten, Entscheidungen gefällt, die einzig und allein in seinem Kompetenzbereich lagen. Das Erste, was er am Montagmorgen machen würde, wäre, sich in Deutschland über sie zu beschweren.

Ärgerlich hämmerte er beim Durchscrollen seiner Dienstmails mit dem Zeigefinger auf seiner Maus herum. Wie hieß noch gleich Sandras Vorgesetzter? Endlich hatte er die Mail aus Köln gefunden. Jörg Steinberg. Unter der Mail befanden sich seine Kontaktdaten, inklusive der direkten Durchwahl.

Auch im Laufe des Nachmittags ging Sandra nicht ans Telefon. Javier versuchte sie noch zwei-, dreimal zu erreichen, und dann machte er sich auf ihrem Anrufbeantworter Luft.

„Sandra? Hörst du mich? Was war denn das gestern Nacht? Wie bist du denn auf die Idee gekommen, ohne Absprache mit mir der spanischen Polizei Befehle zu erteilen? Man sagte mir, du hättest eine Streife zum Palmen-Hotel geschickt und eine Hoteltür aufbrechen lassen. Später hast du wohl angeordnet, dass die Nachtschicht regelmäßig am Hotel vorbeifahren sollte. Meine Mitarbeiter fanden das alles gar nicht komisch.

Ich auch nicht. Du hast deine Befugnisse übertreten. Und die deutsche Frau, die du schützen wolltest, diese Frau Meyer, hat sich ebenfalls über dein Vorgehen beschwert. Heute lass ich dir noch Zeit zum Nachdenken, aber morgen erwarte ich dich eine Stunde vor Dienstbeginn in meinem Büro. Das kann ich dir nicht durchgehen lassen. Ich werde deinen Vorgesetzten in Deutschland ebenfalls über dein Fehlverhalten informieren."

Kapitel 18

Sonntag, den 9. Juni, 18 Uhr

Sandra

Als sie von ihrer Tour zurückkam, grüßte Sandra den Rezeptionisten des Hotels Victoria besonders freundlich. Der arme Kerl musste am Wochenende arbeiten, während sie ihr Handy auf Flugmodus gestellt und den Sonntag dazu genutzt hatte, Málaga zu erkunden. Sie hatte es genossen, Abstand zu dem Fall zu bekommen, denn sie musste zugeben, dass ihr der nächtliche Trubel letztens ganz schön zugesetzt hatte. Was für ein Chaos war das alles gewesen. Frau Meyer und ihre Ängste, Querstrich Verfolgungswahn, Querstrich Panikattacke, Querstrich keine Ahnung. War sie Psychologin? Sehr merkwürdig. Das Verhalten der Sozialarbeiterin war ihr genauso fremd wie diese idiotischen Paparazzo-Blogposts. Zum Glück hatte sie den ganzen Sonntag lang gut abschalten können.

Sandra hatte nämlich ein neues Viertel für sich entdeckt: Lagunillas, ein Szeneviertel, das sich in der Nähe des Platzes mit der Picasso-Bank befand. Ihr erster Eindruck hatte sie getäuscht. Anfangs hatte sie Lagunillas vor allem für einen ziemlich heruntergekommenen Stadtteil gehalten. Eines der Viertel, die man besser meiden sollte. Doch dann hatte sie herausgefunden, dass das nicht stimmte. Viele Häuser sahen zwar wie Ruinen aus, doch bei genauerem Hinsehen hatte sie festgestellt, dass einzelne Räume doch bewohnt waren. Das gesamte Viertel lag an einem Hang. Sobald man die steilen Treppen hochstieg, offenbarte Lagunillas seinen besonderen Charme. Von oben bot sich einem ein grandioser Blick auf die Stadt! Streifte man durch die Gassen des Viertels, konnte man zahlreiche Graffitis bewundern. Es handelte sich dabei nicht etwa um irgendwelche Krakeleien, sondern um richtig gute, kunstvoll gesprayte kleine Meisterwerke. Nach ihrer kleinen Tour quer durchs Viertel hatte Sandra ihre anfängliche Meinung revidiert. Lagunillas war zwar alles andere als sauber und adrett, verfügte dafür aber über eine reiche Subkultur. So hatte sie beispielsweise zwei Kulturkneipen entdeckt, in denen Jazzsessions und Bossa nova angeboten wurden. Und einen Block weiter befand sich ein Haus, in dem sich verschiedene Selbsthilfeorganisationen und Nachbarschaftsvereine trafen.

Gegen Mittag hatte Sandra in einem alternativen Buchladen gestöbert und anschließend in einer Kneipe, die mehr Kiosk als Restaurant war, im Stehen billig und gut gegessen. Am Nachmittag war sie mit einer spanischen Klatschzeitschrift unter dem Arm zu dem Café in der Nähe des Teatro Cervantes gelaufen. Diesmal bediente sie ein Kellner, der ihr eine Tasse brachte, die bis zur Hälfte mit starkem, schwarzem Kaffee gefüllt war. Er stellte sich neben sie und goss kunstvoll aus einer silbernen Kanne einen Strahl heißer Milch in ihre Tasse. Sandra zuckerte sich ihr Getränk und ließ es einen Moment abkühlen. In der Zwischenzeit blätterte sie in ihrer Illustrierten und informierte sich über den neuesten Klatsch und Tratsch aus dem spanischen Königshaus. Zunächst wollte sie sich noch ein Stück Kuchen gönnen, zog dann aber etwas Herzhaftes vor: zwei Scheiben Käsetoast mit würzigem Tomatenaufstrich. Auch wenn es ein rundum schöner Sonntag gewesen war, taten ihr abends vom Pflasterlaufen die Füße weh. Als sie die Tür ihrer kleinen Dachkammer mit der Schlüsselkarte öffnete, freute sie sich darauf, sich endlich ihrer Sandaletten entledigen zu können.

Bevor sie einen gemütlichen Fernsehabend startete, wollte sie noch ein wenig arbeiten. Sie nahm das Dossier mit den Handyausdrucken aus ihrer Schreibtischschublade und ging die Unterlagen noch einmal konzentriert durch. Später räumte Sandra alle Unterlagen zusammen und schrieb sich noch zwei weitere Fragen auf, die sie diesem Manuel Esser im Beisein von Javier stellen wollte.

Als sie den Fernsehapparat anschaltete, wurde ihr plötzlich bewusst, dass sie bei der Arbeit am Dossier von keinem Anruf und keiner Mail gestört worden war. So müsste das immer sein, dachte sie. Nieder mit der Geräuschkulisse in Großraumbüros, hoch mit der friedlichen Arbeit im Homeoffice! Doch mitten in ihren überschwänglichen Überlegungen fiel ihr der Grund dafür ein, warum sie nicht aus der Arbeit gerissen worden war: Ihr Handy war auf Flugmodus gestellt. Neugierig aktivierte sie es, und innerhalb kürzester Zeit wurde sie von verpassten Anrufen und Nachrichten überrollt. Himmel, was war denn da passiert? Sie überlegte, womit sie anfangen sollte. Da sah sie, dass Javier

ihr eine Sprachnachricht geschickt hatte. Sie zögerte einen Moment und drückte dann auf „Play".

Kapitel 19

Montag, den 10. Juni, 7.30 Uhr

Javier

Javier war so was von wütend. Seit die Staatsanwältin ihm Sandra König aufs Auge gedrückt hatte, war von vorn bis hinten alles schiefgelaufen. Eben hatte er mit Sandras Vorgesetztem telefoniert, um sich bei ihm über ihr übergriffiges Verhalten zu beschweren. Schon zu Beginn des Telefonats kam es ihm merkwürdig vor, dass er problemlos zu Jörg Steinberg durchgestellt worden war. Javier hatte schon damit gerechnet, dass er zu dieser frühen Stunde noch nicht vor Ort wäre. Doch Jörg Steinberg war nicht nur vor Ort, sondern bereits bestens informiert. Die Staatsanwältin hatte von der Sache Wind bekommen und sich wohl noch im Laufe des Sonntags mit Sandras Vorgesetzten ins Einvernehmen gesetzt.

„Herr Sánchez", sagte Sandras Chef, „ich verstehe Ihre Bedenken gegenüber meiner Kollegin nicht. Die spanische Staatsanwältin und ich sehen das ganz anders. Frau König hat sich keineswegs ‚übergriffig' oder gar ‚anmaßend' verhalten. Im Gegenteil, wir beide stehen vollständig hinter Frau König und ihrem Polizeischutz für die deutsche Touristin."

Javier konnte es nicht fassen, dass er bei Sandras Vorgesetzten auf taube Ohren gestoßen war.

„Kann ich Ihnen sonst noch behilflich sein?", fragte Sandras Chef und ließ ihn, ohne nur die Stimme zu erheben, abblitzen. Javier schwieg, da er nicht wusste, was er sagen sollte.

„Ich denke, die spanische Staatsanwältin wird den Vorfall noch einmal mit Ihnen besprechen. Ansonsten wünsche ich Ihnen viel Erfolg bei den Ermittlungen. Hoffentlich können Sie bald Ergebnisse vorweisen, denn wir wollen alle, dass das Verbrechen an einem unserer Landsleute schnellstmöglich aufgeklärt wird."

Um 8 Uhr klopfte Sandra an seiner Tür. Richtig, er hatte angeordnet, dass sie eine Stunde vor ihrem offiziellen Dienstbeginn bei ihm vorstellig wurde. Mist. Das war ihm am Vortag noch als ein kluger Schachzug vorgekommen, doch nach diesem Telefonat war es nur noch peinlich.

„Hola Sandra. Wie geht's?"

„Hallo, Javier. Und dir?"

Obwohl sie ein Pokerface aufgesetzt hatte, wusste er, dass sie von der Staatsanwältin oder ihrem Chef bereits über ihren Sieg informiert worden war. Und wenn die es nicht getan hatten, dann hatte ihr ihre „kompetente Kollegin aus Köln" den Erfolg gesteckt. So oder so fühlte Javier sich übergangen. Warum wussten alle vor ihm Bescheid? Grimmig starrte er vor sich hin. Nein, das stimmte nicht. Sofía hatte versucht, ihn zu warnen.

Javier saß eine Weile unschlüssig herum und schwieg. Dann beschloss er weiterzuarbeiten.

„Sandra", sagte er schließlich, „hast du dir das Dossier mit den Handyausdrucken angesehen?"

„Ja, natürlich. Einen Moment."

Sie bückte sich und fischte die Unterlagen aus ihrem Rucksack. „Schau mal, ich habe dir kurz zusammengefasst, um was es in den einzelnen Posts geht." Dann hielt sie inne und musterte ihn. „Alles klar bei dir?"

„Ja, ja, danke. Leg mir das Dossier auf den Tisch. Dann kannst du gehen. Ich schaue mir das jetzt an. Komm um halb zwölf in mein Büro, damit wir das Verhör von Herrn Esser vorbereiten können."

„In Ordnung."

Javier vertiefte sich in Sandras Übersetzungen, Zusammenfassungen und ihre Vorschläge für mögliche Verhörfragen. Sie hatte gründlich gearbeitet. Javier spürte, wie sein Hals eng wurde. Warum nur musste sie ihm das Leben so schwer machen?

Es klopfte an der Tür. Barsch rief er: „Herein!" Hoffentlich kein weiterer Überraschungsbesuch. Es war Sofía.

„Hier, für dich, Javier." Sie brachte ihm eine Tasse Kaffee und Plätzchen.

Javier schluckte.

„Ich soll allen Kollegen Bescheid sagen, dass die Staatsanwältin in zehn Minuten die gesamte Belegschaft zu einer Dienstbesprechung sehen will."

Javier sah sie fragend an. Doch diesmal wusste Sofía anscheinend genauso wenig wie er, denn sie zuckte nur kaum merklich mit den Schultern.

Die Dienstbesprechung war ebenso kurz wie demütigend. Ein Albtraum. Frau Díaz, die Staatsanwältin, wütete wie noch nie und tadelte ihn offiziell vor der gesamten Mannschaft. Es wäre seine Aufgabe gewesen, die Krisenstimmung in der Touristengruppe zu deeskalieren. Er hätte den deutschen Urlaubern ein Gefühl von Sicherheit vermitteln müssen. So wie Sandra König das getan hätte. Genauso ein beherztes Verhalten hätte eigentlich von ihm als *Comisario Principal* kommen müssen. Es folgte eine ausgiebige Lobrede auf Sandras Eigeninitiative. Anschließend fand die Staatsanwältin ungewöhnlich blumige Worte für die hervorragende Zusammenarbeit mit Frau Königs großartigem Vorgesetzten in Deutschland.

Bla, bla, bla.

Javier fand es widerlich.

Er konnte nicht sagen, was ihn mehr gegen Sandra aufbrachte: die völlig übertriebene Abreibung für etwas, was Frau Díaz großspurig „unterlassene Hilfeleistung" nannte, oder die schleimige Lobhudelei für Sandras ach so heldenhafte Entscheidung. Eins war ihm jedenfalls klar: In dieser Dienststelle gab es nicht genug Platz für sie beide. Irgendwann würde sich die reizende Frau Díaz wohl entscheiden müssen, auf welcher Seite sie stand. Würde sie weiterhin zu ihm, dem alten Fuchs mit der außerordentlich hohen Aufklärungsquote, stehen, oder würde er ruhiggestellt oder gar ausrangiert werden, um die effiziente Heldin aus Deutschland nach vorn zu bringen?

Kapitel 20

Montag, den 10. Juni, 11.30 Uhr

Sandra

Es kostete Sandra Überwindung, ein weiteres Mal an Javiers Bürotür zu klopfen. Sie hatte mit ihm gelitten, als die Staatsanwältin ihn vor allen kritisiert hatte. Sie hatte ihm angesehen, wie nah ihm der Tadel gegangen war. Warum hatte die Staatsanwältin das nur gemacht? Mit ihrem offiziellen Auftritt hatte sie Sandra keinen Gefallen getan, sondern ihre weitere Zusammenarbeit mit Javier so gut wie unmöglich gemacht. Auch inhaltlich ergab ihre Maßreglung keinen Sinn, fand Sandra, denn sie selbst hatte sich ebenso wie Javier gefragt, ob sie Frau Meyers Ängste überhaupt ernst nehmen sollte.

Allerdings hatte sie sich auch über das Lob gefreut. Wenn man es genau nahm, war sie sogar von zwei Seiten offiziell anerkannt worden: Die Staatsanwältin hatte vor aller Augen deutlich gemacht, wie sehr sie Sandras mutige Entscheidung schätzte, aber auch Jörg in Deutschland, und das war fast noch wichtiger für Sandra, hatte ihr den Rücken gestärkt und sich hinter sie gestellt. Wie lange hatte sie darauf hingearbeitet.

Endlich sahen ihre Dienstvorgesetzten, wie gut sie war und was sie alles draufhatte.

„Komm rein!"

Sandra schloss die Tür hinter sich und war erstaunt, als sie sah, dass sie mit dem *Comisario Principal* nicht allein war. Über Eck saß da noch eine apart aussehende Frau um die vierzig mit einem Seidentuch um den Hals und lächelte ihr schüchtern zu.

„Für das Verhör mit dem Schauspieler habe ich Frau Ruiz als Übersetzerin dazugebeten."

Eins zu null für Javier. Das hatte Sandra nicht erwartet: eine Übersetzerin. Sie empfand das als Schlag ins Gesicht. Wozu brauchten sie die? Sie konnte doch ebenso gut dolmetschen. Doch das hätte bedeutet, dass Javier völlig abhängig von ihr gewesen wäre.

„Ich habe Frau Ruiz eingeladen, um dich zu entlasten. Sie nimmt dir das sprachliche Hin und Her ab, damit du nicht sowohl verhören als auch übersetzen musst."

„Buenos días", die Übersetzerin stand auf und gab Sandra förmlich die Hand. Als sie sich wieder setzte, lächelte sie und schob ein „Guten Tag" nach.

Sandra hörte sich das kommentarlos an und setzte sich Javier gegenüber.

„Gut, legen wir los! Ich finde, wir sollten uns eine Strategie überlegen, wie wir Manuel Esser in die Zange nehmen. Was meinst du, Sandra?"

„In Ordnung. Er scheint auf Druck zu reagieren."

„Das sehe ich auch so. Ich schlage vor, dass ich das Verhör auf schnellem Spanisch beginne, um ihn einzuschüchtern."

Sandra nickte.

„Für Sie, Frau Ruiz heißt es, dass Sie bitte erst dann übersetzen, wenn ich Ihnen das Zeichen dazu gebe.“

„Geht klar.“

„Und Sandra, wenn der Schauspieler so richtig anfängt zu reden, dann übernimmst du und lockst die Details aus ihm heraus.“

„Kann ich machen. Aber ...“

„Sind alle bereit?“ fragte er, ohne Sandra oder der Übersetzerin Zeit für eine Antwort zu geben. Schon nahm er den Telefonhörer in die Hand und wies jemanden an, Herrn Esser in sein Büro zu bringen.

Offensichtlich hatte Javier den Schauspieler offiziell vorgeladen. Wenig später öffnete sich die Tür und zwei grimmig aussehende Polizisten brachten Herrn Esser zu Javiers Schreibtisch, an dem er schon von Sandra, dem *Comisario Principal* und der Übersetzerin erwartet wurde.

Javier stand auf und beugte sich aggressiv zu Herrn Esser herüber. Sandra fragte sich, ob er wohl an die Staatsanwältin dachte und es ihm daher gelang, von einem Moment auf den anderen so feindselig auszusehen. Eine Sekunde später ratterte der *Comisario Principal* dem verwirrten deutschen Touristen in einem ungeheuer schnellen Spanisch, das wie eine Maschinengewehrsalve klang, eine oberflächliche Begründung für seine Vorladung herunter. Als er fertig war, starrte er Herrn Esser an und schwieg. Der Schauspieler wandte sich an Sandra.

„Was hat er gesagt?“

Wie verabredet reagierte sie nicht, sondern schaute sich hoch interessiert die Musterung der Schreibtischplatte an.

„Kann ich mich jetzt setzen?“ Herr Esser schielte zum freien Stuhl.

Sandra tat so, als hätte sie ihn nicht gehört.

„Nada comprendo“, wandte er sich schließlich an Javier.

Erst jetzt machte er der Übersetzerin ein Zeichen, welche ohne jegliche Gemütsregung Javiers Begründung auf Deutsch wiederholte.

„Fragen Sie ihn, ob er alles verstanden hat“, bat Javier Frau Ruiz.

Kurz darauf nickte der Schauspieler, und Javier gebot ihm mit einem Kopfnicken sich hinzusetzen, während er anfing, ein Formular auszufüllen.

Kaum dass sich Manuel Essers Hinterteil der Sitzfläche annäherte, blaffte Javier los: „Was haben Sie in Marokko gemacht?“ Und ohne Pause setzte er nach: „Und kommen Sie mir nicht blöd. Wir wissen Bescheid über die Drogengeschäfte.“

Sandra konnte nicht sagen, wer überraschter von der Frage war. Der Tatverdächtige oder sie. Hatte Javier ihr etwas verschwiegen, oder bluffte er nur?

„Ich weiß nicht, wovon ...“, begann Esser und wurde sogleich unterbrochen.

„Haben Sie Tomás deswegen umgebracht?“

„Ich habe niemanden umgebracht.“

Javier stand auf und ging zum Fenster. Er ließ sich Zeit, bevor er sarkastisch antwortete: „Natürlich nicht. Sie sind ausgerutscht, und dabei haben Sie Tomás zufällig vom Felsen gestoßen.“

„Was unterstellen Sie mir denn da? Ich habe ein Alibi. Ich war an dem Tag nicht eine Sekunde allein mit Thomas.“

In diesem Augenblick nickte Javier Sandra zu.

„Herr Esser“, fing sie mit einer betont freundlichen Stimme an. Es ging doch nichts über das schöne klassische Good-Cop-Bad-Cop-Theater.

„In welcher Beziehung standen Sie zu Herrn Schmittig?“

„In einer guten Beziehung natürlich. Wie zu allen.“ Er strich sich eine störrische Locke aus dem Gesicht, lehnte sich zurück und wartete. Sandra ließ ihm Zeit. „Nicht, dass ich ihn besonders gut kannte …“

„Wie gut kannten Sie ihn denn?“

„Na ja …“

„Ich kann auch genauer werden. Wussten Sie, dass er, natürlich unter falschen Namen, einen diffamierenden Artikel nach dem anderen auf allen möglichen Social-Media-Kanälen über Sie gepostet hat?“

Sandra breitete ausgewählte Dokumente vor ihm aus.

„Was?“

„Das ist demütigend, oder?“

„Aber …“

„So was kann einem die ganze Karriere zerstören.“

„Ich wusste nicht …“

„Was wussten Sie nicht?“

„Die Posts …“

„Verkaufen Sie uns nicht für dumm. Natürlich kannten Sie die Posts. Jeder Künstler sammelt Rezensionen, Artikel, Veröffentlichungen.“

„Ja, das schon …“

„Und es ist auch Ihr gutes Recht, sich darüber aufzuregen. Was Schmittig getan hat, ist illegal. Rufmord, er hat Ihre Persönlichkeitsrechte verletzt.“ Sandra bedankte sich innerlich bei Julia, die ihr die diesbezüglichen juristischen Spitzfindigkeiten anschaulich erläutert hatte.

„Aber …“

„Haben Sie ihn darum umgebracht? Sie können es ruhig zugeben. Wir verstehen Sie. So eine Schmutzkampagne … Sie wollten nur, dass das aufhört.“

„Ja … nein …“

„Was denn nun?“, schaltete Javier sich wieder ein. „Ja oder nein?“

Doch bevor Esser antworten konnte, klirrte das Fenster, und ein Ziegelstein fiel vor ihnen auf den Boden.

„Scheiße, was ist das?“, bellte Javier.

„Ich weiß auch nicht.“

„Ist jemand verletzt?“, fragte Javier. Die Übersetzerin, die ganz weiß im Gesicht geworden war, schüttelte den Kopf.

Manuel Esser, der am weitesten von dem Stein entfernt war, schien wie gelähmt zu sein. Er öffnete den Mund, um etwas zu sagen, doch es drang kein Laut über seine Lippen.

Im nächsten Augenblick wurde die Tür geöffnet, und eine Handvoll Polizisten stürmten mit der Waffe im Anschlag herein. Systematisch suchten sie den Raum ab. Javier ließ sie gewähren. Sandra wäre anders vorgegangen und hätte die Polizisten auf die Straße vor das Haus geschickt. Vielleicht hätten sie da den Täter noch erwischt. Doch mittlerweile war bereits erschreckend viel Zeit vergangen, und der Steinwerfer war mit Sicherheit schon vom Tatort verschwunden. Um nicht besserwisserisch zu erscheinen, sagte Sandra nichts. Irgendwann brach Javier die Aktion ab.

„Nichts passiert. Kollegen, ihr könnt die Suche einstellen."

„Das hätte böse ausgehen können, wenn der Stein jemanden von uns getroffen hätte", sagte die Übersetzerin und atmete schwer. „Himmel. So etwas habe ich noch nie erlebt."

Plötzlich vernahm Sandra Manuel Essers Stimme. „Der Stein galt nicht Ihnen. Er war für mich gedacht." Er starrte Sandra an. „Nur noch ein weiteres Puzzlestück in dem Spiel."

Sie starrte zurück.

„Ich werde erpresst."

Die Übersetzerin flüsterte etwas in Javiers Ohr. Offensichtlich versuchte sie, ihm das Gesagte auf Spanisch zu vermitteln, ohne dabei den Redefluss des Schauspielers zu unterbrechen, überlegte sich Sandra. *Gut, die Frau.* Eigentlich musste sie zugeben, dass Javier es geschickt eingefädelt hatte, noch jemanden zum Dolmetschen hinzuzuziehen.

Sandra hatte es die ganze Zeit als persönlichen Angriff, eine Art Misstrauensvotum gegen sie, gewertet, aber das entsprach nicht unbedingt der Wahrheit. Jedenfalls nicht ausschließlich. Alle diese Gedanken gingen Sandra durch den Kopf, während sie sich auf die Zunge biss, um Manuel Esser nicht zu bedrängen.

„Es fing an, kaum dass ich in Málaga gelandet war."

Ein Tuscheln vonseiten der Übersetzerin, ansonsten blieb alles still im Raum.

„Zuerst waren es Telefonate." Manuel holte tief Luft. „Immer wenn ich dranging, wurde aufgelegt. Unterdrückte Nummer."

Die Tür wurde aufgerissen, doch bevor der Störenfried eintreten konnte, machte Javier ihm ein Handzeichen, umzukehren.

„Und dann kamen die Notizen."

„Was für Notizen?", platzte es aus Javier heraus.

„Erpresserbriefe."

„Die will ich haben. Geben Sie sie mir."

Manuel fasste sofort an die Innenseite seiner Weste.

„Moment. Nicht bewegen." Javier öffnete eine Schublade und nahm zwei Plastikhandschuhe heraus.

„Ich mache das. Damit sind Sie doch einverstanden, oder?"

„Ja." Manuel Esser wirkte überrumpelt, regelrecht aus dem Konzept gebracht, als Javier den Inhalt seiner Innentasche mit spitzen Fingern herausfischte und auf den Schreibtisch legte.

„Ich hätte nichts sagen sollen. Ich bringe nur alle in Gefahr. Ich brauche einen Anwalt."

Mist, dachte Sandra. Warum war Javier nur so ungeduldig gewesen?

„Natürlich können Sie sich einen Anwalt nehmen, brauchen Sie aber nicht. Schließlich haben wir nicht vor, Sie zu verhaften, sondern befragen Sie lediglich. Wenn Sie wollen, können Sie jederzeit gehen. Wir können Ihnen aber auch einen Pflichtverteidiger zur Seite stellen ..." Sandra wandte sich an die Übersetzerin. „Sie kennen doch sicherlich jemanden, der auch Deutsch spricht, oder?"

Sie nickte vage und übersetzte ihre Worte für Javier.

„Allerdings scheint mir der ganze Aufwand nicht nötig zu sein. Ich habe das Gefühl, dass Sie weniger der

Täter als das Opfer sind." Sandra lächelte ihm mitfühlend zu. Sie hoffte zumindest, dass Herr Esser ihre Mimik so deuten würde.

Manuel Esser nahm seinen Kopf zwischen die Hände und nickte. Sandra fragte sich wieder einmal, ob sein Verhalten gespielt war.

„Allerdings."

Sie hatte ihn so weit. Schnell fuhr sie mit derselben ruhigen, unaufgeregten Stimme fort. Es handelte sich dabei um einen antrainierten Tonfall, den sie mittlerweile problemlos in jeder Situation ein- und ausschalten konnte. „Sie haben uns von den Anrufen erzählt ..." Sie sah, wie Javier das Aufnahmegerät auf lauter stellte. „Von den Erpresserschreiben. Und gibt es sonst noch etwas, was Sie uns mitteilen möchten?"

„Ich weiß nicht. Ich will doch auch nur, dass der Mord so schnell wie möglich aufgeklärt wird. Ich will die Polizeiarbeit nicht behindern, ganz im Gegenteil. Die Sache ist die: Ich habe einfach nur Angst ..."

Sandra sah, dass eine Ader an seiner rechten Schläfe auffällig pochte.

„Ich glaube, dass jemand es auf mich abgesehen hat. Dass ich der Nächste bin oder dass ich derjenige hätte sein sollen, der unten in der Schlucht landete. Aber ich wollte auch nicht zur Polizei gehen ... und dieser Stein. Eine weitere Drohung, den Mund zu halten."

Gleich würde er zu schluchzen anfangen.

„Ein Glas Wasser?", fragte Sandra und schenkte ihm schon ein.

„Ja, danke." Gierig leerte Herr Esser das Glas. Tränen rannen seine Wangen hinunter. Unter was für einem Druck er stand. Fast empfand sie Mitleid.

„Kann ich noch etwas Wasser bekommen?“

„Klar.“ Sandra füllte sein Glas noch einmal und beobachtete ihn. Seine Bewegungen wurden geschmeidiger. Offensichtlich bekam er sich wieder unter Kontrolle.

„Okay. Ich verstehe, dass Sie die ganze Situation beunruhigend finden. Natürlich helfen wir Ihnen und unterstützen Sie. Doch dazu müssen wir der Sache noch ein wenig mehr auf den Grund gehen.“

Keine Minute später blökte Javier dazwischen: „Los, Junge. Spuck's aus! Was sollst du machen? Mit was wirst du erpresst? Wie viele Briefe gibt es, wo und wann hast du sie vorgefunden?“

Blödmann, schimpfte Sandra innerlich. Durch seine Unbeherrschtheit zerstörte er das frisch gewonnene Vertrauensverhältnis, das sie so mühsam aufgebaut hatte.

Manuel Esser spielte mit dem Wasserglas, dachte nach.

„In Ordnung“, versuchte Sandra an das Gespräch von eben anzuknüpfen. „Bis jetzt ist Ihnen nichts passiert. Alles ist gut, und so soll es bleiben. Doch damit wir das gewährleisten können, brauchen wir noch ein wenig mehr Informationen.“ Ohne hinzuschauen, wusste Sandra, dass Javier die Augen verdrehen würde, wenn er die Übersetzung ihrer Sätze hörte.

„Nein.“ Esser stand so dramatisch auf, dass der Stuhl beinahe umfiel.

„Ich brauche Bedenkzeit. Ich will jetzt gehen.“

„Ich bin derjenige, der das Verhör beendet“, polterte Sandras Kollege. Im nächsten Moment sah sie, wie sich ein leichtes Lächeln auf die Lippen des Schauspielers legte.

„Ich sage kein Wort mehr. Entweder verhaften Sie mich jetzt, oder Sie lassen mich sofort gehen."

Javier zuckte mit den Schultern. Er wusste so gut wie Sandra, dass sie Herrn Esser nicht festhalten konnten. Der Schauspieler erhob sich betont langsam, ging mit großen Schritten zur Tür und ließ diese demonstrativ mit einem lauten Knall hinter sich zufallen.

Kinoreif.

Ganz großer Abgang.

Kapitel 21

Montag, den 10. Juni, 13 Uhr

Javier

Nach Essers großer Szene waren alle drei baff. Als Erstes fing sich die Übersetzerin. Frau Ruiz äußerte ein paar höfliche Floskeln und verabschiedete sich dann umgehend mit einem Handschlag von Sandra und Javier.

„Nun", sagte Javier, „da sind wir endlich ein ordentliches Stück weitergekommen." Er ärgerte sich, dass sein unsicherer Tonfall der Aussage seiner Worte widersprach. Er fühlte sich noch immer wie auf dem Präsentierteller und wartete nur darauf, dass jemand an seiner Art etwas auszusetzen hatte. Immerhin war er froh, dass Frau Ruiz gegangen war und ihn mit Sandra allein gelassen hatte. Nicht, dass er sich sonderlich wohl in der Gesellschaft seiner deutschen Kollegin fühlte, aber sie war ihm sympathischer als die Übersetzerin.

Dennoch konnte er es sich nicht schönreden, dass sein Verhältnis zu Sandra in den letzten Tagen sehr gelitten hatte. Er verstand sie nicht. Sandra ging den Fall anders an als er. Und auch bei dem Verhör hatte sie seine Überrumplungsstrategie durch ihre aufgesetzten verständnisvollen Schokoladenfragen beinah zunichtegemacht. Das war anders abgesprochen gewesen! Dennoch hatte sie seine Strategie aus einer Laune heraus torpediert und dadurch seine Autorität angegriffen.

Sandra schien seine ungesagten Vorwürfe zu spüren, denn sie war aufgestanden und hatte begonnen in dem Büro hin und her zu gehen. Am liebsten hätte er sie angefahren, warum sie sich so unkollegial verhielt. War ihr nicht bewusst, dass sie auf seiner Dienststelle lediglich zu Gast war? Doch Javier schluckte seine Wut herunter, Sandra setzte sich hin. Endlich.

„Ist für dich Manuel immer noch der Hauptverdächtige?", fragte sie ihn in einem neutralen Tonfall.

„Natürlich. Du siehst doch, dass Esser seine Emotionen nicht im Griff hat. Er hat herausgefunden, dass Schmittig die diffamierenden Artikel und die Erpresserbriefe verfasst hat ... und puff, da ist er explodiert. Ein klassisches Mordmotiv, würde ich sagen."

„Hmm, das sehe ich ein bisschen anders."

„War klar."

Sandra wich Javiers Blick aus und redete unbeirrt weiter. „Also, ich würde noch abwarten. Wir wissen nicht einmal, ob Herr Schmittig etwas mit den anonymen Schreiben zu tun hat. Überhaupt finde ich, wir sollten die anderen Verdächtigen nicht aus den Augen verlieren. Vor allem nicht diesen Kompagnon von Johannes. Also, ich weiß nicht, wie du das siehst, aber ich fand es schon sehr auffällig, dass er völlig weggetreten war, als wir ihn verhören wollten. Apropos Mordmotiv: Wenn du mich fragst, dann riecht das förmlich nach Gewissensbissen und Seelenqual."

„Nicht so voreilig, Sandra. Wenn du nach deinem Bauchgefühl gehst, kannst du gleich halb Málaga verhaften oder noch besser ganz Europa. Nein, ich sage dir, der Schauspieler ist unser Mann.“

„Klar, weil er in Marokko gedealt hat“, ätzte Sandra.

Machte sie sich lustig über ihn? Javier gab sich Mühe, nicht auf ihre Provokation einzugehen.

„’tschuldigung.“ Sandra senkte den Blick.

„Wir warten mal ab, was die Spurensicherung bei der Untersuchung der anonymen Briefe herausfindet, und dann sehen wir weiter.“

„Und was ist mit Tamara Meyer?“

Javier zuckte mit den Schultern. „Tu, was du nicht lassen kannst. Von mir aus kannst du deine Landsleute noch stundenlang nacheinander zum Gespräch einladen.“ Er wollte noch etwas anmerken, unterdrückte dann aber seine spitze Bemerkung und spielte stattdessen hingebungsvoll mit dem Verschluss einer Mineralwasserflasche.

„Okay. Lass es uns doch so machen: Du kümmerst dich um die Spurensicherung, und ich nehme mir die Gruppenreisenden vor, die wir noch nicht befragt haben. Außerdem möchte ich morgen Frank Klausen offiziell vorladen. So wie du das heute mit Manuel Esser gemacht hast. Vielleicht schaffe ich es, ihn endlich zum Reden zu bringen.“

„Gut. Du kannst gern mein Büro haben. Und wir müssen uns auch Mr Hollywood noch einmal vornehmen. Mir ist immer noch nicht klar, womit er erpresst wird und was der Erpresser von ihm haben will. Ich hoffe sehr, dass eine Untersuchung der Briefe uns da weiterbringt.“

„Schade, dass ich keinen Blick auf die Schreiben habe werfen können, da du sie sofort der Spurensicherung ausgehändigt hast. Sonst wären wir jetzt vielleicht schon ein bisschen schlauer und wüssten, um was es bei der Erpressung geht.“

Genau solche Bemerkungen waren es, die ihn in den Wahnsinn trieben.

Javier schaute Sandra böse an, ging aber nicht weiter auf ihren Kommentar ein. Sie schaute feindselig zurück und verabschiedete sich anschließend in diesem entsetzlich künstlich-freundlichen Tonfall, den sie öfter benutzte.

„Also gut. Bis später dann.“

Es klang so antrainiert, dass Javier nur mit Mühe ein „Adiós“ herauspressen konnte.

Kapitel 22

Montag, den 10. Juni, 15 Uhr

Sandra

Sie musste raus. Weg von Sánchez. Okay, er hatte einen Anschiss bekommen. Klar, dass er nicht bester Laune war. Aber die Kritik der Staatsanwältin, dass er dem Hilferuf von Tamara Meyer nicht nachgegangen war, hatte schon auch ihre Berechtigung. Allerdings trug Frau Díaz dafür ebenfalls einen Teil der Verantwortung. Solche Fehler passierten eben, wenn man zu viel Druck von oben bekam. Sandra jedenfalls wurde das beklemmende Gefühl nicht los, dass ihnen der Fall über den Kopf wuchs.

Es ging mittlerweile nicht nur um das Mordopfer, sondern um die Beziehungen zwischen Spanien und Deutschland und um das Image von Andalusien als sichere Urlaubsdestination. Warum sah Javier das nicht? Sandra dachte daran, dass jeder Mensch anders mit Stress umging. Einige stellten sich tot, andere flohen vom Krisenherd, wieder andere wurden aktiv und griffen an.

Sie gehörte zur letzten Kategorie. Ihr Aktivismus war auch nicht unbedingt viel besser. Sie hatte sich aus den genau falschen Gründen auf die Abordnung an die

Costa del Sol eingelassen. Eine kitschige Sehnsucht nach lauen Sommerabenden am Mittelmeer. Ein künstlich aufgeblasener Traum von europäischer Zusammenarbeit mit netten Kollegen und Kolleginnen. Und dann dieser eigenbrötlerische Javier. Der *Comisario Principal* machte sie fertig. Wie unüberlegt er das Verhör geführt hatte! Gratulation. Ein echtes Kunststück, wie er Manuel Esser so in die Enge getrieben hatte, bis er kein Wort mehr ohne seinen Rechtsanwalt sagen wollte. Direkt aus dem Lehrbuch für Verhörtechnik entnommen: Wie man es *nicht* machen sollte. Allerdings durfte man Herrn Esser vielleicht auch nicht zu ernst nehmen. Er hatte schon einmal mit dem Rechtsanwalt gedroht und dann kleinlaut alles zurückgezogen, da er Angst hatte und es in seinem ureigenen Interesse lag, dass der Fall so schnell wie möglich gelöst wurde. Auf Sandra wirkte der Schauspieler labil. Mal forderte er Hilfe und Unterstützung ein, dann wiederum mauerte er und blieb seltsam vage bei der Befragung. Es gab noch so viele Ungereimtheiten, und da waren Javiers hemdsärmelige Methoden, jemanden zum Sprechen zu bringen, nicht gerade förderlich.

Auf dem Rückweg hatte Sandra sich so in Rage gesteigert, dass sie verwundert war, als sie mit einem Mal vor ihrer Pension stand. Sie hatte gar nicht bemerkt, dass ihre Füße automatisch den Weg in die richtige Richtung eingeschlagen hatten. In ihrem Zimmer zog sie sich Shorts an. Es war so heiß, und sie war durstig. Zum Glück gab es genau für solche Notsituationen eine Zimmerbar. Sandra nahm sich eine kleine Flasche Weißwein aus dem Kühlschrank und goss das Getränk in eins der Gläser, die auf dem Regal neben dem Fenster standen. Hmm, schmeckte gar nicht mal so schlecht für einen Weißwein, fand sie. Normalerweise zog sie einen kräftigen Rotwein vor. Sie öffnete noch die zweite vorgekühlte Weißweinflasche und schenkte sich nach. Dann machte sie es sich im Sessel gemütlich und rief Julia an.

„Hi, gut, dass du anrufst, Sandra. Ich muss dich unbedingt sprechen."

„Ja, ich vermisse dich auch, Julia."

„Sag mal, hast du getrunken?"

„Ja, einen kleinen *vino* aus der Zimmerbar."

„Aha."

„Ey, muss sein. Anders halte ich es hier nicht aus. Dieser Javier macht mich wahnsinnig."

Detailliert erzählte Sandra ihrer Kollegin, was im Laufe des langen Arbeitstages passiert war. Hauptsächlich, um Julia von weiteren Fragen bezüglich ihres Getränkekonsums abzuhalten. Schien zu funktionieren.

„Also", sagte Julia, nachdem Sandra ihre langatmigen Schilderungen beendet hatte. „Das, was ich dir sagen wollte …"

Mist, sie hatte glatt wieder vergessen, dass Julia ihr zu Beginn des Telefonats angekündigt hatte, ihr ebenfalls etwas mitteilen zu wollen.

„Was denn?"

„Dieser Frank. Der Mitinhaber der Firma von dem Freund deines Bruders."

„Musst du mir nicht erklären. Der stellvertretende Reiseleiter. Ich kann noch klar denken."

„Wusstest du, dass der im Gefängnis gewesen ist?"

„Echt?" Plötzlich war der Emotionsnebel aus Hunger, Einsamkeit und Alkohol verflogen. „Erzähl. Weswegen denn?"

„Drogen vertickt als Jugendlicher."

„Und?"

„Wegen guter Führung kam er bald wieder raus. Er hatte dann wohl einen guten Bewährungshelfer. Auf jeden Fall hat er danach sein Leben in den Griff bekommen. Hat das Abitur nachgeholt und Sozialarbeit studiert."

„Vom Paulus zum Saulus, mei, wie schön."

„Umgekehrt."

„Was?"

„Vom Saulus zum Paulus."

Sandra stockte. Das hatte sie doch eben gesagt, oder?

„Jedenfalls, der Typ ist derjenige von allen, die an dieser seltsamen Bildungsreise teilnehmen, der anscheinend jede Menge Kontakte in die Szene hat, wenn du weißt, was ich meine."

„Ja, klar." Was sollte Julias schnippischer Ton? Sandra hatte mit einem Mal keine Lust mehr, weiter zu telefonieren.

„Vielen Dank für die Info. Hör mal, ich muss dann auch mal weitermachen."

„Leg dich lieber aufs Ohr. Morgen das Verhör wird sicherlich anstrengend."

„Tschüss und danke."

Klausen also. Daraufhin holte Sandra sich noch eine Flasche Fusel am Kiosk um die Ecke und fand es irre lustig, den Wein an der Rezeption vorbei in ihr Zimmer zu schmuggeln.

Am nächsten Morgen war Sandra wütend auf sich selbst. Warum hatte sie sich selbst sabotiert? Sie wusste doch, dass sie einen klaren Kopf für das Verhör benötigte. Sie duschte erst warm, dann kalt, schminkte sich sehr sorgfältig und gönnte sich ein ausführliches Frühstück mit viel schwarzem Kaffee. Voller guter Vorsätze und ein wenig aufgedreht kam sie in der Polizeidienststelle an. Sie beschloss, zuerst ihren Kollegen aufzusuchen, um nach der misslungenen Zusammenarbeit am Vortag einen Neustart zu versuchen. *„Pasar página"*, nannten die Spanier das. Eine neue Seite aufschlagen. Doch da hatte sie die Rechnung ohne den *Comisario Principal* gemacht.

Javier hatte sie im Stich gelassen. Er war nicht da. Sie hatten es zwar vage angedacht, getrennt weiterzuarbeiten, aber dass er das jetzt tatsächlich durchzog, schockierte Sandra dann doch. Jedenfalls stand die Tür zu seinem Büro sperrangelweit offen, doch niemand befand sich in dem Zimmer. Sandra dachte an das Verhör mit dem Schauspieler. Wie sehr hatte sie Javiers ruppige Art verflucht. Aber jetzt, so ganz auf sich allein gestellt, bedauerte sie es, ihn nicht zur Verstärkung an ihrer Seite zu haben. Was sollte sie tun? Nichts. So war der Polizeialltag eben.

Sandra ging zu Javiers Schreibtisch und setzte sich breitbeinig auf seinen Bürosessel. Sie hatte gute Erfahrungen mit Power-Posen gemacht. Sich groß und breit zu machen, stärkte die selbstbewusste Ausstrahlung nach außen hin und gab ihr gleichzeitig auch innerlich das Gefühl von Selbstwirksamkeit. Dennoch, die ersten Minuten fühlten sich immer komisch an. Ein bisschen so wie Theater spielen. Sei's drum, sie musste mit dem arbeiten, was ihr zur Verfügung stand. Sandra breitete ihre Unterlagen vor sich aus. Dann ging sie alle Kugelschreiber von Javier durch. Kaum einer funktionierte. Als sie endlich doch einen schreibtüchtigen gefunden hatte, klopfte es auch schon an der Tür.

„Herein." Es war die Übersetzerin. Sandra schoss es durch den Kopf, dass Frau Ruiz in dieser Konstellation im Grunde genommen überflüssig war. Solange Javier abwesend blieb, brauchten sie keinen Übersetzer. Allerdings hatte Javier die Dienste von Frau Ruiz neulich so geschickt genutzt, dass es einen starken Eindruck auf den Schauspieler gemacht hatte. Wer weiß, vielleicht würde sich ihre Anwesenheit auch bei dem bevorstehenden Verhör als nützlich erweisen.

Kurz nachdem Sandra Frau Ruiz begrüßt und sie neben ihr Platz genommen hatte, öffnete sich die Tür erneut und Frank Klausen trat ein. Er sah wesentlich besser aus als bei ihrer letzten Begegnung. Frisch gewaschene Haare, saubere, penibel gebügelte Kleidung. Sandra ließ ihn erst ein wenig stehen und tat so, als müsste sie ihre Unterlagen noch einmal neu sortieren. *Danke für diese kleinen Tricks, Javier.* Erst dann ließ sie Frank Klausen gegenüber Platz nehmen.

„Herr Klausen", provozierte sie ihn, „Sie haben als Einziger kein Alibi."

„Das mag auf den ersten Blick so aussehen."

Jetzt hatte er sie aus dem Konzept gebracht. Mit allem hatte Sandra gerechnet, aber nicht mit Zustimmung. Überhaupt konnte sie sein Verhalten kaum wiedererkennen. Das letzte Mal, als sie ihn gesehen hatte, war Herr Klausen kaum ansprechbar, desorientiert und übermüdet gewesen. Sandra hätte damals schwören können, dass er sich schuldig fühlte und entsetzlich darunter litt, was er getan hatte. Doch nun lagen seine wachen Augen die ganze Zeit auf ihr. *Achtung,* blinkte ein Warndreieck in Sandras Kopf: *Der Mann ist ein Kommunikationsprofi. Lass dich bloß nicht weichkochen!*

„Jedenfalls gehören Sie im Augenblick zu den Hauptverdächtigen."

„Verstehe."

„Schildern Sie mir bitte, in welcher Beziehung Sie zu dem Ermordeten standen."

Aus dem Augenwinkel sah Sandra, wie die Übersetzerin geometrische Figuren auf das Blatt Papier vor sich kritzelte.

„Unser Verhältnis? Ich mochte den Jungen. Und ... kann es einfach nicht fassen ... Der arme Kerl.

So jung ..."

Seine Stimme stand kurz davor zu brechen.

„Sie mochten den Jungen?", nahm Sandra seine Worte auf. „Das kann ich mir gut vorstellen. Schließlich haben Sie ähnliche Erfahrungen wie er gemacht ..."

„Was meinen Sie damit?" Frank Klausen drehte den Kopf zu Sandra, und sein Gefühlsausbruch schien gestoppt zu sein.

„Knast-Erfahrung verbindet", enthüllte sie Julias Information nach einer ausgedehnten Kunstpause.

Frank Klausen blieb ihr eine Antwort schuldig und nutzte das Schweigen, um Sandra abschätzig von oben bis unten zu mustern. Nach einer langen Pause sprach er endlich.

„Das stimmt. Wer niemals ein Gefängnis von innen gesehen hat, kann nicht mitreden. Ein eigenes Universum." Er überlegte einen Moment, bevor er weitersprach. „Mit ganz eigenen Spielregeln. Insofern haben Sie recht. Ich konnte ihn verstehen."

„Verstehen, dass er Herrn Esser diskreditierte und erpresste ..."

Frank Klausen beugte sich vor, um zu antworten. Doch als er gerade ansetzte, das erste Wort zu formulieren, wurde die Tür erneut aufgerissen und hinein stürmte Javier.

Kapitel 23

Javier

„Er ist noch hier. Sehr gut." Javier war ein wenig außer Atem. Sandra stand auf, um ihm Platz zu machen. Javier nahm dankbar seinen Stammplatz hinter dem Schreibtisch ein, während Sandra sich einen anderen Stuhl heranschob. Kollegial. Er bedankte sich bei Sandra mit einem kurzen Nicken für die Geste. Anschließend ließ er seinen Blick über die Anwesenden wandern.

„Also, was steht an?"

Sandras Gesichtsausdruck gab ihm keinen Hinweis darauf, ob sie sich über seine Unterbrechung ärgerte. Sachlich setzte sie ihn kurz in Kenntnis über den aktuellen Stand der Befragung. Außerdem unterbreitete sie ihm Julias Hintergrundinformation, dass Frank Klausen selbst schon einmal „gesessen" hatte und somit eigene Gefängniserfahrungen besaß. Javier ließ einen kurzen Pfiff ertönen. „Interessante Neuigkeiten. Ich habe da auch etwas für dich, aber lass uns erst einmal mit dem Verhör fortfahren. Du oder ich?"

Sandra schaute ihn prüfend an, nahm ihm wohl nicht ab, dass seine Frage ernst gemeint war. Der *Comisario*

Principal merkte, dass sie gleich viel aufrechter saß. Merkwürdig, wie empfänglich seine Kollegin für Lob war. Sandra erinnerte ihn an ein artiges Schulmädchen, das danach trachtete, es allen recht zu machen. Warum ließ sie sich als gestandene Polizeioberkommissarin darauf ein? Doch dann dachte Javier kurz an seine Tochter, die ihm immer wieder erklärt hatte, warum Gendern wichtig sei und wie viele tumben Sprüche sich Frauen anhören mussten.

„Was meinst du denn, wer das Verhör weiterführen soll?", spielte sie ihm den Ball zurück.

„Ladies first", sagte Javier grinsend.

„Also …", nahm Sandra den Faden wieder auf. „In welchem Verhältnis standen Sie zu dem Ermordeten?"

„In einem guten."

„Was soll das heißen?"

„Alles war gut zwischen uns."

Geht es noch etwas vager?, dachte Javier genervt.

„Könnten Sie das bitte ausführen?"

„Natürlich", antwortete Frank spöttisch und lehnte sich zurück. „Als Dozent versuche ich die Kursteilnehmenden dabei zu unterstützen, ihr Potenzial zu entfalten."

Javier konzentrierte sich auf die Übersetzung von Frau Ruiz und merkte, wie seine Finger auf der Tischplatte zu klopfen begannen. Es fiel ihm schwer, sich zurückzuhalten. Er hatte Frank Klausen unterschätzt. Das hing vermutlich damit zusammen, dass er so geschockt und hilflos gewirkt hatte, als Sandra und er ihm das erste Mal begegnet waren. Damals wirkte er wie ein kleines Kind, als er da so eingekuschelt in seinem Bett lag. Regression nannten das die Psychologen wohl. Aber wenn Frank Klausen wirklich der Mörder war und er tatsächlich das erste Mal in seinem Leben jemanden umgebracht hatte, dann wäre so eine Schockstarre vermutlich nicht weiter ungewöhnlich. Auch die Art der Tötung sprach gegen den stellvertretenden Reiseleiter. Herr Klausen hatte sein Opfer betäubt und nicht direkt mit einem Messer angegriffen, sondern mit Tritten und Hieben ins Abseits befördert und dabei heimtückisch das Überraschungsmoment ausgespielt.

Klausen agierte gewiefter als angenommen. Nachdem er sich in den letzten Tagen emotional stabilisiert hatte, zeigte er Sandra und ihm nun sein wahres Gesicht. Das eines Chamäleons, das seine rhetorische Strategie mit so einer Leichtigkeit an ihre Verhörtechnik anpasste, wie andere einen Lichtschalter mit Dämmereffekt bedienten.

„Von welchem Potenzial sprechen wir denn?", versuchte Sandra ihn zu provozieren. „Etwa von Herrn Schmittigs Talenten als Kleinkrimineller?"

Javier blies in dasselbe Horn. „Sie haben Geldprobleme."

„Wer hat die nicht?", konterte Frank Klausen schlagfertig.

Schon wieder änderte er seine Taktik. Ein kommunikatives Springmesser. Unvorhersagbar. Aber damit würde er nicht durchkommen. Sandra und er würden ihn auf das, was er getan hatte, festnageln.

„Den Jungen? Wollen Sie andeuten, dass Sie väterliche Gefühle für den Sechsundzwanzigjährigen gehegt haben?"

„Das will ich nicht nur andeuten. Ich war Toms Mentor. Er hatte sich, entschuldigen Sie den Ausdruck, ‚in die Scheiße geritten‘ und schien da allein nicht mehr herauszukommen. Ich kenne solche Situationen. Sowohl aus eigener Erfahrung, wie Sie eben so feinfühlig offengelegt haben ...“, bei diesen Worten funkelte er Sandra böse an, „... als auch aufgrund meiner Erfahrung als Sozialarbeiter. Diese Jungen sind verzweifelt, haben nur Ablehnung erfahren.“

„Mir kommen gleich die Tränen“, spottete Javier. Für ihn war der Fall so gut wie gelöst. Alles passte: Kein Alibi und Geldgier als Tatmotiv. Es war Zeit, die Bombe platzen zu lassen.

„*Señor*, und Ihre Unterstützung des unschuldigen Tomás ging dann so weit, dass Sie ihm bei den Erpresserbriefen halfen. Die Spurensicherung hat zweifelsfrei Ihre Fingerabdrücke auf einem der Briefe nachgewiesen.“

Javier wandte sich Sandra zu und erklärte ihr leise, dass er aus diesem Grund erst so spät zu dem Verhör dazugestoßen war. Man habe durch Zufall einen Fingerabdruck von Schmittig auf dem langen und mehrere Abdrücke von Klausen auf dem kurzen Drohbrief gefunden.

„Jetzt haben wir ihn“, flüsterte sie zurück.

Javier schaute sie verblüfft an.

„Überführt!“, schob Sandra nach.

„Immer langsam, noch sind wir nicht so weit.“

„Aber das liegt doch auf der Hand ...“

„Wir brauchen noch mehr Informationen. Wir haben zwar viele Ideen, aber der ganze Hintergrund, warum genau Tomás umgebracht wurde, ist noch nicht klar.“

„Geldgier, Mitwisser beseitigen. Wir sollten Frank Klausen auf jeden Fall in Untersuchungshaft nehmen. Ich wette, da wird er weich und erzählt uns auch die letzten Details seines Plans."

„Immer langsam, Sandra. Du bist so impulsiv wie meine Tochter." Javier lächelte. „So schnell geht das nicht. Wir müssen schon das Prozedere einhalten."

„Du hast eine Tochter?"

Das schien sie nicht erwartet zu haben. Offensichtlich passte diese Information nicht zu dem Bild, das sie sich von ihm gemacht hatte. Wie immer dieses Bild auch aussehen mochte.

Sandra schien die Information über Ana sofort wieder zur Seite zu schieben. Er betrachtete ihr kämpferisches Gesicht. Sie sah wie eine Kriegerin aus, die kurz davorstand, die Revolution auszurufen.

„Herr Klausen, jetzt geht es für Sie in Untersuchungshaft." Sie zögerte einen Moment, bevor sie fortfuhr. „Und damit das alles seine Korrektheit hat, wird Sie mein Kollege jetzt über Ihre Rechte und Pflichten aufklären. Frau Ruiz übersetzt Ihnen das selbstverständlich anschließend ins Deutsche. Wenn Sie mich jetzt entschuldigen würden, aber ich habe zu tun. Ich werde jetzt meine Kolleginnen und Kollegen in Deutschland informieren."

Damit verließ Sandra sein Büro. Javier kam sich vor wie ihr Lakai. Die Rechtsbelehrung bei der Verhaftung, die sogenannten Miranda-Rechte, konnte man in Spanien anwenden. Musste man aber nicht. Das war ein US-amerikanischer Habitus. Aber wenn seine deutsche Kollegin das für unabdingbar hielt, dann würde er dieses Prozedere ihr zuliebe eben durchziehen. Genervt betete Javier Herrn Klausen seine Rechte herunter, welche die Übersetzerin ebenso schnell wie er anschließend auf Deutsch herunterratterte.

„Soll ich noch weiterübersetzen?"

„Nein danke, Frau Ruiz. Für heute sind wir fertig."

Javier blieb sitzen und schaute zu, wie die Übersetzerin um Punkt 16 Uhr den Raum verließ.

Einen Augenblick später öffnete Sandra erneut die Tür, die Frau Ruiz gerade geschlossen hatte.

„Was soll das? Warum sitzt Herr Klausen immer noch hier?"

Javier zuckte mit den Schultern.

Daraufhin stürmte Sandra auf den stellvertretenden Reiseleiter zu, sprach aufgeregt auf ihn ein und führte ihn eigenhändig ab.

Wenn sie sich die Finger verbrennen wollte, konnte er sie nicht aufhalten.

„Javier?"

Sofía war in sein Büro gekommen, ohne dass er es bemerkt hatte.

„Ich wollte dich nur darüber informieren, dass seit gestern ständig Telefonate vom Palmen-Hotel eingehen. Die deutsche Reisegruppe scheint die anderen Hotelgäste zu tyrannisieren. Andauernd beschweren sie sich an der Rezeption und verlangen nach Personenschutz. Vier panische Touristen habe ich sogar selbst in der Leitung gehabt. Es scheint da das Gerücht von einem Serienkiller herumzugehen. Eine Frau hat bereits ihren Koffer gepackt und will unverzüglich nach Deutschland zurückfliegen. Ich habe allen gesagt, dass das nicht so einfach geht und dass niemand ohne vorherige Absprache mit uns Spanien verlassen darf. Javier, du musst dem Chaos einen Riegel vorschieben. Das kann so nicht weitergehen."

Was sollte er dazu sagen? So schlimm hatte Javier sich das nicht vorgestellt. Er schwieg. Irgendwann verließ Sofía das Büro.

„Verdammte Scheiße!" Javier schlug mit voller Wucht seine Faust auf den Tisch. Dann fluchte er und rieb sich seine schmerzende Handkante.

Kapitel 24

Sandra

Am Nachmittag verließ Sandra die Polizeidienststelle so aufgedreht, dass es sich schon unangenehm anfühlte. Einerseits genoss sie die Euphorie, sich beruflich behauptet zu haben, andererseits kamen auch die Kränkungen, die sie in ihrem Beruf erlitten hatte, wieder an die Oberfläche. Johannes war nur einer von vielen gewesen, die damals auf Roberts Party grausame Witze darüber gerissen hatten, dass sie als Frau ungeeignet für so einen rauen Beruf wäre. Sandra dachte an das unsichere Schulmädchen von damals zurück, das heimlich verliebt in einen der Freunde ihres Bruders gewesen war. Wie Johannes die kleine Schwester von Robert zuerst immer besonders nett behandelt und ihr Hoffnung gemacht hatte. Nur um dann das, was sich zwischen ihnen anzubahnen schien, für ein paar Partylacher zu verraten.

Was hatte er noch gesagt? Nein, sie wollte sich nicht daran erinnern. Das war noch immer zu schmerzhaft. Sie versuchte, die Bilder in ihrem Kopf schnell wieder wegzuschieben, wollte lieber daran denken, dass sie spätestens mit ihrer Entscheidung, Frank Klausen in U-

Haft zu nehmen, ein für alle Mal den Unterschied gemacht hatte. Sie hatte sich endgültig bewährt, hatte von Anfang an mit ihrem Misstrauen gegenüber Frank Klausen den richtigen Riecher gehabt und sich Javier gegenüber durchgesetzt.

Sobald Sandra in ihrer Pension angekommen war, rief sie voller Begeisterung Julia an, um ihr mitzuteilen, dass der Hauptverdächtige bereits in U-Haft saß. Doch das Telefonat lief anders als erwartet. Julia ließ sie nicht einfach erzählen, sondern unterbrach sie immer wieder, um etwas genauer nachzuhaken. Die Zurückhaltung ihrer Kollegin verpasste Sandras Begeisterung einen gehörigen Dämpfer. Sandra beendete das Gespräch unter einem Vorwand. Gleich darauf klingelte das Hoteltelefon. Sie hätte einen Besucher. Ein Johannes Fuhrmann würde an der Rezeption auf sie warten. Sandra war baff. Dann nahm sie den Aufzug und blickte kurze Zeit später in die unfassbar klaren, hellblauen Augen von Johannes.

„Hallo, Sandra. Hast du einen Moment Zeit?"

„Was willst du?"

„Dich auf einen Drink oder Snack einladen."

„Warum denn?" Es gefiel Sandra nicht, dass er wusste, wo sie wohnte.

„Wollte mich einfach mal in Ruhe mit dir unterhalten."

„Und das hat nicht zufällig etwas mit deinem Partner und seiner Festnahme zu tun?"

„Klar doch. Auch, aber nicht nur."

Seine Ehrlichkeit stimmte sie um. Seine Einladung anzunehmen hätte auch den Vorteil, diesen aufwühlenden Abend nicht allein verbringen zu müssen. Außerdem sah Johannes noch immer sehr gut aus, und jetzt, nach ihren Erfolgen, konnten sie endlich auf Augenhöhe miteinander reden.

„Okay, dann lass uns starten."

Zusammen verließen sie das Hotel. Johannes sprach als Erster.

„Du hast Farbe bekommen. Steht dir."

Sofort war Sandra wieder das Schulmädchen auf Roberts Feier und hätte sich am liebsten unsicher vergewissert, ob er sie wirklich attraktiv fand. Stattdessen bedankte sie sich selbstbewusst für sein Kompliment.

„Und, wie gefällt dir Málaga?" Er warf sich ordentlich ins Zeug, um Small Talk zu machen und Sandra in gute Laune zu versetzen. Seinen Charme spielen zu lassen, war ihm noch nie schwergefallen. Sandra ermahnte sich, auf der Hut zu sein und sich von seiner Ausstrahlung nicht blenden zu lassen.

„Schöne Stadt."

Sie nickte. Die Fußgängerzone war so voll, dass sie nicht mehr nebeneinandergehen konnten. Es war unmöglich, ein zusammenhängendes Gespräch zu führen.

„Hier links abbiegen", übernahm Johannes die Führung. Offensichtlich hatte er ein konkretes Ziel im Blick, auf das er zusteuerte.

„Wohin geht's?"

„Lass dich überraschen."

„Mache es nicht zu spannend, ich habe Hunger."

Durst wäre die ehrlichere Antwort gewesen.

„Das dachte ich mir. Deutsche Essgewohnheiten eben. Wir sind auch gleich da."

Und tatsächlich bogen sie in eine kleine unbelebte Seitenstraße ein, an deren Ende sich ein hell erleuchtetes Lokal befand, das einladend mit Lichterketten dekoriert war.

„Sieht ein wenig nach Weihnachten aus", konnte Sandra sich nicht verkneifen zu sagen.

„Stimmt", sagte Johannes lachend. „Den Tipp habe ich im Übrigen von unserer neuen deutschen Eventmanagerin erhalten. Ich dachte, ich frage sie mal, wohin man hier abends so geht. Immerhin lebt sie schon lange in Málaga."

„Frau Nuñoz, richtig?"

„Carola, ja. Ich finde, dass ihre Empfehlung gut war. Sieht doch gemütlich aus. Allerdings weiß ich nicht, was du bist ..."

Sandra schaute ihn fragend an.

„Ich meine, ob du Fleisch isst und so."

Sie ließ ihn noch ein wenig länger zappeln. „Na, was glaubst du denn?"

„Vegetarierin?"

„Als Polizistin?", zog sie ihn auf.

„Also doch Fleisch?"

Mittlerweile hatte sich ihnen ein Kellner genähert, der den beiden einen Tisch auf der Terrasse zuwies. Sandra nahm Platz und ließ Johannes vom Haken.

„Ich mache nur Scherze. Du hast recht mit deiner Einschätzung. Ich habe schon seit ewigen Zeiten kein Fleisch mehr gegessen. Hier in Spanien gönne ich mir aber Fisch, auch wenn es inkonsequent ist."

„Wunderbar. Bei Fisch bin ich auch dabei. Hast du schon einmal die hiesige Spezialität probiert: Espetos, gegrillte Sardinen am Spieß?"

Sandra zögerte. Sie ging nicht so gern allein essen, sodass sich ihre Lebensmittelversorgung bislang auf den Supermarkt „Dia" beschränkt hatte. Belegte Baguettes und Trinkjoghurts.

„Ich habe die Sardinen am Spieß natürlich schon in den Restaurants am Strand gesehen. Klar, da kommt man nicht dran vorbei."

„In diesen kleinen Holzschiffen mit heißer Kohle, in denen sie gegrillt werden, sehen sie wirklich unglaublich appetitlich aus."

„Stimmt. Das sieht echt lecker aus. Tatsächlich probiert habe ich sie aber noch nicht."

„Das passt doch gut. Dann können wir das heute nachholen."

Nachholen, was für ein doppeldeutiges Wort! Sandra schaute Johannes an, um zu überprüfen, ob er ebenfalls an ihre Beziehungsgeschichte dachte. Doch das schien nicht der Fall zu sein. Er war völlig davon in Anspruch genommen, dem Kellner ein Zeichen zu geben. Während sich die Servicekraft ihrem Tisch näherte, beugte Johannes sich zu Sandra vor. „Weißt du schon, was du trinken möchtest?"

„Du?", fragte sie zurück.

„Wein?"

Sie hätte auch nichts gegen ein stärkeres Getränk, aber es war immerhin ein Anfang.

„Ich mag Rotwein."

„Ich ebenfalls. Sollen wir uns eine Flasche teilen?"

„Unbedingt."

„Könntest du bestellen?"

„Na klar."

„Vielleicht noch eine Flasche Mineralwasser dazu. Ich meine, um einen klaren Kopf zu behalten."

Während er das sagte, schaute er Sandra tief in die Augen. Oder bildete sie sich das nur ein? Was wollte er damit bezwecken? Sie manipulieren, na klar. Aber ging es um Romantik, Sex, oder war es ein Freundschaftsdienst für den stellvertretenden Reiseleiter Frank Klausen? Vielleicht hing Johannes auch selbst noch tiefer in der Sache mit drin, als sie es wahrhaben wollte.

Was sollte sie machen? Das Professionellste wäre, wenn sie aufstehen und gehen würde. Doch da stand der Kellner schon vor ihnen, und Sandra bestellte alles wie besprochen. Ohne sich mit Johannes abzusprechen, orderte sie auch noch Brot und Aioli. Sozusagen als amouröser Selbstschutz.

Zu den Getränken wurden marinierte Oliven als kostenlose Beigabe serviert.

„Sind das jetzt die berühmten Tapas?", wollte Javier wissen.

„Die kurze Antwort lautet: Ja, in etwa."

Johannes lachte, und Sandra sah die Falten um seine Augen. Warum lachte er? Sie hatte doch keinen Witz gemacht. Flirtete er?

Trotz all ihrer Bedenken musste Sandra zugeben, dass das Abendessen mit Johannes angenehm verlief. Die Sardinen waren etwas kniffelig zu entgräten, dafür schmeckten sie köstlich. Erst als sie fertig waren und einen Espresso zum Nachtisch tranken, kam er auf sein eigentliches Anliegen zu sprechen.

„Also, wegen Frank. Erzähl mal, was ist denn da los?"

Sandra spürte, wie ihr Herz anfing, heftiger zu schlagen.

„Bitte?“ Sie hörte selbst, dass ihre Stimme laut und spitz klang.

Johannes nahm gelassen einen Schluck Kaffee, und erst dann antwortete er ihr.

„Ich möchte verstehen, warum Frank in einem spanischen Gefängnis sitzt.“

Blut schoss ihr in den Kopf. Sie konnte sich kaum zügeln.

„Was soll das?“

„Hey, hey, ganz ruhig. Frank ist mein Geschäftspartner, nein, mein Freund. Da ist es doch wohl völlig normal, dass ich mir Gedanken um ihn mache. Ich frage dich höflich und zivilisiert, wie es zu seiner Verhaftung kam.“

Sandra bemerkte, dass sein linkes Auge kurz zuckte. Offensichtlich musste er sich ebenfalls zusammennehmen.

Mit zitternden Fingern nahm sie einen Schluck Wein.

„Und jetzt denkst du, ich fülle die Kleine mal mit etwas Wein ab und horche sie aus oder was?“

Ihre Stimme war immer noch viel zu aggressiv. Sie merkte es an den Blicken der Gäste an den Nebentischen.

„Hör mal, krieg dich wieder ein!“

Sein Beruhigungsversuch brachte sie erst recht auf die Palme. Was bildete er sich ein, von oben herab mit ihr zu reden?

„Du hast dich kein bisschen verändert, bist noch immer das selbstgefällige Arschloch von früher.“ Sie äffte seine Stimme nach. „Du, Polizistin? Der Witz des Jahrhunderts. Die kleine Schwester mit harter Knarre.“

Verblüfft stellte Johannes seine Espressotasse ab. „Sandra, wovon redest du? Sorry, aber ich kann dir nicht folgen."

Stellte er sich extra dumm, oder wusste er wirklich nicht, auf was sie anspielte?

„Komm schon, tu doch nicht so!"

Aber er schien sich tatsächlich nicht zu erinnern.

„Roberts Geburtstag."

„Ja, Robert hat seinen Geburtstag immer regelmäßig gefeiert. Welchen meinst du denn?"

„Den, an dem du mich lächerlich gemacht hast."

„Was?"

„Sag bloß, du erinnerst dich nicht." Ihr schossen Tränen in die Augen. Es war so demütigend gewesen, vor den Freunden ihres großen Bruders von ihrem heimlichen Schwarm ausgelacht zu werden.

„Seinen achtzehnten", stammelte sie so gefasst wie möglich. „Wir waren im Garten, und um Mitternacht brachte ich die Torte heraus, die ich gebacken hatte. Frankfurter Kranz, drei Lagen Buttercreme, Krokantüberzug."

„Hm, ja, ich glaube, ich erinnere mich. Wir stießen alle an, und dann fing es an zu regnen, und wir trugen hastig die Gartenmöbel hinein."

Sie nickte. „Genau dieser Geburtstag war es."

„Und was war so schlimm?"

„Ich hatte mich entschieden, was ich werden wollte, und ..."

„Ich erinnere mich vage, dass jemand dich gefragt hat, ob du auch vorhättest, wie Robert Wirtschaft zu studieren."

Sie hatte die Szene genau vor Augen. Die verfolgte sie seit Jahren.

„Nicht irgendjemand, sondern du."

„Ach ja? Kann schon sein. Ich wollte vermutlich Small Talk machen, nett sein und die kleine Schwester einer meiner Freunde ins Gespräch miteinbeziehen."

„Nein, Johannes. So war das nicht. Du hast dich auf meine Kosten als cooler Macker aufgespielt. Hast Sachen gesagt wie ‚So ein harter Job für so ein zartes Mädchen' und hast mich gefragt, ob ich mir wirklich zutraue, den bösen Jungs mit einer Waffe im Anschlag hinterherzulaufen ...'"

„Himmel, Sandra. Was machst du für ein Drama. Ich war so alt wie dein Bruder. Höchstens achtzehn. Da ist man nicht immer so taktvoll, wie man sein sollte. Sag bloß, du trägst mir diese flapsigen Sprüche noch immer nach? Das ist doch schon Ewigkeiten her. Mittlerweile bist du eine gestandene Oberkommissarin. Wie wäre es mit einer kleinen Kurskorrektur? Lass die Vergangenheit hinter dir. Vorbei ist vorbei."

Sie schaute ihm ernst in die Augen. Seiner Predigt hatte sie nicht weiter zugehört. Nur seine Frage, ob sie ihm seine Witze von damals immer noch nachtrüge, war ihr in Erinnerung geblieben. Sämtlicher Alkohol hatte sich verflüchtigt. „Ja, die trage ich dir noch immer nach."

Er schwieg. Dann beugte er sich vor. „Warum?"

Sie schluckte. Was sollte sie ihm darauf antworten? Das war viel zu persönlich. Weil ihr Bruder immer gelobt und gefeiert wurde und sie nie eine Chance gegen ihn hatte. Weil sie nicht Wirtschaft studieren, sondern die Werte der Gesellschaft bewahren wollte und dafür verhöhnt wurde. Weil sie gelobt und ernst genommen werden wollte, sich aber als ewig Zweite fühlte. Und weil sie damals in Johannes mit den strahlend blauen Augen verliebt war.

„Weil es mich gekränkt hat."

Er lehnte sich zurück, starrte den Bistro-Tisch, an dem sie saßen, so intensiv an, als wäre es der Stein der Weisen.

„Das tut mir leid, Sandra. Komm, ich bestelle uns noch was zu trinken, und wir stoßen auf den Waffenstillstand an."

Seine Stimme klang sanft und mitleidig.

„Hör mal, ich bin doch kein Kleinkind, das man mit Bonbons ablenken kann, nachdem es sich das Knie aufgeschlagen hat."

„Natürlich nicht."

„Sondern eine Polizeioberkommissarin, die du darum bittest, Interna auszuplaudern."

Aufgewühlt erhob sie sich und stieß dabei einen Stuhl um. Es war ihr egal.

„Sandra, wenn ich nicht normal mit dir reden kann, werde ich andere Maßnahmen ergreifen müssen", hörte sie Johannes hinter sich herrufen.

Wütend lief sie so lange durch die Gassen, bis sie keine Ahnung mehr hatte, wo sie sich befand. Warum hatte sie sich so gehen lassen? Wie hatte sie so dumm und naiv sein können, überhaupt von Roberts achtzehnten Geburtstag zu erzählen? Gleichzeitig entlastete es sie auch. Sie bemerkte, wie ein Gefühl von Stolz in ihr aufstieg. Javier hatte sie machen lassen, und sie hatte den Mordfall gelöst. Ein wenig Formalkram, um die Beweislage zu verdichten, dann würde Klausen gestehen und sie konnte als erfolgreiche Polizistin nach Köln zurückkehren.

Vielleicht könnte sie sogar wieder Kontakt mit Giancarlo aufnehmen und ihm von ihrem Erfolg in Málaga erzählen und anschließend zusammen mit ihm in Erinnerungen an ihre gemeinsame Zeit in Barcelona schwelgen.

Am Ende der Straße leuchtete die Werbung eines Kiosks. Sandra betrat es, nahm eine Flasche aus dem Kühlschrank und zahlte. Ein paar Schritte weiter fand sie eine leere Bank unter einer Palme. Sie nahm Platz, legte die Flasche an die Lippen und nahm einen großen Schluck. Und noch einen und noch einen. Dann wurde sie schläfrig. Nein, das durfte nicht sein. Als sie in der Ferne ein Taxi sah, stand sie abrupt auf und winkte es herbei.

Als sie aufwachte, schaute sie sich um. Wo war sie gelandet? Zum Glück lag sie in ihrem Bett in ihrer Pension. Langsam stiegen Erinnerungsbilder in ihr hoch. Frank Klausen in U-Haft, Johannes beim Abendessen, Gesöff aus dem Kiosk. Mit brummendem Kopf richtete sich auf und schaute auf dem Handy nach der Uhrzeit. Erst 19.30 Uhr. In diesem Moment klingelte es. Ein Anruf. Sandra nahm ab. Im Display sah sie die Nummer der Kölner Wache. Mit müder Stimme meldete sie sich mit Vor- und Nachnamen.

„Sandra. Gut, dass ich dich erreiche", hörte sie Julias Stimme. „Du hast ganz schön Mist gebaut. Jörg dampft vor Wut. Lass dir etwas Gutes zu deiner Verteidigung einfallen. Mist, ich muss auflegen.

Kapitel 25

Dienstag, den 11. Juni, 20 Uhr

Javier

Javier stand mit einem Strauß Blumen, einer Schachtel Kuchenstücke und einer Flasche Wein vor Inmas Tür.

„Mein Lieber, das wäre doch nicht nötig gewesen."

„Ist nur eine Kleinigkeit." Küsschen links, Küsschen rechts.

„Bitte, bitte, komm doch rein."

Javier betrat Inmas Wohnung. Der würzige Geruch von Zwiebeln und Knoblauch lag in der Luft. Sie ging vor und führte ihn zu einem liebevoll gedeckten Esstisch.

„Schön hast du es hier." Das war nicht nur ein höfliches Kompliment, ihm gefiel ihre Wohnung tatsächlich. Sie war sehr hell und nur mit wenigen Möbeln, dafür aber mit umso mehr Pflanzen, eingerichtet.

„Danke. Nachdem die Kinder ausgezogen sind und Carlos und ich uns haben scheiden lassen, musste ich mich verkleinern. Anfangs fiel es mir schwer, mich von den Erinnerungen zu trennen, mittlerweile bin ich aber froh, dass ich in meiner Zweizimmerwohnung gezwungen bin, auf überflüssigen Ballast zu verzichten." Sie

stellte Javiers Blumen in eine Vase. „Danke dir, die Stre-
litzien sind wunderschön.“

Javier lächelte. Er hatte keine Ahnung, wie die Blumen hießen, ihm hatte lediglich ihre Eleganz gefallen.
Sie passten zu Inmaculada, fand er.

„Ich hoffe, du hast Appetit mitgebracht.“

Nachdem sie das gesagt hatte, spürte Javier mit einem
Mal, wie hungrig er war. Er hatte sich so sehr mit
Sandra, der vorschnellen Verhaftung und ihrer Lösung
des Falls herumgeschlagen, dass seine Mahlzeiten sich
auf Kartoffelchips und Schokolade vor dem Computer
beschränkt hatten. Was für ein Gegensatz zu dem
Abendessen mit Inmaculada!

Inmaculada zündete eine Kerze an und stellte einen
Topf kalter Suppe auf den Tisch. „Du magst doch sicherlich Gazpacho.“

Javier nickte. Er nahm einen Löffel. „Köstlich.“

Die andalusische Spezialität gab es im Supermarkt im
Kühlregal. Doch der Geschmack der Fertigsuppe war
nicht mit den raffinierten Aromen von Inmas hausge-
machter scharf-würziger Tomatensuppe zu vergleichen.

„Wirklich gut.“ Er nahm noch einmal nach.

Als Hauptgang gab es eine vegetarische Lasagne und
eine große Schüssel Salat. Die Nudelspeise schmeckte
besser, als er erwartet hatte. Inma erzählte Anekdoten
aus ihrem Leben als Wanderführerin, die ihn beim Essen immer wieder auflachen ließen. Inma verfügte
noch immer über eine gute Beobachtungsgabe und
eine scharfe Zunge.

„Warst du auch früher schon so naturbegeistert?“

„Ehrlich gesagt nicht. Da hatte ich andere Prioritäten, achtete mehr auf Äußerlichkeiten. Doch nach der Trennung von Carlos, eine hässliche Schlammschlacht, an die ich mich nicht gern erinnere, wurde alles anders."

Inma sah plötzlich ernst aus. Javier wartete, aber es war offensichtlich, dass sie nicht weiter darüber reden wollte.

Um sie abzulenken, sagte Javier etwas über die vielen Pflanzen in ihrer Wohnung. Inma ging dankbar auf den Themenwechsel ein und beschrieb, wie wichtig ihr das Thema Klimakrise war. Der Umweltschutz schien ihr ein großes Anliegen zu sein.

„Wir können die Klimakrise nicht mehr länger ignorieren, denn wir erleben die Folgen jeden Tag. Wenn ich aus dem Fenster schaue, sehe ich die Rauchschwaden der Waldbrände in der Provinz Málaga und höre die Hubschrauber, die versuchen das Feuer zu löschen." Die zierliche Frau gestikulierte wild und ereiferte sich immer mehr. Javier hörte zu. Bislang hatte er sich darüber noch nicht viele Gedanken gemacht. Unwetter hatte es in Andalusien schon immer gegeben. Dürre, Hitze und Waldbrände waren in dieser Gegend nichts Ungewöhnliches. Allerdings musste er zugeben, dass die Temperaturen immer extremer wurden.

Javier fühlte sich unwohl, konnte zu diesem Thema kaum etwas beisteuern. Er könnte seiner Schulfreundin höchstens von den etwas wirren Ansichten der deutschen Krankenschwester erzählen. Doch es schien ihm unpassend, seiner ehemaligen Klassenkameradin beim Abendessen von seinen Ermittlungen in einem Mordfall zu berichten. Insofern verlegte Javier sich aufs Zuhören und war froh, als Inma das Thema beendete, aufstand und zum Nachtisch einen Obstsalat mit Nüssen und Likör, seine Kuchenstücke und einen perfekten Espresso servierte.

„Und sonst?" Diesmal war sie diejenige, die das Thema wechselte. „Wie geht es deiner Tochter Ana?"

Javier erzählte ihr ein wenig von früher. Davon, wie schwierig es nach Carmens Verkehrsunfall gewesen war, sie allein großzuziehen.

„Solange sie klein war, hatte ich keine größeren Probleme. Die Familie und Carmens Freunde unterstützten mich in den ersten Jahren sehr zuverlässig. Doch als Ana dann in die Pubertät kam, begannen wir aneinanderzurasseln." Javier bemühte sich, es Inma gleichzutun und die Ereignisse, die ihn zum Teil noch immer schmerzten, in lustige Anekdoten zu verpacken. Doch Inma lachte nicht über seine Ausführungen. Ihr einziger Kommentar lautete: „Wie sagt man so schön: Kleine Kinder, kleine Sorgen, große Kinder, große Sorgen." Javier konnte nicht einschätzen, ob sie es verständnisvoll oder ironisch meinte, und widmete sich dem Obstsalat.

Schließlich holte Inmaculada zu einer längeren Antwort aus. „Meine Erfahrung ist, dass Reden hilft. Ich male mir manchmal die seltsamsten Dinge aus, was im Kopf meiner Kinder vor sich geht. Mittlerweile habe ich mir angewöhnt, sie direkt danach zu fragen, was sie beschäftigt, und im Gespräch miteinander konnten wir schon das ein oder andere Missverständnis klären."

Wenig hilfreich, dachte Javier und wich Inmas Blick aus. *So einfach ist das nicht.* Er erinnerte sich daran, wie Ana ihn neulich am Telefon abgewürgt hatte. Sofort schlug seine Laune um. „Wie läuft es denn mit deinen Kindern? Zwei Söhne, wenn ich mich recht erinnere."

„Stimmt. Wie ich schon sagte, die Scheidung hat unserer Familie zugesetzt. Juanjo und Paco haben ihrem Vater Vorwürfe gemacht und sich auf meine Seite geschlagen. Mittlerweile bedauere ich, dass Carlos und ich die Jungs in unsere Eheprobleme hineingezogen haben."

Sie nahm einen Schluck Wein. „Wir wussten es nicht besser." Sie setzte das Glas ab und ließ ihre Hand auf der Tischplatte liegen. Javier überlegte nicht lang und legte seine Hand über ihre. Wie warm sie sich anfühlte! Inma warf ihm ein Lächeln zu und ließ ihre Hand ruhig liegen. Sie schien seine Berührung zu genießen.

„Paco hatte zudem sein *Coming-out.*"

„Sein was?"

Inma lachte und zog ihre Hand weg. „Ich weiß, mein Englisch ist scheußlich. Paco hat uns mitgeteilt, dass er schwul ist."

„Paco?"

„Ja."

Javier wusste nicht, was er sagen sollte. Dann fragte er sie, wie das für sie sei.

„Alles gut. Es hat mich nicht überrascht. Carlos tat so, als käme die Nachricht völlig unerwartet für ihn, aber das glaube ich ihm nicht. Er kann mir nicht erzählen, dass es ihm niemals in den Sinn gekommen ist, dass Paco auf Jungs stehen könnte."

Javier schwieg.

„Ich finde nicht, dass ... wie sagt man so schön? ... Pacos ‚sexuelle Orientierung' einen großen Unterschied macht. Paco ist und bleibt Paco, und ich liebe ihn und will, dass er glücklich ist."

Das konnte Javier nachvollziehen. Wenn Ana ihm erzählen würde, sie hätte sich in eine Frau verliebt, würde ihn das zwar verwirren und verunsichern, hätte aber keinen Einfluss auf seine Gefühle für sie. Das nahm er zumindest an.

„Ich glaube, ich weiß, was du meinst."

„Genug von mir", sagte Inma. „Lass uns zum eigentlichen Grund deines Besuches kommen. Wie ist der Stand der Ermittlungen bezüglich des armen, ermordeten jungen Mannes?"

Javier informierte Inmaculada über die Erpresserbriefe und über Sandras unglückseligen Aktivismus.

„Sehr mysteriös, das mit den Erpresserbriefen." Inma nahm sich ein Stück Kuchen. „Hattest du schon die Gelegenheit, einen Blick auf den Inhalt zu werfen?"

„Nein. Sie liegen noch bei der Spurensicherung. Ich habe sie zuerst einmal vom Labor untersuchen lassen. Und die Kollegen haben, wie gesagt, die Fingerabdrücke von Herrn Esser und Herrn Klausen gefunden."

„Verstehe, dem Schauspieler und dem stellvertretenden Reiseveranstalter." Inmaculada nippte vorsichtig am heißen Kaffee.

„Richtig, ansonsten haben aber weder Papiersorte, Schrift noch die Druckeigenschaften irgendetwas Auffälliges ergeben. Es war normales Druckerpapier, eine Computer-Standardschrift ohne irgendeine Besonderheit. Bis auf die Fingerabdrücke. Und die haben meine hitzköpfige deutsche Kollegin gleich dazu veranlasst, Herr Klausen in Untersuchungshaft festzuhalten."

„Das ärgert dich, oder?"

„Das ist noch untertrieben. Ihr dämlicher Ehrgeiz macht mich rasend. Das wird böse enden, denn die Staatsanwältin kann ihr das nicht durchgehen lassen. Völlig idiotisch, das Ganze."

Javier probierte den Espresso. „Auf jeden Fall ..." Er wollte einen weiteren Schluck nehmen, doch dann setzte er die Tasse abrupt wieder ab. „Mist, jetzt, wo wir darüber sprechen ..." Er seufzte laut. „Mir wird gerade bewusst, dass ich mich so über Sandra aufgeregt habe, dass es mir völlig entfallen ist, die Briefe übersetzen zu lassen." Hastig trank er einen Schluck. „Danke für den Tipp."

„Bitte. Freut mich, wenn ich dir habe weiterhelfen können. Schmeckt dir der Kaffee?"

Javier gab einen zustimmenden Brummlaut von sich, bekam Inmas Erwiderung aber nicht bewusst mit. Er war mit seinem Handy beschäftigt und formulierte eine Mail an die Spurensicherung, in der er die Kollegen bat, die Erpresserbriefe zu fotografieren und die Bilder der Übersetzerin und Sandra König zukommen zu lassen.

Als er fertig war, trank er den Rest des mittlerweile abgekühlten Espressos. „Hmm, genau, wie er sein soll."

Inma hatte inzwischen eine Karte auf dem Wohnzimmertisch ausgebreitet.

„Schau mal, ich habe dir auch, wie besprochen, eine gute Wanderkarte von dem Gebiet mitgebracht, damit wir uns besser orientieren können. Es gibt hier zahlreiche Wanderrouten. Die beliebteste ist die Wanderung zum *Monte Huma*, die etwa sechs Stunden dauert. Und die kürzeren Wanderungen sind die zum *Mirador de las Buitreras*, zum Aussichtspunkt auf dem Geierberg, und zum *Pico El Convento*.“ Sie zeigte ihm die Rundwege auf der Höhenkarte.

„Aha, dann hat die Reiseleitung sich für die Tour zum Geierberg entschlossen, weil es eine der kürzeren Wanderungen ist. Das ergibt Sinn, denn sie können nicht davon ausgehen, dass ihre Teilnehmer besonders sportlich sind.“

„Das glaube ich auch. Aber abgesehen davon ist die Wanderung auch deswegen besonders geeignet, weil man vom Geierberg spektakuläre Aussichten auf die Stauseen und Schluchten hat. Die Naturlandschaft dort oben ist wunderbar. Sehr vielfältig. Und an manchen Stellen riecht es so gut nach Eukalyptus.“

„Das hört sich wunderbar an. Ich habe noch eine Frage. Nach dem hervorragenden Abendessen würde ich gern eine Zigarette rauchen. Hast du da etwas gegen?“

Inma verdrehte die Augen und zeigte auf die Tür. Javier ging auf die Straße hinaus und beeilte sich mit dem Rauchen, um schnell zu seiner alten Schulkameradin zurückkehren zu können. Danach plauderten Inma und er noch ein wenig über allgemeine Themen, aber Javier war mit dem Kopf schon wieder bei der Arbeit. Schließlich stand er auf und bot an, beim Abräumen und Spülen zu helfen.

„Passt schon.“ Inma begleitete ihn in den kleinen Korridor. „Schön, dass du gekommen bist.“

Er nahm sie in den Arm und verabschiedete sich mit Küsschen von ihr.

„Das Essen war köstlich. Das müssen wir unbedingt wiederholen. Ich würde dich gern demnächst ausführen.“

Inmaculada lachte. „Warum nicht? In der nächsten
Zeit bin ich allerdings ausgebucht. Ich besuche euch
aber gern kurz in der Wache, wenn ihr mehr Informationen zum Geierberg braucht."

„Da werde ich drauf zurückkommen."

Javier war froh, einen Vorwand zu haben, sich bald
wieder mit ihr in Verbindung zu setzen. Während er
nach Hause schlenderte, dachte er noch darüber nach,
ob Inma in den nächsten Tagen tatsächlich ausgebucht
oder ob das ein indirekter Korb gewesen war.

Kapitel 26

Mittwoch, den 12. Juni, 16 Uhr

Sandra

Sandra leistete Dienst nach Vorschrift und wartete auf die Katastrophe. Seit Julias Anruf befand sie sich in Hab-Acht-Stellung. Sie rechnete jede Minute mit einer Nachricht von Jörg, ihrem Vorgesetzten aus Köln. Dass sie nichts von ihm hörte, machte sie nur noch nervöser. Sie spürte deutlich, dass sich etwas Großes anbahnte. Sie ging ab und zu zum Palmen-Hotel, um die deutsche Reisegruppe zu beruhigen. Sie fühlte sich dazu verpflichtet, auch wenn es ihr schwerfiel, den unterschwelligen Gefühlen, angefangen von Unwohlsein bis hin zur Panik, etwas entgegenzusetzen. Wenn die Reiseteilnehmenden nach dem Verbleib von Herrn Klausen fragten, gab Sandra ihnen nur ausweichende Antworten. Sie sagte beispielsweise immer wieder, dass sie bei der Lösung des Falls vorangekommen wären und sich niemand in unmittelbarer Gefahr befände. Aber auch wenn sie nach außen stark und bestimmt auftrat, waren ihre eigenen Zweifel größer denn je.

Sandra war sich nicht nur unsicher, wie es mit dem Fall insgesamt weitergehen sollte, sondern konnte sich auch nicht vorstellen, welche Auswirkung ihr Verhalten auf ihr eigenes Leben haben würde. Um auf das Schlimmste vorbereitet zu sein, verbrachte sie jede freie Minute damit, sich über die Unterschiede beim Thema Untersuchungshaft im deutschen und spanischen Strafrecht zu informieren. Sandra schrieb sich bei ihren Recherchen zwar pro forma ein paar Schlüsselworte auf, fühlte sich aber völlig überfordert von der Rechtssprache. Die Paragrafen waren wie kleine Bomben, die in ihrem juristisch kaum geschulten Kopf zu explodieren drohten. Die Bestimmungen hörten sich noch wesentlich komplizierter an als gedacht. Sandra ärgerte sich wieder einmal über ihre Impulsivität, die sie in diese Lage gebracht hatte. Wie war sie nur auf die Idee gekommen, diesen Wahnsinn im Alleingang durchzuziehen?

Auch wenn es sie Überwindung kostete, ging sie zu Javiers Büro und klopfte an.

„Hallo, Javier. Hast du mal eine Minute Zeit für mich? Ich würde dich gern um Rat fragen."

Ihr spanischer Kollege sah noch nicht einmal hoch, er schüttelte lediglich demonstrativ den Kopf.

„Ich würde gern wissen ..."

„Tut mir leid."

„Javier, bitte."

Keine Reaktion. Es fühlte sich so an, als hätte er innerhalb der letzten Tage eine Art Berliner Mauer zwischen ihnen beiden hochgezogen.

Nicht aufgeben!, raunte Sandras innere Stimme. Sie ging auf die anderen spanischen Kolleginnen und Kollegen zu und versuchte, Kontakt mit ihnen aufzunehmen, indem sie sie in ein unverfängliches Gespräch verstrickte. Nach zwei Sätzen beendete sie unter einem Vorwand die einseitigen Unterhaltungen dann auch wieder. Die Botschaft war klar: Man duldete zwar ihre Anwesenheit in der Polizeiwache, wollte aber kein weiteres Wort mit ihr wechseln.

Um sich abzulenken, nahm sich Sandra noch einmal die Erpresserbriefe vor. Zum Glück hatte Javier die Spurensicherung endlich dazu veranlasst, Fotos von den Schreiben an sie weiterzuleiten. Sandra druckte die Bilder aus und legte sie vor sich auf den Schreibtisch. Jedes Foto zeigte ein Papier, auf dem jeweils ein kurzer, getippter Satz zu lesen war.

Auf dem ersten Papier stand:

Viele sehen ihre Träume in dir erfüllt, aber das bist nicht du, der sie erfüllt. Du bist nur ihr Spiegel. Du freust dich über ihre Energie, die du ihnen zurückwirfst, aber du selbst bleibst dabei unbeteiligt.

Auf dem zweiten Papier hieß es:

Du wirst deine Schulden bezahlen müssen. Münze für Münze.

Der dritte Brief war der, auf dem man die Fingerabdrücke von Frank Klausen gefunden hatte. Er las sich ähnlich bedrohlich:

Es wird eine Zukunft geben, für die du zahlen musst.

Sandra fand die Briefe rätselhaft. Sie vermutete eine sogenannte „Chantage", die Androhung von weiteren Enthüllungen auf den Social-Media-Kanälen. Vermutlich sollte der Schauspieler Geld bezahlen, damit die Schmutzkampagne aufhörte. Allerdings fehlten die genauen Anweisungen bezüglich der Höhe des Geldbetrags sowie Angaben zur Geldübergabe. Doch vielleicht hatte es noch weitere Briefe gegeben, die bereits vernichtet worden waren. Gerade als Sandra sich die Erpresserbriefe noch etwas genauer anschauen wollte, klingelte ihr Handy. Es war Jörg.

„Sandra, bist du wahnsinnig geworden?"

„Ich wünsche dir auch einen guten Tag." Frechheit siegt!

„Bitte lass uns skypen. Und zwar sofort!"

Schon hatte er aufgelegt. Sandra suchte sich ein leeres Büro und setzte sich dort an einen Computer. Plötzlich wusste sie nicht mehr weiter. Ihr Herz raste. Doch zum Glück hatte Sandra irgendwo in ihrem von Nervosität gefluteten Kopf abgespeichert, wie Skypen ging. Ihre Finger tippten automatisch die richtigen Zahlen, Zeichen und Zugangswörter ein, und schon erschien Jörgs hochrotes Gesicht auf dem Monitor.

Sandra ließ einen langen Vortrag über sich ergehen, in dem Jörg ihr erklärte, warum sie mit der Untersuchungshaft mehr als unverantwortlich gehandelt hatte. Obwohl Sandra so tat, als wäre sie entspannt, und bewusst ein paar lockere Sprüche einstreute, fühlte sie sich in Wirklichkeit wie gelähmt.

„Du hast deine Befugnisse überschritten und ungesetzlich gehandelt. Hast du mich verstanden? *Ungesetzlich.* Du weißt so gut wie ich, dass für die U-Haft eine richterliche Anordnung vonnöten ist."

„Ja, Jörg, da hast du recht. Aber ich war verunsichert, da das Prozedere in Spanien anders als in Deutschland ist."

Sandra war von sich selbst beeindruckt. Das hörte sich so an, als hätte sie Ahnung. Jetzt am besten schweigen, sonst würde sie sich verplappern. Jörg gab ebenfalls kein Wort von sich. Hatte sie es schon geschafft, ihn zu besänftigen? Unauffällig versuchte sie seinen Gemütszustand in seinem verpixelt übertragenen, schlecht ausgeleuchteten Gesicht abzulesen. Doch ihr Chef hatte sein Pokerface aufgesetzt. Einen Atemzug lang, zwei und dann ... brüllte er los.

„Da hast du recht. Es ist viel strenger als unseres. Sie können Klausen für zwei Jahre in U-Haft halten, bei uns geht das nur, wie du weißt, für höchstens sechs Monate."

Stimmt, diese Zahlen hatte sie auch recherchiert.

„Aber ...", versuchte Sandra zu widersprechen.

„Das geht gar nicht. Du hast uns lächerlich gemacht. Stundenlang habe ich mir den Mund fusselig geredet, um die spanische Staatsanwältin zu beruhigen. Noch vor wenigen Tagen habe ich große Stücke auf dich gehalten. Und jetzt? Sandra, du hast mich so was von enttäuscht."

Sandra schluckte.

„Frank Klausen wurde heute auf freien Fuß gesetzt. Die ganze Aktion war von vorn bis hinten ein undurchdachtes Schmierentheater."

„Aber es bestand Fluchtgefahr …“

„Schluss jetzt. Nachdem du so geistesgegenwärtig bei dem Hilferuf von Tamara Meyer gehandelt hast, hätte ich anderes von dir erwartet. Ich wollte dich für die Beförderungsstelle vorschlagen, aber mit diesem kleinen Zirkusstückchen hast du dich selbst ins Aus geschossen. Ich habe dich bereits mit sofortiger Wirkung von dem Fall abgezogen und ordne hiermit deine unmittelbare Rückkehr an. Die Sekretärin der spanischen Dienststelle wird dir einen Flug buchen. Alles Weitere besprechen wir in Köln.“

Nach dieser Standpauke beendete ihr Vorgesetzter unvermittelt den Video-Call. Sandra packte ihre Sachen zusammen und verließ, ohne sich zu verabschieden, die Polizeidienststelle. Auf dem Weg zur Pension dachte sie nach. Sie kam sich vor, als wäre sie stimmungsmäßig erneut in der Pubertät gelandet. Ein Teenager, der andauernd zwischen Hochgefühl und Weltschmerz hin- und hergerissen war. Zwischendurch überkam sie noch eine Welle von Selbstvorwürfen. Was hatte sie da nur angestellt? Sie hatte in einer Art Höhenrausch völlig unüberlegt gehandelt. An das unprofessionelle Abendessen mit Johannes wollte sie gar nicht erst denken.

Plötzlich schossen ihr Tränen in die Augen. Was, wenn sie wirklich zu emotional und zu aufbrausend für diesen Job war? Während Sandra den Fahrstuhl zu ihrem Dachzimmer nahm, ging sie immer härter mit sich selbst ins Gericht. Vielleicht wäre es tatsächlich das Beste für alle Beteiligten, wenn sie Spanien verließe und nach Köln zurückkehrte. Nein, noch besser: Wenn sie ihren Beruf niederlegte, um etwas Neues anzufangen. Während Sandra ihre Schlüsselkarte vor das Lesegerät hielt, musste sie auflachen. Sie hörte sich schon so an wie Johannes' Klienten auf ihrer Bildungsreise: *Erfinde dich selbst, starte neu durch. Gestalte deine Zukunft. Alle Türen stehen dir offen.*

Sie hatte sich gerade auf ihr Bett gesetzt, als ihr Handy klingelte. Schon wieder Deutschland. Sie musste da rangehen. Alles andere wäre unprofessionell. Unwillig erhob sie sich und nahm ihr Handy vom Schreibtisch.

„Ja?", fragte sie missmutig.

„Ich bin's. Julia. Wie war es?"

„Mensch, Julia, danke für deine Warnung. Es war, es war …" Sandra setzte sich erneut auf die durchgelegene Hotelmatratze und begann zu weinen. Julia ließ sie heulen, sagte dann und wann etwas Tröstliches und machte hin und wieder einen blöden Witz. Das tat Sandra gut, linderte ihren Schmerz und gab ihr das Gefühl, nicht allein zu sein. Ausgerechnet die starke, pragmatische Julia stand ihr bei. Das hatte sie nicht erwartet. Sie hatten fast zwanzig Minuten lang miteinander telefoniert, als Julia ein neues Thema anschnitt.

„Hör mal, Sandra. Du bist angeschwärzt worden. Da stänkert jemand ordentlich gegen dich."

„Ach?"

„Kein Scherz. Ich habe es zufällig mitbekommen. Jörg erhält seit geraumer Zeit Anrufe. Zuerst hat er dir noch den Rücken gestärkt, aber seit dem letzten Vorfall ging das nicht mehr."

„Javier steckt dahinter."

„Wer?"

„Mein spanischer Vorgesetzter. Er wollte mich von Anfang an loswerden." Sandras Puls machte wilde Sprünge.

„Nee, glaube ich nicht." Julia klang unaufgeregt wie immer. „Oder kann der Deutsch?"

„Nein, nicht dass ich wüsste."

„Die Telefonate wurden in flüssigem, schnellem Deutsch geführt. Dein Gegner ist ein Muttersprachler, jede Wette. Deinen Vorgesetzten kannst du ausschließen. Sei nicht immer so misstrauisch!"

„Ich weiß. Im Moment schwirrt mir der Kopf. Ich weiß nicht, wer für und wer gegen mich ist. Aber genug von mir. Wie geht es dir?"

Julia lachte. „Alles im Lot. Ich feiere gerade eine neue Serie."

„Erzähl." Sandra lechzte nach ein wenig Ablenkung, und Julia tat ihr den Gefallen. Etwas später beendeten sie das Gespräch. Sandra machte schon Anstalten, noch einmal herauszugehen, um sich etwas zu trinken zu kaufen, doch dann entschied sie sich um. Sie blieb in ihrem Hotelzimmer, machte es sich auf ihrem Bett bequem und streamte die ersten drei Episoden der von Julia so hochgelobten neuen Serie. Anschließend las sie noch ein wenig und schaffte es später tatsächlich, trotz aller Probleme gut einzuschlafen.

Kapitel 27

Donnerstag, den 13. Juni, 8 Uhr

Javier

Er hatte es gewusst. Natürlich brachte die Deutsche Ärger, nichts als Ärger. Warum hatte die Staatsanwältin ihm nur die Zusammenarbeit mit ihr aufgezwungen? Ohne Sandras ständige Einmischung wäre er schon viel weiter.

Javier setzte sich hin und arbeitete weiter. Er musste diesen Fall abschließen. So schnell wie möglich. Und irgendwann, als er noch einmal die Aussagen der Gruppe durchgegangen war, kam ihm der Gedanke, wie es Sandra wohl ginge. Sie würde abgezogen werden. Erst belobigt und dann abgemahnt. Das musste auch für sie hart sein. Nein, das hatte sie nicht verdient. Ja, sie war ein Hitzkopf, aber sie machte gute Arbeit, musste nur ihre Emotionen mehr unter Kontrolle bringen. An sich war sie ein Gewinn, denn sie hatte eine bemerkenswert schnelle Auffassungsgabe. Er musste ihr helfen. Die Frage war nur: Wie?

In diesem Moment klopfte es, und Sofía kündigte ihm den Besuch des deutschen Reiseleiters und der Übersetzerin an. Er bat die Sekretärin, Johannes Fuhrmann hineinzuführen. Wenig später betrat der Deutsche sein

Büro. Der Reiseleiter sah gepflegt aus, trug eine gut geschnittene Kurzhaarfrisur, die vorteilhaft sein markantes Gesicht umrahmte. Sein Bart wirkte frisch getrimmt. Er trug geschmackvolle Sommerkleidung. Ein gebügeltes Kurzarmhemd und eine Chino-Hose. Das war also der Mann, den Sandra immer nur „Johannes" nannte.

„Sie wollten mich sprechen? Bitte, nehmen Sie Platz."

Javier deutete auf einen Stuhl. Er hatte sich mittlerweile wieder so weit beruhigt, dass es ihm gelang, seinen Besucher höflich anzulächeln. Auch Frau Ruiz begrüßte er mit einem freundlichen Kopfnicken.

„Was gibt's?"

„Ich möchte, dass Ihre Kollegin von dem Fall abgezogen wird."

Javiers eben noch lächelnde Lippen verkürzten sich zu geraden Linien.

„Wie kommen Sie auf die Idee, dass Sie da ein Mitspracherecht hätten?"

„Sie ist befangen."

„Soso."

„Ich kannte den Bruder von Frau König."

„Tatsächlich?"

„Er ist ein ehemaliger Schulfreund von mir."

„Sie haben noch Kontakt?"

Herr Fuhrmann veränderte unsicher seine Sitzposition.

„Nein, das nicht."

„Wann haben Sie den Bruder der Oberkommissarin das letzte Mal gesehen?"

„An seinem achtzehnten Geburtstag."

„Also vor mehr als zehn Jahren. Und damals waren Sie eng mit ihm befreundet?"

„Nein, aber ..."

„Und wie alt war Frau König, als Sie sie das letzte Mal in Deutschland gesehen haben?"

„Sechzehn, glaube ich."

„Also minderjährig. Herr Fuhrmann, ich habe auch noch eine Frage an Sie."

„Aber ..."

„Sie haben uns angelogen."

„Ich? Aber nein. Wovon sprechen Sie?"

„Ich spreche von Ihrem Alibi am Tag der Exkursion. Lassen Sie uns darüber reden, was passiert ist, nachdem Thomas Schmittig nicht am Bahnhof von El Chorro erschienen ist."

„Ach das", sagte Herr Fuhrmann leichthin, obwohl seine gerunzelte Stirn eine andere Sprache sprach.

„Genau das. Anscheinend haben Sie vergessen, uns mitzuteilen, dass die Reisegruppe nach der Exkursion zwar zurück nach Málaga gefahren ist, Sie aber noch allein in der Nähe des Tatorts in El Chorro geblieben sind."

Herr Fuhrmann schoss zurück. „Das ist auch nicht weiter wichtig, wohingegen ..."

„Das zu beurteilen, überlassen Sie lieber der Polizei."

„Ich habe noch etwa eine halbe Stunde am Bahnhof von El Chorro auf Tom gewartet. Als er nicht kam, bin ich ihm ein paar Schritte in Richtung Geierberg entgegengelaufen."

„Und dann?"

„Dann habe ich mich ans Gleis gesetzt und habe auf den letzten Zug gewartet. Ich war auch müde. Es war ein langer Tag gewesen. Wer denkt schon an das Schlimmste?“

„Und dann kam der letzte Zug.“

„Ja. Ich hatte Tom mehrmals auf seinem Handy angerufen, konnte ihn aber nicht erreichen. Für alle Fälle ließ ich selbstredend mein Handy die ganze Nacht eingeschaltet. Als mein Zug kam, dachte ich mir, Tom nimmt sich im Notfall ein Taxi oder sucht sich eine Mitfahrgelegenheit. Außerdem gibt es auch in El Chorro Hotelzimmer. Tom ist schließlich kein Schuljunge.“

Er verbesserte sich. „War, meine ich natürlich.“

„Herr Fuhrmann, noch einmal in aller Eindrücklichkeit: Polizeiarbeit in einem Mordfall bedeutet, die Aktivitäten aller verdächtigen Personen rund um die Tatzeit möglichst lückenlos zu rekonstruieren.“

Johannes Fuhrmann wollte widersprechen, doch dann gab er nach. „Sie haben recht. Ich hätte es Ihnen sofort sagen sollen, dass ich nicht mit den anderen zurückgefahren bin. Aber Frau König war so aggressiv und vorwurfsvoll bei unserer ersten Begegnung, dass …“

Das konnte Javier ihm nicht durchgehen lassen.

„Wollen Sie behaupten, meine Kollegin hätte Schuld daran, dass Sie gelogen haben?“

„Ich habe doch nicht gelogen.“

„Einen Moment, bitte.“ Javier rief das zweisprachige Protokoll auf und druckte es aus. „Hier, diese Aussage haben Sie selbst unterschrieben.“ Er zeigte auf den entscheidenden Satz aus der Befragung. „Ich war die ganze Zeit mit dem Schauspieler Manuel zusammen und habe darum ein durchgängiges Alibi für den Ausflug.“

„Schon gut, schon gut. Geschehen ist geschehen, was
soll ich jetzt tun?“

„Bei der Wahrheit bleiben.“

„Kann ich jetzt gehen?“ Er machte Anstalten aufzustehen.

„Ja, dürfen Sie.“ Javier stand auf und verabschiedete
sich mit Handschlag von dem Reiseleiter. Frau Ruiz
nickte Javier zu und schloss sich Herrn Fuhrmann an.

Nachdem die beiden das Büro verlassen hatten und
Javier wieder allein war, ging er ans Fenster und
rauchte. Er musste einen kühlen Kopf bekommen. Als
er in den Hof hinausschaute, dachte Javier bewusst an
etwas Schönes: an das Abendessen bei Inma.

Da ihr seine „Nikotinsucht“, wie sie es genannt hatte,
nicht gefiel, hatte sie ihn nach dem hervorragenden
Abendessen mir nichts, dir nichts zum Rauchen vor die
Tür geschickt. Aber egal, ob gesund oder nicht, der Ta-
bak half ihm dabei, Abstand zu gewinnen. Und tatsächlich: Ein paar eilig hintereinander gerauchte Zigaretten
später wurde Javier wieder ruhiger, konnte den Rauch
länger in den Lungen halten, nahm das Vogelgezwit-
scher im Hof wahr und bemerkte erleichtert, dass er
den Ärger überwunden hatte.

Plötzlich kam ihm eine Idee. Apropos Rufmord.
Wenn er schon so empfindlich war, wenn es um
Sandras oder seine Reputation ging, wie musste sich
das dann für einen Künstler anfühlen? Manuel Esser
hatte sich mühsam eine Karriere als Schauspieler aufgebaut. Er war selbst Zeuge seines Ehrgeizes gewesen,
sein Image als Boulevard-Schauspieler abzuschütteln
und sich einen Namen im Charakterfach zu machen.

Künstler galten als besonders sensible Menschen. Thomas Schmittig hatte Manuel Esser an die Wand gedrängt, und als sich bei dem Ausflug die passende Gelegenheit bot, sah der Schauspieler rot und hat sich seiner entledigt. Eine Kurzschlusshandlung, ohne Waffen, ohne Vorbereitung. Stattdessen ein paar Schläge und Stöße und das Überraschungsmoment auf seiner Seite. So könnte es gewesen sein ...

Javier gestattete sich das erste Mal nach langer Zeit, seine Gedanken in eine Richtung laufen zu lassen, die er sich sonst verbot: Er dachte an Anas Mutter. An den schlimmsten Tag in seinem Leben. An den Tag, an dem seine Ehefrau Carmen bei einem Verkehrsunfall zu Tode gekommen war. Bevor Anas Mutter in den Wagen gestiegen war, hatten sie sich gestritten, da Carmen ihn verlassen wollte. Sie hatte ihm unter Tränen gestanden, dass sie in jemand anders verliebt war. In einen Wirrkopf, der sich als Künstler bezeichnete. Mit seinem gefühlsduseligen Gelaber hatte er ihr den Kopf verdreht und sie konfus gemacht. Letztendlich gelang es ihm, sie so zu bezirzen, dass sie für ihn alles stehen und liegen lassen wollte. Ana war noch nicht einmal ein Jahr alt gewesen. Javier hatte seine Ehefrau angeschrien, Carmen als egoistische Rabenmutter beschimpft ...

Im Nachhinein musste er sich eingestehen, dass er sich unmöglich verhalten hatte. Aber damals war er selbst noch so jung gewesen. Überarbeitet und überfordert. Mittlerweile hatte er aber auch Verständnis für Carmen, die sich als junge Mutter alleingelassen gefühlt haben musste. Wenn er doch nur mehr mit seiner

Ehefrau geredet hätte – vielleicht wären sie dann immer noch zusammen und er hätte Ana nicht allein großziehen müssen ...

Javier zwang sich, wieder an den Fall zu denken. Vermutlich half er Sandra am meisten, wenn er so schnell und gründlich wie möglich weiterermittelte. Noch mal auf null zurückgehen, ganz von vorn beginnen.

Endlich wusste Javier, was zu tun war. Er rief Sofía an und bat sie, im Palmen-Hotel Bescheid zu geben, dass sich alle Gäste der deutschen Reisegruppe um 12 Uhr für eine Gruppenbefragung im Konferenzsaal B des Palmen-Hotels einfinden sollten. Bis dahin, so hoffte er, würde er es vielleicht geschafft haben, die Staatsanwältin zu überzeugen, dass Sandra seiner Dienststelle erhalten bleiben musste. Javier nahm das Telefon zur Hand, rief im Büro von Frau Díaz an und bat darum, mit ihr verbunden zu werden.

„Wer spricht denn da? Um was geht es?"

Darauf hatte Javier sich eingestellt. „Ich rufe wegen der Rücksendung meiner deutschen Kollegin, der Oberkommissarin Sandra König, an."

„Moment."

Nach kurzer Zeit klickte es in der Leitung, und Javier vernahm erneut die Stimme der Sekretärin.

„Es tut mir leid, die Staatsanwältin ist sehr beschäftigt."

„Soll ich später noch einmal anrufen?"

„Nein, das bringt nichts. Frau Díaz hat heute keinen Gesprächstermin mehr frei. Versuchen Sie es morgen noch einmal."

„Danke", sagte Javier kurz angebunden und beendete das Gespräch.

Er verließ sein Büro und lief den Korridor hinunter, um sich einen Schokoladenriegel zu ziehen. Auf dem Weg dorthin kam er an der Büroküche vorbei. Als er Sandras Namen hörte, blieb er stehen und lauschte.

„Die Deutsche säuft wie ein Loch. Und das als Frau.“

„Wirklich wahr? Im Dienst habe ich sie noch nie trinken gesehen.“

„Nee, hier auf der Wache noch nicht. Aber letztens habe ich meinen Sohn vom Sport abgeholt und dachte, ich traue meinen Augen nicht. Da saß unsere korrekte deutsche Oberkommissarin besoffen auf einer Parkbank.“

„Echt wahr?“

„Wenn ich es doch sage. Sah wie ’ne Pennerin aus. Kurz danach stieg sie in ein Taxi.“

Javier hatte genug gehört. Als Sofia ihm damals mitgeteilt hatte, dass seine Mitarbeiter sich den Mund darüber zerrissen, dass sie ihre neue Kollegin im Club Norte gesehen hatten, war er dem nicht weiter nachgegangen. Da die Lästereien aber anscheinend nicht von selbst aufhörten, würde er nun eingreifen müssen.

„Guten Morgen, meine Herren.“

„Guten Morgen, Herr *Comisario Principal*.“

„Haben Sie schon einmal bei der Polizei im Ausland gearbeitet?“

Die beiden Polizisten schüttelten den Kopf.

„Wie bitte? Ich kann Sie nicht hören.“

„Nein, Herr *Comisario Principal*.“

„Und warum nicht?“

„Ich kann keine Fremdsprachen“, sagte der eine.

„Ich habe Familie“, der andere.

„Und wie würde es Ihnen gehen, wenn Sie mitbekämen, dass man an der fremden Dienststelle hinter Ihrem Rücken unqualifiziertes Zeug über Ihr Privatleben erzählt?"

Die beiden Männer blieben stumm.

„Schon einmal etwas von Kollegialität gehört? Ich will keinen Tratsch mehr hören!"

Javier schaute den Männern streng in die Augen und ging dann zurück in sein Büro. Es fühlte sich gut an, Stellung bezogen zu haben. Kurz darauf verließ er sein Büro erneut. Er hatte ganz vergessen, sich am Süßigkeitenautomaten seinen geliebten Schokoladenriegel zu ziehen.

Kapitel 28

Donnerstag, den 13. Juni, 9 Uhr

Sandra

Als Sandra aufwachte, dachte sie nur daran, dass sie zurück nach Deutschland abkommandiert worden war. Ihre Zeit in Málaga lief ab. Sie hatte nur eine Chance, nicht von dem Fall abgezogen zu werden: Sie musste ihn lösen!

Und so setzte Sandra sich an den Schreibtisch ihres Pensionszimmers und suchte nach Papier. In der Schublade fand sie ein paar Blätter Briefpapier mit dem aufgedruckten Logo der Pension. Sie nahm ein Blatt heraus und fasste die Fakten zusammen:

- *Thomas Schmittig hat Manuel Esser mit mysteriösen Anspielungen erpresst.*
- *Frank Klausen hat versucht, Schmittig beizustehen, da er sich in ihn hineindenken konnte.*

Am Anfang hatte Sandra gedacht, dass Klausen selbst vorhatte, finanziell von Schmittigs Erpresserschreiben zu profitieren. Mittlerweile war sie sich nicht mehr sicher. Sie hatte nämlich einen wichtigen Aspekt übersehen: Warum sollte Frank Klausen seinen Komplizen umbringen? Das ergab keinen Sinn. Dadurch hätte er sich nur selbst von der Einnahmequelle, an der er sich als Schmarotzer bereicherte, abgeschnitten. Erneut musste Sandra sich eingestehen, dass sie sich vorschnell in etwas hineingesteigert hatte. Und noch etwas anderes entbehrte der Logik, je länger sie darüber nachdachte: Wäre Klausen der Mörder, dann hätte er sicherlich darauf geachtet, keine Fingerabdrücke zu hinterlassen, um sich nicht verdächtig zu machen.

Sie musste die Ermittlungen anders angehen. Wenn sie immer nur dieselben Gedanken auf dieselbe Art und Weise wiederkäute, käme sie auch immer nur zu denselben Schlussfolgerungen. Ein neuer Ansatz musste her, denn sowohl Javier als auch sie hatten sich zu schnell festgelegt. Bei ihr war es eine Art Erfolgsrausch nach der öffentlichen Belobigung gewesen, und Javier hatte vielleicht dem Druck der Staatsanwältin nicht standhalten können.

Sie konnte das mit Marokko nicht abschätzen, aber ihrer Meinung nach war es unlogisch, dass der Schauspieler seinen Erpresser vom Berg gestoßen haben sollte. Zu offensichtlich, viel zu sehr *in your face*. Wäre er tatsächlich der Mörder, wäre er planvoller vorgegangen.

Sie musste sich an die Fakten halten. Die Briefe. Sandra las sie sich noch einmal in Ruhe durch und versuchte, irgendwie aus dem Inhalt schlau zu werden.

Auf den ersten Blick wirkten die drei kurzen Briefe leicht verständlich. Sandra notierte sich ihre ersten Ideen auf dem zweiten Blatt des Hotel-Briefpapiers.

- *Der Absender will Geld. Es geht um „Münzen" und „bezahlen."*
- *Der Erpresser ist wütend und will Rache, fühlt sich ausgenutzt. Er macht Anspielungen zu den Themen Geld, Gier und Schulden.*

Das Erste, was Sandra dazu einfiel, war verschmähte Liebe, aber natürlich ließen sich die Andeutungen nicht nur emotional, sondern auch handfest deuten. Vielleicht hatte Manuel Schmittig einen Unfall verursacht und Fahrerflucht begangen, hatte Geld gestohlen oder jemanden ins Gefängnis gebracht. Ihr fiel wieder Julias Hinweis auf Schmittigs kriminelle Vergangenheit ein.

- *Der Erpresser hadert mit dem Beruf des Schauspielers, da er nicht die Realität abbildet, sondern lediglich eine Traumwelt vorgaukelt.*

Das Ganze klang nach einem Fan, der für seinen Star schwärmt, oder vielleicht auch nach einem Kollegen, der Manuel Esser vorwirft, dass er spielt, ohne etwas zu fühlen. Ein Rivale, ein abgehängter Konkurrent?

- *Das letzte Schreiben war das merkwürdigste von allen. „Es wird eine Zukunft geben, für die du zahlen musst." Wer sollte das Geld bekommen? War es schon auf ein Konto eingegangen?*

Sandra blickte auf. Nein. Julia hatte herausgefunden, dass bislang zwar kein einzelner auffallend hoher Betrag von Herrn Essers Konto abgebucht worden war, dafür aber zahlreiche kleine und mittlere Bargeld-Auszahlungen nachgewiesen werden konnten. Es ging vermutlich eher um eine direkte Geldübergabe. Ein Koffer voller Scheine, der irgendwo von dem Schauspieler deponiert und später vom Erpresser abgeholt wurde.

Es sprach viel dafür, dass Thomas Schmittig nicht nur ein Mittelsmann war, sondern auch selbst ordentlich Dreck am Stecken hatte. Javier hatte schon zu Beginn der Ermittlungen geäußert, dass Schmittig vielleicht nur deswegen mitgefahren war, um Druck auf den Schauspieler auszuüben und ihm die Erpresserbriefe unterzuschieben. Javier hatte sofort nach Sichtung des Videomaterials gesagt, dass Schmittig nur so getan habe, als wolle er sich ein zweites Leben als Influencer aufbauen. Im Nachhinein hatte sich seine Einschätzung als richtig erwiesen: Schmittig war kein Influencer, sondern ein bezahlter Troll gewesen. Sandras Gedanken drifteten zum *Comisario Principal* ab. Sie würde so gern mit ihm über den Fall sprechen. Sie hatte dringend Unterstützung nötig! *Hör auf mit dem Selbstmitleid*, ermahnte sie sich. *Fokussier dich! Nur wenn du Ergebnisse vorlegen kannst, findest du einen Weg aus diesem Chaos.*

Sandra erinnerte sich an Javiers Kommentar, dass die Briefe inhaltlich alles und nichts aussagten, und war nun versucht, seine Meinung zu teilen. Allerdings mussten sie doch einen wie auch immer gearteten versteckten Hinweis auf den Täter enthalten.

Plötzlich schlug sich Sandra an die Stirn. Nein, sie verstand die Briefe nicht, aber die Mitteilungen waren auch nicht an sie gerichtet, sondern an Manuel Esser.

Und wenn irgendwer die Chance hatte, die Anspielungen zu entschlüsseln, dann war er es!

Sandra legte die Ausdrucke der drei Erpresserbriefe in einen Plastikhefter und machte sich auf den Weg zum Palmen-Hotel. Es war eine riskante Aktion, da sie über keinerlei Befugnisse mehr verfügte, doch sie würde es drauf ankommen lassen. Mit etwas Glück hatte die Touristengruppe noch nicht davon gehört, dass Sandra offiziell von dem Fall abgezogen worden war.

Vor dem Fahrstuhl begegnete ihr Carola Nuñoz, die gerade von zu Hause gekommen war, um im Hotel Präsenz zu zeigen. Zusammen fuhren sie nach oben und wechselten ein paar Worte. Sandra stieg auf der Etage aus, auf der sich das Zimmer des Schauspielers befand, während die Eventmanagerin im Aufzug blieb, um zum Rooftop weiterzufahren. Sandra lief zielstrebig auf Herrn Essers Hotelzimmertür zu und klopfte energisch.

„Ja, was gibt's?"

„Eine kleine Quizrunde."

„Ah, die Frau Polizeioberkommissarin."

Offensichtlich hatte Herr Esser sie an der Stimme erkannt. Sandra hörte, wie sich seine Schritte der Tür näherten. Er öffnete sie einen Spaltbreit.

„Frau König, hat das nicht Zeit? Im Moment passt mir Ihr Besuch nicht."

„Leider nicht. Bis der Mörder nicht gefasst ist, zählt jede Stunde."

„Sie machen es aber dramatisch. Man könnte fast glauben, dass Sie das Theater noch mehr lieben als ich."

Endlich ließ er Sandra eintreten. Sie schaute sich schnell um, wollte herausfinden, ob er Besuch hatte oder ob sie ihn bei irgendeiner Aktivität störte. Doch sie sah nichts Bemerkenswertes. Er hatte sie lediglich abwimmeln wollen.

„Sie erlauben?“ Und bevor er widersprechen konnte, hatte sie bereits die Ausdrucke der Erpresserbriefe auf seinem Bett ausgelegt.

„Spielregel Nummer eins. Ordnen Sie die Briefe in der Reihenfolge, in der Sie sie erhalten haben.“

„Das meinen Sie jetzt nicht ernst, oder?“

„Bitte. Versuchen Sie es!“

„Ich weiß nicht mehr, wann genau welches Schreiben aufgetaucht ist. Alle Briefe sind gleich idiotisch. Ich hätte sie alle sofort wegwerfen sollen.“

Doch Sandra ließ nicht locker. Sie musste in dem Fall vorankommen. Das war ihre letzte Chance.

„Welcher war der erste, welcher der letzte?“

„Ich glaube, der mit den Schulden war der erste und der letzte der ganz kurze mit der Zukunft. Aber ich kann nichts beschwören. Hören Sie, das führt doch zu nichts. Ich bekomme andauernd irgendwelche seltsamen Sachen zugesteckt, hingelegt und unter der Tür durchgeschoben. Das gehört zu meinem Beruf.“

„Ich glaube Ihnen nicht!“, fuhr Sandra ihn an. „Ich glaube, Sie wissen genau, von wem die Briefe stammen. Sie verstehen auch den Inhalt, aber Sie weigern sich, der Polizei zu helfen.“

Das schien zu wirken. Für einen Moment hatte Sandra tatsächlich das Gefühl, in Essers Augen Angst aufflackern zu sehen. Sofort hakte sie nach.

„Wer ist es? Wen wollen Sie schützen? Sie kennen den Täter!“

Doch Esser hatte sich bereits wieder gefangen und hatte seine alte Selbstsicherheit zurückgewonnen. Ihre Chance war vertan. Sandra konnte spüren, dass er wieder Oberwasser hatte. Schnell feuerte sie erneut Fragen ab.

„An wen sollten Sie das Geld übergeben? Welche Summe?“

„Ich weiß nicht, wovon Sie sprechen. Vielleicht sollten Sie die Papiere wieder an sich nehmen und sich eine Pause gönnen.“ Zähneknirschend kam Sandra seiner Forderung nach. Nachdem sie die Unterlagen eingepackt hatte, drehte sie sich zu ihm um.

„Sie wissen schon, dass man niemals auf die Bedingungen von Erpressern eingehen darf, oder? Tun Sie das, dann hat der Erpresser Sie in der Hand und erhöht jedes Mal den Druck und seine Forderungen.“

„Das ist mir bewusst. Ich habe schließlich schon in Thrillern mitgespielt. Frau König, wenn Sie mich jetzt bitte allein lassen würden.“

Während er das sagte, begann er, Sandra zur Hoteltür zurückzudrängen.

„Nur noch eins, Herr Esser, Sie haben schon verstanden, dass ein Mensch gestorben ist? Und zwar einen wirklichen Tod, ganz ohne Ketchup und Tomatensaft. Und Ihnen ist auch bewusst, dass Sie ganz oben auf der Liste stehen?“

„Mein Gott, Sie sind aber melodramatisch, Frau Oberkommissarin. Ich glaube, Sie werfen da einiges durcheinander. Von welcher Liste sprechen Sie? Stehe ich ganz oben auf der Liste der bösen Schurken oder ganz oben auf der Liste der armen Opfer?"

Der Schauspieler hatte bei seinem Kommentar ironische Anführungszeichen vor und nach dem Wort „Liste" in die Luft gesetzt.

„Kommen Sie doch noch einmal wieder, wenn Sie sich darüber im Klaren sind, über was genau Sie mit mir reden wollen."

Demonstrativ öffnete er ihr die Tür.

„Auf Wiedersehen."

Sandra blieb nichts anderes übrig, als sein Hotelzimmer zu verlassen. Bevor sie sich ihrerseits verabschiedet hatte, war die Tür bereits zu.

Sandra schlich sich so unauffällig wie möglich aus dem Palmen-Hotel heraus, da sie nicht gesehen werden wollte. Das Verhör hatte sie nicht weitergebracht. Falls man das, was da eben passiert war, überhaupt so nennen durfte. Sie hatte keine Autorität mehr, war offiziell vom Fall abgezogen, und das verunsicherte sie. Sie ging in Richtung des Kiefernwalds. Wie sollte sie nur weitermachen? In ihrer Not nahm sie das Handy, um Julia anzurufen und sie um Rat zu fragen. Doch mit einem Mal kam ihr der Gedanke, dass Julia die Einzige gewesen war, die sie eingeweiht hatte, dass sie einen der Tatverdächtigen bereits von früher kannte. Sollte ihre eigene Kollegin sie bei Jörg angeschwärzt haben? Nein. Sandra weigerte sich, diesen Gedanken Raum zu geben.

Kapitel 29

Donnerstag, den 13. Juni, 12 Uhr

Javier

Um Punkt 12 Uhr begrüßte Javier Frau Ruiz vor dem Konferenzsaal B des Palmen-Hotels.

„Danke, dass Sie uns weiterhin zur Verfügung stehen." Javier schüttelte die Hand der Übersetzerin.

„Uns?", fragte sie irritiert. „Man hat mir gesagt, dass Frau König nicht länger ermittelt." Javier versuchte, sich nicht anmerken zu lassen, dass er entsetzt darüber war, wie schnell diese Nachricht bereits die Runde gemacht hatte.

„Noch ist nichts endgültig entschieden", behauptete er. „Dennoch hoffe ich, dass Sie gegebenenfalls kurzfristig häufiger Zeit für uns haben."

„Was genau meinen Sie damit?"

„Es könnte sein, dass wir in den nächsten zwei, drei Tagen des Öfteren auf Ihre Übersetzungsfähigkeiten zurückgreifen müssen."

Javier überlegte, ob er das genauer erklären sollte, entschied sich aber dagegen. Er wollte die Hoffnung noch nicht aufgeben. Vielleicht würde es ihm gelingen, Sandra bis zum Ende der Woche zurückzugewinnen.

Wenn nicht, würde er sich dumm stellen und argumentieren, dass er Sandra so lange nicht nach Deutschland zurückschicken könnte, bis er die Staatsanwältin persönlich gesprochen hätte. Er hatte Sofía bereits gebeten, die Buchung eines Rückfluges nach Köln so lange wie möglich aufzuschieben und, wenn das nicht mehr möglich wäre, nur ein flexibel einsetzbares Ticket zu kaufen. Für die Kostendifferenz würde er, falls nötig, aus eigener Tasche aufkommen.

Sofía hatte genickt und nicht weiter nachgehakt. Er wusste auch so, dass sie ihn verstand und sein Verhalten guthieß.

Trotz dieser Maßnahmen musste er realistisch bleiben. Bei dem anstehenden Gruppenverhör würde Sandra nicht anwesend sein. Da waren ihm die Hände gebunden. Und so versuchte er, wie schon beim letzten Mal, die Übersetzungen von Frau Ruiz strategisch einzusetzen.

„Ich möchte Sie bitten, das, was ich sage, viel ausführlicher zu übersetzen, als es nötig wäre. Es geht mir darum, mitzubekommen, wie die deutsche Reisegruppe auf meine Worte reagiert. Seien Sie also bitte außerordentlich langatmig. Das verschafft mir die Zeit, alle Verdächtigen genau zu beobachten."

Die Übersetzerin sah ihn überrascht an und zögerte einen Moment. Dann lächelte sie.

„Das kostet extra."

Javier hielt ihrem Blick stand, bis sie zur Seite schaute.

„Netter Versuch", grinste er. „Aber wir können keine Extravereinbarungen treffen, denn Sie haben einen Vertrag unterschrieben, und an den halten wir uns."

Sie schaute ihn mit unbewegter Miene an.

„Da Sie nach Zeit bezahlt werden, kommt Ihnen unsere Vereinbarung zugute, Frau Ruiz."

Sie nickte kurz.

„Sollen wir anfangen?"

„Ja, ich bin bereit."

Im Konferenzraum hatte Javier einen Stuhlkreis aufbauen lassen. Diese Anordnung der Stühle verschaffte ihm den besten Blick auf die Mitglieder der Reisegruppe. Er begrüßte die Anwesenden, informierte in allgemeinen Worten über den Stand der Dinge und stellte eine Reihe willkürlicher Fragen. Die Übersetzerin mutierte zur überlebensgroßen Schlaftablette und nahm sich viel Zeit, um seine Worte zu dolmetschen. Wahrscheinlich erfand sie jede Menge Ausschmückungen dazu. Eine erstaunliche Leistung. So viel Fantasie hätte Javier ihr gar nicht zugetraut.

Javier beobachtete die Reisegruppe und machte sich Notizen, wer sich neben wen gesetzt hatte. Außerdem verfolgte er den Blickkontakt. Dabei fiel ihm auf, dass die Krankenschwester immer wieder verstohlen zu dem Schauspieler schaute. Javier wünschte sich Sandra herbei. Wäre sie verfügbar, dann könnte sie die Krankenschwester bezüglich ihrer Schwärmerei für Manuel Esser sozusagen *von Frau zu Frau* befragen. Außerdem würde sie das Vertrauen von Frau Meyer genießen. Die Sozialarbeiterin misstraute ihm, das war offensichtlich. Ihm gegenüber zeigte sie sich verschlossen. Ein harter Brocken, an den er trotz aller Verhörkunst nicht herankam. Zu guter Letzt vermisste er Sandras Kontakte zur deutschen Polizei. Noch immer fehlten viele Hintergrundinformationen. Der Schauspieler beispielsweise blieb ihm nach wie vor ein Rätsel.

Obwohl er keine Sympathie für Herrn Esser hegte, musste Javier zugeben, dass er eine charismatische Persönlichkeit war. Als Javier den Konferenzsaal betreten hatte, stach der Schauspieler sofort heraus, war ihm als Erstes aufgefallen. Manuel Esser schien das Interesse von Frau Kramer nicht zu bemerken, suchte aber seinerseits den Blickkontakt mit Frank Klausen. Auch der Vizechef hatte etwas Besonderes an sich: Er strahlte Ruhe und Ausgeglichenheit aus. So aufgeräumt hatte Javier Herrn Klausen noch nie erlebt. Man hätte fast meinen können, die Stunden in U-Haft wären ihm gut bekommen, denn er wirkte deutlich ausgeglichener als bei ihren letzten Begegnungen. Javier wünschte sich, Sandra säße neben ihm und würde die Persönlichkeitsveränderungen des Rhetoriktrainers mit eigenen Augen sehen. Ihr wäre sofort klar, dass sie sich auf den Falschen eingeschossen hatte. Javier war so in Gedanken versunken, dass er gar nicht mitbekommen hatte, dass schon seit längerer Zeit eine Pause entstanden war. Als er es bemerkte, fuhr er mit dem Verhör fort.

„Herr Esser, bitte fassen Sie für uns kurz zusammen, um was es in dem Theaterstück geht, auf das Sie sich vorbereiten."

Der Schauspieler blickte ihn verdutzt an. Dann fasste er, anfangs fahrig, später aber konzentriert, die Handlung zusammen.

„Ja, also. Das Stück ist schon alt. Was weiß ich, aus den 1980er-Jahren. Der Autor ... Nee, an den Namen kann ich mich jetzt nicht erinnern. Jedenfalls geht es um drei Verlierertypen, die in einer WG in Madrid wohnen. In einem Viertel, das man als ‚sozialen Brennpunkt' bezeichnen würde. Um an Geld zu kommen, soll eine junge Frau Drogen von Marokko nach Spanien schmuggeln. Das geht schief, und letztendlich ...“

Während Frau Ruiz die Zusammenfassung lang und breit ins Spanische übersetzte, hörte Javier kaum zu, sondern beobachtete weiterhin die Anwesenden. Dann richtete er sein Wort an den stellvertretenden Reiseleiter.

„Herr Klausen, was sagen Sie dazu? Glauben Sie, dass das ein interessantes Thema für ein Kinopublikum sein könnte, dass die Protagonistin wegen Drogenbesitz ins Gefängnis kommt?“

Anders als der Schauspieler kam Klausen sofort auf den Punkt.

„Ja. Ein Gefängnis ist ein Ort, an dem einem die Dinge sehr schnell sehr klar werden. Wer mit wem zusammenhängt, wer gegen einen und wer für einen ist. Das kann einen mitunter überraschen. Manchmal ist einem der Wachmann näher als der Kumpel beim Freigang. Und vor allem lehrt das Gefängnis einen, Freundschaft mit sich selbst zu schließen. Wenn du das nicht schaffst, hältst du die Zeit nicht durch.“

„Herr Fuhrmann, wie wäre es für Sie, ins Gefängnis zu müssen?“

„Was soll die Frage? Wollen Sie mir drohen?“

„Nein. Ich versuche, Sie alle ein wenig besser kennenzulernen. Also, Herr Fuhrmann, wie schaut's aus? Glauben Sie, dass Sie sich gut ins Gefängnisleben integrieren könnten?“

„Muss ich darauf antworten?“

„Herr Klausen, wie schätzen Sie Ihren Freund ein. Wie würde ihm das Gefängnisleben bekommen?“

„Er würde klarkommen. Ich denke, Johannes ist jemand, der sich durchsetzt.“

„Auch wenn das hieße, alte Bekannte zu verraten?“

„Was unterstellen Sie mir da?“

„Herr Fuhrmann, was bedeutet der Begriff ‚befangen sein‘ für Sie?“

Javier hatte ihn so weit provoziert, dass er wütend wurde. Das lief besser als erwartet.

„Befangen sein bedeutet für mich, Lügen zu erzählen, nachtragend zu sein, Rache nehmen zu wollen.

Befangen sein bedeutet, nicht neutral zu sein, die Objektivität zu verlieren, und das darf nicht sein. Ja, Frank, du hast recht: Bei so etwas wehre ich mich. Und das steht mir zu. Das ist unser Rechtssystem. Es garantiert mir eine faire Ermittlung.“

„Und das haben Sie so auch an das Kommissariat in Köln weitergegeben.“

„Ja, das habe ich. Und warum auch nicht? Da habe ich ein Recht drauf.“

„Danke, Herr Fuhrmann, das wollte ich aus Ihrem eigenen Mund hören.“

Javier schaute den Reiseleiter so lange an, bis Johannes Fuhrmann den Blickkontakt abbrach. *Bitte sehr, Sandra. Das habe ich für dich getan*, dachte Javier, bevor er sich laut an alle Anwesenden wandte.

„Meine Damen und Herren, vielen Dank für Ihre Zeit. Das wäre im Moment alles. Sie können jetzt auf Ihre Zimmer zurückgehen. Die Hotelleitung hat mich darüber hinaus gebeten, Ihnen mitzuteilen, dass das Mittagessen ab 13 Uhr im Restaurant für Sie bereitsteht. Ich wünsche guten Appetit."

Javier sah, wie die Ersten Anstalten machten, sich zu erheben.

„Allerdings möchte ich Sie bitte, mir nach der Mittagspause noch für zwei weitere Stunden zur Verfügung zu stehen. Bitte bleiben Sie bis 17 Uhr für mich im Hotel erreichbar. Vielen Dank für Ihre Unterstützung."

Kapitel 30

Donnerstag, den 13. Juni, 15 Uhr

Sandra

Sandra lief in ihrem Pensionszimmer auf und ab. Schöne Scheiße. Sie hatte ihren Koffer gepackt und wartete auf die Benachrichtigung, welcher Flug für sie gebucht worden war. Jörg hatte ihr im letzten Telefonat unmissverständlich mitgeteilt, dass sie sofort zurück nach Köln kommen sollte. Dabei wollte sie nicht zurück. Noch nicht. Sie wollte vorerst im Süden bleiben. Sie spürte, dass sie nach allen Irr- und Umwegen vor dem Durchbruch standen. Dieses Warten machte sie wahnsinnig. Sie musste sich Klarheit verschaffen. Sie gab sich einen Ruck und rief Javiers Sekretärin an.

„Hallo, Sofía, ich bin's, Sandra. Wissen Sie schon, mit welchem Flugzeug ich fliegen werde?"

„Hallo, Sandra. Nein, das kann ich Ihnen leider noch nicht sagen. Es ist Mitte Juni. Wir befinden uns in der Hauptsaison, alles ist ausgebucht. Ich befürchte, Sie müssen sich noch ein wenig gedulden."

Sandras Herz begann schneller zu schlagen. Das waren ja großartige Neuigkeiten.

„Können Sie mir denn einen ungefähren Zeitpunkt nennen?"

„Ich denke, bis zum Wochenende wird da nichts zu machen sein.“

„Danke, vielen Dank.“ Sandras Stimme überschlug sich vor Freude.

„Auf Wiederhören.“

Kapitel 31

Javier

Javier kehrte müde ins Palmen-Hotel zurück. Er hatte in seinem Stammrestaurant viel zu gut und zu viel zu Mittag gegessen. Am liebsten würde er nun in seinem kühlen, dunklen Schlafzimmer eine Siesta halten. Doch das konnte er sich nicht gönnen. Wenn er Sandra helfen wollte, musste er gegen die Zeit arbeiten. Er würde ihren Rückflug nicht ewig hinauszögern können.

Er klopfte an das Zimmer von Herrn Klausen und bat ihn auf Englisch, ihn zu einem Gespräch unter vier Augen zum Konferenzzimmer zu begleiten. Dort wartete bereits Frau Ruiz auf sie. Javier machte einen Witz, dass es sich wohl eher um ein Gespräch unter sechs Augen handelte, doch niemand lachte.

Javier bat Herrn Klausen, kurz mit Hand anzulegen und ihm beim Tragen eines Tisches zu helfen. Zusammen schleppten sie das sperrige Ding in die Mitte des Konferenzsaals B und setzten sich zu dritt um die Holzplatte. Javier dachte, dass Sandras Abwesenheit bei dem Gespräch mit Herrn Klausen vielleicht sogar vorteilhaft war. Javier würde versuchen, genau den kumpelhaften Ton, den der Kommunikationstrainer in dem Video gehabt hatte, zu treffen. Er wollte mit ihm „von Mann zu Mann“ sprechen. Mit etwas Glück würde er auf diese Art und Weise neue Informationen aus ihm herauslocken können.

„In Ordnung, Herr Klausen. Lassen Sie uns doch ein wenig über Tom Schmittig reden. Ich weiß, dass Sie beide eine besondere Beziehung hatten“, begann Javier das Verhör.

„Ja, das stimmt.“

„Sie haben ein gutes Auge für Menschen, Herr Klausen. Ich habe Herrn Schmittig nicht kennengelernt. Wie würden Sie ihn mir beschreiben?“

Diese Frage hätte Javier Herrn Klausen vor Kurzem noch nicht stellen können. Nachdem die Untersuchungen der Gerichtsmediziner ergeben hatten, dass es sich um Mord handelte, war der stellvertretende Reiseleiter viel zu aufgewühlt gewesen, um ihn zu vernehmen. Javier war gespannt, ob Herr Klausen seine Fragen diesmal beantworten würde.

„Tom war ein toller Typ. Es hätte etwas aus ihm werden können. Ich war dabei, ihm einen neuen Ausbildungsplatz zu besorgen. Aber er hatte einen Scheißhintergrund. Es gab niemanden, der an ihn geglaubt hat, niemanden, der ihn geschützt hat. Gewalttätiger Vater, der Tom nie offiziell als seinen Sohn anerkannt hat, eine Mutter, die selbst verprügelt wurde, wenn sie sich vor ihr Kind gestellt hat. Weglaufen, auf der Straße leben, das ganze Programm. Aber er hätte den Weg rausgeschafft. Es lag in seiner Hand, einen Neubeginn zu machen.“

„Wie meinen Sie das?"

„Ich habe ihm gesagt, er müsse raus aus dem Milieu. Einen klaren Schnitt machen. Am besten in eine andere Stadt ziehen und neu anfangen."

Javier bemerkte, dass Klausen kurz davor war, die Fassung zu verlieren.

„Sie fühlen sich verantwortlich für ihn."

„Ja. Ich befürchte, er hat meine Worte zu ernst genommen und sich mit jemandem angelegt. Der Verhaltenskodex auf der Straße ist hart. Entweder du bist für mich oder du bist gegen mich. Es ist so ein vertracktes Ehrgefühl."

„Haben Sie eine Vermutung, wer das sein könnte?"

„Nein, Tom hat nie Namen genannt. Er wollte sich selbst schützen, und er wollte auch mich nicht in Gefahr bringen. Ich kann Ihnen da nicht weiterhelfen. Ich kenne die Ruhrgebietsszene nicht."

„Tom hat Ihnen die Erpresserbriefe gezeigt."

Frank Klausen schwieg.

„Die Fingerabdrücke."

Endlich nickte der stellvertretende Reiseleiter.

„Ja, das war unvorsichtig von mir. Ich hatte es gar nicht richtig erwartet, dass er mir so etwas in die Hand drücken würde."

„Wenn Sie also bestätigen, dass Tom hinter den Briefen steckt, und wir nachweisen können, dass Schmittig per Handy eine Schmutzkampagne gegen Herrn Esser gestartet hat, dann stellt sich die Frage, warum wollte er dem Schauspieler schaden?"

„Ich weiß es nicht. Aber ich bin mir sicher, dass Tom in irgendetwas hineingezogen wurde. Das mit der Erpressung hat er sich nicht selbst ausgedacht. Ganz sicher nicht! Tom mochte Manuel. Er hat es niemals aus persönlichem Interesse gemacht."

„Das würde ich nicht zu schnell behaupten. Wer weiß, vielleicht hat er ihn als Freund enttäuscht, oder er war verliebt in ihn. Aber angenommen, jemand hätte Tom benutzt. Wer könnte Interesse haben, Manuel zu erpressen? Und was hatte diese Person gegen ihn in der Hand?"

„Was? Wie meinen Sie das? Ich möchte Ihnen gerne helfen, aber ich kann Ihnen nicht so schnell folgen."

Wollte oder konnte Herr Klausen ihn nicht verstehen? Auch die Übersetzerin wirkte verwirrt. Javier musste wieder einmal an Sandra denken. Sie hätte sofort begriffen, auf was er hinauswollte. Außerdem hielt sie den Kontakt nach Deutschland aufrecht. Sie musste ihre Kontaktperson unbedingt instruieren, mehr über Schmittig und sein Umfeld herauszufinden. Insbesondere sein kriminelles Umfeld, die Zellengenossen. Aber im Moment konnte Sandra ihm nicht helfen. Es war zu ärgerlich, dass die Staatsanwältin ihre Zusammenarbeit unterbunden hatte. Wie sollte er unter diesen Bedingungen im Alleingang belastbare Ergebnisse aus dem Hut zaubern?

„Danke, das war es vorerst, Herr Klausen. Sie können nun zurück zu den anderen gehen. Ach, und bitte sagen Sie Herrn Esser Bescheid, dass ich ihn gern unter vier beziehungsweise sechs Augen sprechen möchte." Wieder keine Reaktion. Vielleicht war sein Witz doch nicht so lustig, wie er dachte.

Kurz darauf betrat der Schauspieler den Konferenzsaal. Javier gab ihm ein Zeichen, neben ihm und Frau Ruiz Platz zu nehmen.

„Herr Esser, in welcher Beziehung standen Sie zu Tom?"

„Wie meinen Sie das?"

Javier grinste. „Jetzt spielen Sie nicht den Unschuldigen. Diese Frage ist Ihnen doch sicherlich schon aus etlichen Krimis vertraut."

Nachdem Frau Ruiz, die nun bei den Einzelbefragungen wieder ohne Umschweife übersetzte, Javiers spöttische Bemerkung verdeutscht hatte, lachte der Schauspieler laut auf.

„Sie haben Humor, Mann. Das gefällt mir. Also, Tom und ich, wir waren uns sympathisch. Aber nicht so, dass wir viel miteinander geredet hätten. Ich weiß so gut wie nichts über ihn. Aber wir haben manchmal zusammen abgehangen. Aber viel mehr kann ich Ihnen wirklich nicht erzählen."

„Er hat Sie erpresst und auf Social-Media-Kanälen diskreditiert. Warum? Er ruiniert Ihre Karriere, und dennoch behaupten Sie, Sie beide hätten sich nur oberflächlich gekannt, wären sich aber sympathisch gewesen. Tut mir leid, aber da kann ich Sie nicht ernst nehmen."

Javiers Worte schienen ihre Wirkung nicht zu verfehlen. Der Schauspieler wirkte verunsichert.

„Na ja, vielleicht will ich nicht genauer darüber nachdenken."

„Sie sprechen in Rätseln."

Javiers Bemerkung brachte Manuel Esser offensichtlich in Erklärungsnot. Er wurde nervös und rang mit sich, was er sagen sollte. Dabei wirkte er so menschlich wie jeder andere auch. Oder er kopierte einen Durchschnittsmenschen auf überzeugende Weise.

„Wissen Sie, als Schauspieler bist du eine öffentliche Persönlichkeit. Einerseits ist das sehr schmeichelhaft", er vermochte Javier wieder in die Augen zu schauen, schien sich gefasst zu haben, „andererseits meint Hinz und Kunz ein Geschmacksurteil über dich fällen zu müssen."

Javier wollte dem Schauspieler widersprechen, ihm erklären, dass auch ein Polizist eine öffentliche Person sei, die mit vielen Vorurteilen konfrontiert werden würde, doch dann hielt er inne. Warum sollte er über sich reden? Hier ging es nicht um ihn oder um Künstler im Allgemeinen, hier ging es um einen sechsundzwanzigjährigen Deutschen, der ermordet worden war.

„Als Theater- und Kinoschauspieler", Javier wählte seine Worte sorgfältig, „genießen Sie, Herr Esser, die Aufmerksamkeit und die Bewunderung anderer Menschen. So zum Beispiel auch die von Frau Kramer."

„Wie meinen Sie das?"

Der Schauspieler schien das Stellen von Gegenfragen, genau wie Sandra, als eine Art Schutzschild zu nutzen.

„Was läuft zwischen Ihnen?"

„Was? Quatsch! Sie ist ein Theaterfan und sonst nichts."

„Eher ein Fan von Ihnen."

„Vielleicht auch, aber hören Sie: Fan ist Fan. Zu denen bin ich nett, gebe ihnen mal ein Autogramm, aber fange nichts mit ihnen an. Für die bin ich nur eine

Projektionsfläche. Ich bin die Figur, die ich verkörpere, und sonst nichts. Würde ich mich auf diese

Schwärmereien einlassen, würde ich als seriöser Schauspieler nicht mehr ernst genommen werden. Dabei ist genau das mein Ziel. Also lächele ich höflich und vergesse solche Begegnungen gleich wieder."

„Sind Sie sicher, dass diese Frau das auch weiß?"

„Natürlich. Wir machen zusammen Witze über weibliche Fans. Nina ist eine Seminarteilnehmerin für mich, damit fällt sie in eine andere Kategorie."

„Und Herr Schmittig, hat er Sie auch als Projektionsfläche benutzt?" Javier kam der Inhalt eines der drei Erpresserbriefe in den Sinn.

„Nein. Da war nichts zwischen uns beiden. Was reiten Sie so darauf herum?"

„Und warum sind Sie nicht wütend? Der Mann hat versucht, Ihnen alles zu nehmen, was Sie sich aufgebaut haben. Er hat Fotos von Ihnen in Umlauf gebracht, die Sie unvorteilhaft aussehen lassen.

Fotos wie diese ..."

Javier knallte die Bilder vor Herrn Esser auf den Tisch.

„Und er hat viel Aufwand betrieben, auf verschiedenen Kanälen über Sie herzuziehen. Sie kennen die Schlagzeilen." Javier verteilte die Artikel, die Sandra für ihn übersetzt hatte, auf dem Tisch.

„Ich nehme es Ihnen nicht ab, dass sein Verhalten Sie kaltgelassen hat. Durch seine Kampagne wirken Sie wie ein heruntergekommener zweitklassiger Schauspieler."

Javier wartete, bis Frau Ruiz seine Worte übersetzt hatte. Dann machte er eine lange Pause und ließ seine Provokation wirken. Schließlich setzte er die Befragung fort.

„Haben Sie mir nicht eben selbst gesagt, dass das wichtigste Ziel in Ihrem Leben darin besteht, ein seriöser Schauspieler zu werden? Wissen Sie, was ich glaube?“

Herr Esser wich seinem Blick erneut aus.

„Ich glaube, dass Sie für Ihr Ziel über Leichen gehen. Und das meine ich wörtlich. Niemand hatte ein überzeugenderes Motiv, sich Herrn Schmittig zu entledigen, als Sie.“

„Wenn Sie mich so bedrängen, dann drohe ich nicht nur damit, dass ich nichts mehr ohne einen Anwalt sage, wie das letzte Mal, sondern ziehe das durch.“

„Wenn Sie unschuldig sind, wollen Sie, dass der Fall schnell geklärt wird. Aber natürlich, wenn wir Ihnen hier einen Anwalt besorgen sollen, der Deutsch spricht und sich mit spanischem Recht auskennt, dann werden wir das natürlich tun. Sollen wir?“ Javier lächelte der Übersetzerin zu.

„Nun, ähm, ich weiß nicht. Sagen wir mal, ich halte mir diese Möglichkeit offen.“

„Vielleicht versuchen wir es andersherum: Falls Sie es nicht waren, wer hasst Sie dann so sehr, dass er Herrn Schmittig umbringt, sobald er sich weigert, Sie weiterhin zu erpressen?“

„Sie meinen, Tom hat sich in Lebensgefahr gebracht, weil er sich geweigert hat, mich weiterhin zu beleidigen und zu erpressen?“

„Ja.“

„Wenn das der Wahrheit entspricht, dann Hut ab. Respekt.“

„Das kann man so sehen.“ Javier hielt Schmittigs Verhalten für Dummheit. Wenn seine Theorie stimmte, und davon war er nach der Befragung von Klausen überzeugt, dann hatte Schmittig seinen Hintermann falsch eingeschätzt. Klausen hatte ihm irgendwelche verrückten *Träume* eingetrichtert, und Schmittig hatte sein Leben für irgendein diffuses Ehrgefühl geopfert.

„Das muss ich erst mal verdauen. Darf ich gehen?"

„Sie dürfen. Und Sie sollten das Gesagte schnell verdauen. Denn wenn meine Theorie stimmt, dann läuft der Mörder noch immer frei herum. Und dann dürfte er Ihnen noch immer schaden wollen."

Der Schauspieler sprang auf. „Wollen Sie damit andeuten, dass ich in Lebensgefahr bin? Ich fordere Begleitschutz. Ich will zurück nach Deutschland."

„Nein", erwiderte Javier gelassen. „Ich glaube nicht, dass Sie sich in Lebensgefahr befinden. Sie nicht … Von Ihnen will jemand etwas anderes als Ihr Leben. Man erpresst Geld von Ihnen oder hat es erpresst. Außerdem will jemand Ihren Traum zerstören, ein seriöser Künstler zu werden. Wer könnte daran Interesse haben? Wem haben Sie etwas so Schlimmes angetan, dass er Sie abgrundtief hasst? Vielleicht ein

Schauspielerkollege, eine Person, mit deren Gefühlen Sie nicht respektvoll umgegangen sind?"

„Okay. Ich werde darüber nachdenken. Darf ich jetzt gehen?"

Javier nickte. Nachdem sich auch Frau Ruiz verabschiedet hatte, blieb Javier allein im Konferenzraum zurück. Plötzlich fiel ihm noch etwas ein. Eine Idee, der er schon zu Beginn der Ermittlung hatte nachgehen wollen, aber die er, sobald sich die Ereignisse zu überschlagen begannen, schlicht und einfach vergessen hatte. Dabei benötigte er nur ein einziges Telefonat.

Jetzt war es zu spät dafür, aber in den nächsten Tagen
würde er das erledigen.

Kapitel 32

Freitag, den 14. Juni, 10 Uhr

Sandra

Sandra wurde dadurch geweckt, dass ihr Handy klingelte. Wie spät war es denn? Oje, schon 10 Uhr vormittags.

„Ja, bitte?", nahm sie das Telefonat an und versuchte sich nicht anhören zu lassen, dass sie gerade erst aufgewacht war. Sie hatte etwas Unangenehmes geträumt: Sie war in einem Steinbruch gewesen, als sich riesige Steinbrocken lösten und ihr auf den Kopf fielen.

„Hallo, Julia, du bist's." Sandra hatte das Gefühl, ihr Hals wäre zu eng und würde kratzen.

„Hast du mal einen Moment Zeit für mich?"

„Kommt drauf an."

„Sandra, wo bist du überhaupt?"

„In Málaga, warum fragst du?"

„Jörg meint, du müsstest schon längst zurück sein."

„Ja, das hatte ich auch gedacht, aber es ist anscheinend schwierig, einen Platz im Flugzeug zu bekommen."

„Seltsam. Aber sei's drum. Hör mal, ich will ehrlich mit dir sein. Jörg hat mich gefragt, ob ich die Nachforschungen in Málaga an deiner statt übernehmen will."

„Was?" Sandra war mit einem Mal hellwach. Sofort meldete sich ihr Misstrauen. Der nur oberflächlich verdrängte Gedanke, dass es vielleicht Julia gewesen sein könnte, die sie bei Jörg als befangen angeschwärzt hatte, kämpfte sich jetzt mit voller Macht zurück an die Oberfläche.

„Reg dich nicht auf. Das würde ich niemals machen. Ich weiß doch, wie viel dir Spanien bedeutet."

In Sandras Kopf wirbelten die verschiedenen Gefühle durcheinander. Konnte sie Julia glauben? Hatte sie die Befangenheits-Intrige nicht vielleicht doch eingefädelt, um an ihrer Stelle nach Andalusien fliegen zu können? Doch das ergab keinen Sinn. Warum sollte sie das tun? Nicht Julia hatte einen Spanientick, sondern sie. Außerdem war Julia immer ehrlich zu ihr gewesen.

„Wundert dich das, dass ich Jörgs Angebot abgelehnt habe?"

„Nein, aber ..." Sandra hörte auf zu sprechen, bevor sie sich um Kopf und Kragen redete.

„Du hast nicht etwa deinen dubiosen Johannes oder irgendwen anderen, sondern ausgerechnet mich verdächtigt, dich in Misskredit gebracht zu haben?"

„Das tut mir wirklich leid. Weißt du, es erschien mir plausibler ..."

„Schon okay. Jetzt habe ich etwas gut bei dir."

„Ja, das hast du."

„Oh, du kannst mir noch dankbarer sein. Ich bearbeite Jörg die ganze Zeit, mir zu verraten, wer der deutsche Anrufer war, der sich bei ihm über deine Befangenheit beschwert hat."

Sandra schnappte laut nach Luft.

„Und, wer war's?"

„Du weißt es. Denk mal nach.“

„Johannes Fuhrmann.“

„Genau. Das war der Name, den Jörg mir genannt hat. Bitte schön.“

„Danke, Julia.“

„Jetzt sag mir endlich, was war da zwischen dir und diesem Johannes?“

„Er war meine heimliche Jugendliebe.“

„Aha, so etwas hatte ich mir schon gedacht. Verschmähte Liebe tut weh. Das erklärt so einiges.“

„Besonders, wenn man ein junges, unerfahrenes Mädchen mit rosaroten Flausen im Kopf ist.“

„Bittersüß. Darauf trinke ich erst einmal einen Schluck Tee.“

Sandra hörte entsprechende Geräusche und musste lachen.

„So, jetzt geht es mir wieder besser. Süßer Tee ist gut für die Stimmung.“

„Wenn du das sagst ...“

„Zurück zu dem Mord an Thomas Schmittig. Wie ist der Stand der Dinge, der Panik-Level der Reisegruppe?“

„Viel Neues kann ich dir nicht erzählen. Javier und ich sprechen so gut wie nicht mehr miteinander. Ich war noch mal im Palmen-Hotel und glaube, dass der Panik-Level unter Kontrolle ist. Frau Meyer hat zumindest nicht noch einmal einen nächtlichen Notruf abgesetzt. Aber jetzt fällt mir gerade etwas anderes ein.“

„Schieß los.“

„Es hängt mit meinem Traum zusammen. Ein Albtraum.“

„Nicht schön.“

„Nein, aber er hat mich auf eine gute Idee gebracht. Hätte ich schon längst draufkommen können."

„Auf was denn?"

„Als Javier und ich Herrn Esser das erste Mal verhört haben, ist ein Stein durch das Fenster von Javiers Büro geflogen."

„Ich erinnere mich. Die spanischen Polizisten sind erst ganz spät nach draußen gerannt, haben dann niemanden mehr gesehen."

„Genau. Wir sind damals davon ausgegangen, dass der Mörder zur Reisegruppe gehört. Aber alle Teilnehmenden konnten für die Zeit des Steinwurfs ein Alibi nachweisen. Von daher sind wir dem Vorfall damals nicht weiter nachgegangen. Mittlerweile bin ich überzeugt davon, dass die Person, die den Stein geworfen hat, der Hintermann, also unser Mörder sein könnte. Wir müssen nach jemandem außerhalb der Reisegruppe Ausschau halten!"

„Falls es nur einen Hintermann gibt und nicht noch weitere Komplizen mit im Spiel sind."

„Nee, das glaube ich nicht. Ich gehe davon aus, dass es nur eine Person gibt, die Herrn Schmittig als Erpresser benutzt hat. Wäre es eine große Sache, wären Profis engagiert worden."

„Da sind wir uns einig: Thomas Schmittig war kein hoch bezahlter Spezialist für Erpressungen."

Sandra hörte, wie Julia einen weiteren Schluck Tee nahm.

„Ich glaube, wir müssen den Radius vergrößern. Ich glaube, der Täter ist jemand aus Deutschland. Du solltest das Umfeld von Schmittig und Esser noch einmal genauer unter die Lupe nehmen. Da muss es eine Verbindung geben.“

„Zwischen den beiden Familien?“

„Ja.“

„Okay, mache ich. Und du, lass dir Zeit mit dem Rückflug. Ich will dich hier so schnell nicht wiedersehen.“

„Da habe ich leider keinen Einfluss drauf. Danke aber für die guten Wünsche. Und überhaupt wollte ich mich noch einmal ganz herzlich für deine Unterstützung bedanken, Julia.“

„Ach, schon gut.“

„Nein, nein, ich meine es ernst. Du kannst dir nicht vorstellen, wie viel mir deine Loyalität bedeutet.“

„Ist doch klar, dass wir Polizistinnen zusammenhalten. Unser Beruf ist an sich schon herausfordernd genug.“

„Da gebe ich dir recht. Bis bald, Julia.“

„Adiós, und grüß mir deinen Ja-Ja-Javier.“

Kapitel 33

Freitag, den 14. Juni, 14 Uhr

Javier

Javier ging wie immer in sein Stammrestaurant. Er schaute den Leuten auf der Straße zu und erinnerte sich daran, wie er mit Sandra gewettet hatte. Er vermisste sie und ihre ungewöhnliche Art, die Ermittlung voranzutreiben. Er musste Frau Díaz überzeugen, dass er die scharfsinnige Deutsche brauchte, um den Fall zu lösen, bevor es zu einem weiteren Mord käme. Er würde sie mit ihrem eigenen Argument schlagen: Je größer und diverser das Team wäre, umso schneller kämen sie voran.

Voller Tatkraft rief Javier erneut im Büro der Staatsanwältin an.

„Nein, Frau Díaz ist leider nicht zu sprechen. Soll ich ihr etwas ausrichten?"

Er hinterließ seine Nummer und bat um einen baldigen Rückruf. Er hatte das Problem falsch eingeschätzt. Es ging nicht darum, die Staatsanwältin zu überzeugen. Die eigentliche Hürde bestand darin, überhaupt in Kontakt mit ihr zu treten. Frau Díaz schirmte sich sehr geschickt ab. Nervenaufreibend geschickt.

Unnötig zu sagen, dass Frau Díaz auch nicht zu sprechen war, als Javier sie eine Stunde später noch einmal zu erreichen versuchte. Diesmal war die Staatsanwältin angeblich außer Haus unterwegs. Normalerweise ließ sich Javier durch so ein Hinhalten schnell mürbe machen, doch diesmal fiel es ihm leicht, dranzubleiben. Es hing vermutlich damit zusammen, dass es nicht um ihn selbst ging, sondern dass er sich für jemand anders einsetzte. Insofern konnte er das Ignoriert-Werden über sich ergehen lassen, ohne es als Kränkung zu empfinden.

Als Frau Díaz sich zwei Stunden später immer noch nicht gemeldet hatte, änderte Javier seine Strategie. Die Señora wollte nicht mit ihm telefonieren, dann würde sie stattdessen eine Mail bekommen. Doch würde sie seine Nachricht überhaupt lesen?

Plötzlich hatte er einen Geistesblitz: die Paparazzi-Reporterin! Nicht, dass er vorhatte, sie tatsächlich auf das Thema anzusetzen, denn natürlich wollte er Sandra nicht schaden. Insofern würde er auf gar keinen Fall riskieren, dass ihr Name in den lokalen Zeitungen Erwähnung fand ... Aber etwas zu tun oder nur damit zu drohen, war ein großer Unterschied.

Betreff: Warnung Skandal-Presse

Sehr geehrte Frau Staatsanwältin Díaz,
durch meine Kontakte zur Presse im Zusammenhang mit
dem Mord an Thomas Schmittig (vgl. unautorisiertes Foto
in El Chorro) habe ich erfahren, dass ein diffamierender
Artikel über die „Zwangsausweisung" meiner deutschen

*Kollegin, der Oberkommissarin Sandra König, kurz vor
der Veröffentlichung steht.*

*In dem geplanten Artikel wird ein Bedrohungs-Szenario
geschaffen und behauptet, dass ein Todesfall einen weiteren nach sich ziehen könnte. Die spanische Polizei würde
angeblich die Anzahl der Ermittler nicht erhöhen, sondern
reduzieren. Es wird appelliert, alles zu tun, um einen weiteren Mord zu verhindern.*

*Damit das Ansehen der Polizei nicht beschädigt wird,
halte ich es für unabdingbar, der Sensationspresse zuvor-
zukommen und Sandra König weiter hier vor Ort im
Mordfall ermitteln zu lassen. Das untermauert unsere bi-
nationale Zusammenarbeit mit der deutschen Polizei, de-
eskaliert die angespannte Stimmung in der Reisegruppe
und hilft uns, weitere potenzielle Todesfälle zu verhindern.
Über allen bürokratischen Bedenken sollte die konsequente
und zügige Investigation stehen. Denn im Grunde genommen wollen wir alle dasselbe: die möglichst schnelle Lösung des Mordfalls.*

*Mit freundlichen Grüßen
Javier Sánchez
Comisario Principal*

Klick, und die E-Mail war weg.

Zwanzig Minuten später bat die Staatsanwältin Javier zu sich. Ihr Gespräch dauerte nur ein paar Minuten. Dann nahm sie den Telefonhörer zur Hand und
rief Sandras Vorgesetzten in Köln an und wechselte ins
Englische. Javier ließ sich nicht anmerken, dass er versuchte, die Ohren zu spitzen, und tat so, als würde er
interessiert aus dem Fenster blicken. Frau Díaz machte

Sandras Vorgesetztem anscheinend deutlich, wie wichtig sie für die Lösung des Falles und als Mittlerin zwischen der Reisegruppe und der spanischen Polizei wäre. Etwas leiser fügte die Staatsanwältin hinzu, dass der Mord schon genug Staub aufgewirbelt habe und dass das weder im Sinne Deutschlands noch im Sinne Spaniens wäre. Javier verstand viele Wörter nicht, aber die Gesamtbotschaft konnte er anhand von Schlüsselbegriffen und vor allem durch die Dringlichkeit des Tonfalls problemlos verstehen.

Irgendwann hörte er, dass das Telefonat sich dem Ende näherte und anscheinend nur noch Höflichkeiten ausgetauscht wurden. Es hörte sich vielversprechend an. Und tatsächlich schenkte Frau Díaz ihm ein breites Lächeln, als sie den Hörer auflegte.

„Ihre Kollegin kann bleiben. Wollen Sie es ihr mitteilen?"

Javier grunzte ein schnelles „Sí" und drehte sich um, damit sie seine Freude über seinen Erfolg nicht so offensichtlich sehen konnte. Er verabschiedete sich und wollte gerade die Bürotür öffnen, als die Staatsanwältin ihn noch einmal zurückrief.

„Herr *Comisario Principal* Sánchez, was ich Ihnen noch sagen wollte: Die deutsche Kollegin kann sehr froh sein, dass sie mit einem Kollegen wie Ihnen zusammenarbeitet."

Javier drehte sich zu ihr hin, überlegte, ob er etwas erwidern sollte. Etwa eine bissige Bemerkung darüber, wie sie ihn vor seinen Mitarbeitern abgekanzelt hatte. Doch er bemerkte, dass der Drang, sich darüber aufzuregen, deutlich nachgelassen hatte. Er sah die Staatsanwältin lediglich abschätzig an, bedankte sich und verließ ihr Büro

Kapitel 34

Freitag, den 14. Juni, 18 Uhr

Sandra

Seit Sandra nicht weiter offiziell im Fall ermitteln konnte, verbrachte sie so viel Zeit wie möglich am Meer. Sie bummelte die mondäne Uferpromenade entlang und dachte an Julia. Wenn sie nach Köln zurückkehren musste, dann hätte das zumindest den Pluspunkt, wieder mit Julia zusammenarbeiten zu können. Darauf freute sie sich. Zumal sie das Gefühl hatte, dass sich, seit sie sich in Málaga aufhielt, eine Freundschaft zwischen ihnen entwickelte. Julia konnte gut zuhören, und Sandra fühlte sich inklusive all ihrer Marotten verstanden. Außerdem gefiel ihr Julias Sinn für Humor. Na ja, auf die kindischen Witze über die Aussprache von Javiers Namen konnte sie schon verzichten. Sandra spürte, wie sich ein Lächeln auf ihre Lippen legte. Ja-Ja-Javier. Zu albern.

Sandra verdrängte die Schwere und Niedergeschlagenheit der letzten Tage und versuchte sich stattdessen bewusst an der salzigen Luft und der warmen Sonne zu erfreuen. Melancholisch gestimmt machte sie sich anschließend auf den Rückweg zu ihrer Pension.

„Sandra!“

Auf dem Sessel neben der Empfangstheke saß Javier.

„Hallo“, begrüßte sie ihn verwundert. „Was machst du denn hier?“

„Ich muss mit dir sprechen.“

Sofort verdüsterte sich ihr Gesicht. „Auf meinem Zimmer?“ Javier nickte, und sie fuhren schweigend nach oben. Sandra kostete es viel Kraft, sich zu beherrschen. Das war es wohl gewesen mit Málaga. Gleich würde der *Comisario Principal* ihr das Rückflugticket aushändigen und sich von ihr verabschieden. Immerhin hatte sie noch einen wunderbaren letzten Tag im Süden verbracht. Sie öffnete ihr Zimmer mit der Schlüsselkarte und bat ihn hinein. Ihr Kollege starrte als Erstes auf die halb leere Rotweinflasche, die noch vom Vortag auf ihrem Nachttisch stand. Konnte ihm doch egal sein. Sandra sah ihm trotzig ins Gesicht.

„Darf ich wohl das Fenster öffnen?“

„Tu, was du nicht lassen kannst. Was gibt's?“ Sie überlegte, ob sie ihm einen Platz anbieten sollte. Doch diese Überlegung war überflüssig, denn Javier machte, nachdem er die Dachluke aufgerissen hatte, bereits Anstalten, sich auch ohne Aufforderung auf dem Sessel niederzulassen.

Sandra sah ihn fragend an.

„Ich habe gute Neuigkeiten für dich.“

„Ach ja?“

„Habe heute der Staatsanwältin einen Besuch abgestattet.“

„Schön für dich.“

„Sandra, du kannst bleiben.“

„Was sagst du da?“

„Ich konnte die Staatsanwältin überzeugen, dass wir dich nicht entbehren können."

„Was?" Sandra war fassungslos. „Ich glaub's nicht!" Sie setzte sich auf ihr vom Hotelpersonal frisch gemachtes Bett.

„Wie hast du denn das gemacht?"

Ihr Kollege grinste. „Man hat da so seine Erfahrungen."

Sandra starrte ihn an, doch da kam nichts mehr.

„Du hast dich für mich eingesetzt?"

„Was denkst du denn. Natürlich!"

„Danke." Sie schwieg einen Moment. „Ich habe so sehr gehofft, dass ich aus irgendeinem Grund doch nicht von dem Fall abgezogen werden würde. Ich, ich weiß nicht, was ich sagen soll." Sandra stand schnell auf und wandte sich ab, bevor sie sentimental wurde.

„Darf ich dich auf ein Glas Wein einladen?"

„Gern."

Eine halbe Stunde später saßen sie auf der Außenterrasse einer Kneipe vor einem Schälchen Nüsse. Javier trank ein Bier und Sandra einen Eistee, da sie einen klaren Kopf behalten wollte.

„Sandra, darf ich dich etwas fragen?"

„Was denn?"

„Was war das denn für eine Geschichte mit Johannes Fuhrmann und dir?"

„Hmm, um dir das zu erklären, muss ich etwas länger ausholen."

„Mach das ruhig. Ich habe Zeit. Aber vorher bestelle ich mir noch ein Bier."

Als das Bier kam, nahm Javier einen kräftigen Schluck.

„Es geht doch nichts über ein schmackhaftes Lager-Bier. Und unser *Victoria* ist das Beste. Und nun schieß los." Sandra erinnerte sich vage, dass es sich bei besagter Marke um eine lokale Bierbrauerei handelte.

„Na denn, lass es dir schmecken."

Javier nickte und sah sie auffordernd an. „Erzähl schon!"

„Wie soll ich anfangen? Ich wollte schon immer zur Polizei. Ich finde es wichtig, für Gerechtigkeit einzutreten. Doch in meiner Familie konnte das niemand verstehen. Meine Eltern hatten immer nur Augen für meinen älteren Bruder Robert, der ein Überflieger war. Er kassierte, ohne sich anzustrengen, die besten Schulnoten. Ich finde, dass ihm das nicht gutgetan hat. Er wurde schnell arrogant und machte immer so ironische Kommentare. Außer mir schien das niemanden zu stören. Ganz im Gegenteil. Für jeden gehässigen Witz erntete er zuverlässig anerkennendes Gelächter."

„Das Phänomen kenne ich. Die Menschen haben Angst vor einem Spötter wie ihm und versuchen ihn zu umgarnen, damit sie nicht selbst zur Zielscheibe seiner Sprüche werden."

Sandra überlegte einen Moment. „Da könntest du recht haben. Auf jeden Fall hat mir Roberts Art nie gefallen. Ich bin anders gestrickt, möchte anderen helfen und Unheil abwenden."

„Lass uns darauf trinken." Es ertönte ein lautes *Rrrrring*, als sie ihre Gläser aneinanderstießen.

„Weißt du, für meine Eltern geht Bildung über alles. Als ich ihnen meinen Berufswunsch mitgeteilt habe, sah ich ihnen sofort an, wie enttäuscht sie waren. Diskret, wie sie sind, haben sie ihre Bedenken nicht direkt geäußert. Ich konnte ihre Skepsis aber überdeutlich aus ihrem Tonfall heraushören, als sie mich fragten, ob ich mir das auch gut überlegt habe."

„Ich finde, sie können sehr stolz auf ihre Tochter sein."

„Danke dir, Javier. Heute sehe ich das auch anders, aber damals war ich noch sehr jung und unerfahren. Als Robert seinen achtzehnten Geburtstag feierte, war ich sechzehn Jahre alt. Zu der Feier kam auch mein heimlicher Schwarm, Johannes. Er hatte damals noch einen anderen Nachnamen. Die Jungs tranken Alkohol und rissen permanent alberne Witze. Kurz nach Mitternacht passierte es dann. Raffiniert stellte Johannes mir eine Falle und demütigte mich öffentlich."

„Wie das?"

„Er führte mich vor, indem er mir als kleiner Schwester vor der versammelten Geburtstagsgesellschaft scheinbar einfühlsame Fragen stellte und sich anschließend über meine Antworten lustig machte." Sandra schluckte. Es fiel ihr noch immer schwer, darüber zu reden.

„Er machte Bemerkungen in der Art von ‚Die kleine einfältige Sandra will die Welt retten, indem sie den bösen Räuber Hotzenplotz hinter Gitter bringt'."

Sandra suchte nach den passenden spanischen Vokabeln, um Javier einen Eindruck davon zu vermitteln, welches Niveau Johannes' idiotische Sprüche hatten. „Eigentlich einfach nur albern, das Ganze. Aber ich bewunderte Johannes und hatte mir eingebildet, er fände mich ebenfalls nett oder hätte tatsächlich ein ernsteres Interesse an mir. Romantisches Interesse, meine ich." Sandra merkte, wie ihr die Röte in die Wangen stieg.

Javier nahm einen Schluck Bier und nickte. „So ist das mit den ersten Schwärmereien."

Nachdem Sandra zu Ende erzählt hatte, nahm sie eine Handvoll Nüsse.

„Was für eine blöde Geschichte", sagte sie und lachte gezwungen.

„Saublöd, da gebe ich dir recht, aber in dem Alter ist man sehr verletzlich. Nun, was soll ich sagen? Ich liebe meinen Beruf. Basta."

Sandra rief den Kellner und zahlte.

Innerlich wusste sie, dass sie ebenfalls zufrieden mit ihrem Beruf war. Sie wollte ihren Teil dazu beitragen, um das Zusammenleben für alle gerechter zu machen. Das war, was zählte. Sandra sah Javier an und hatte das Gefühl, als würde sich ein Knoten lösen. Doch der *Comisario Principal* war noch nicht fertig mit seinen Ausführungen.

„In Bezug auf Thomas Schmittig ist mir zudem ebenfalls klar geworden, wie wertvoll eine behütete Kindheit ist. Oder andersherum gesagt: Schmittig hatte keine zuverlässige Bezugsperson, wurde hauptsächlich von irgendwelchen Kriminellen beeinflusst. Frank Klausen war vermutlich einer der wenigen Menschen, die es tatsächlich gut mit ihm meinten, wie immer das auch ausgegangen sein mag. Und deine Eltern ... Sie haben es vielleicht nicht richtig angestellt, konnten das aus irgendwelchen Gründen nicht, aber wie du sie mir schilderst, haben sie dennoch versucht, dir ein sicheres Zuhause zu geben. Geh nicht so hart mit ihnen ins Gericht."

Sandra lag schon ein „Aber" auf der Zunge, doch statt ihm zu widersprechen, beschloss sie, zu schweigen. Sie blieben noch einen Moment sitzen und hingen ihren Gedanken nach. In der näheren Umgebung hatte ein Straßenmusiker begonnen, einen Popsong zu spielen. Nach zwei Liedern unterbrach Sandra die melancholische Stimmung.

„Javier, was ganz anderes. Ich habe mir viele Gedanken über unseren Fall gemacht. Ich glaube, wir müssen uns mehr die Leute aus der zweiten Reihe anschauen."

Beide standen auf.

„Komm, ich begleite dich noch zurück zum Hotel."

„Musst du nicht."

„Keine Widerrede. Auf dem Weg kannst du mir genauer erklären, was du mit *den ‚Leuten aus der zweiten Reihe'* meinst."

„Diese Tamara Meyer zum Beispiel. Ihr Verhalten ist doch mehr als auffällig. Ich glaube, sie weiß etwas. Aber ich weiß noch nicht, was. Und genau das müssen wir herausfinden. Wovor hat sie so große Angst?"

„Gute Idee. Ich habe sie auch schon verdächtigt. Klar, mit ihrer Herzschwäche ist sie besonders vorsichtig, aber ich empfinde sie als überängstlich. Da stimmt doch etwas nicht. Und jetzt, wo du wieder da bist, solltest du auch noch einmal genauer mit Frau Kramer, der Krankenschwester, reden. Ich glaube, sie schwärmt für den Schauspieler und hätte damit ein Tatmotiv."

„Okay, kann ich machen. Warum muss das nur alles so kompliziert sein?"

„Hör zu, in deiner Abwesenheit hat sich einiges getan. Ich glaube, wir stehen kurz vor dem Durchbruch."

„Glaubst du das wirklich, oder willst du mich nur bei Laune halten?"

Javier berichtete ihr von den Ergebnissen der Gruppenbefragung. „Nein, nein. Ernsthaft. Manuel Esser wurde von Schmittig unter Druck gesetzt. Doch Schmittig handelte vermutlich nicht aus freien Stücken, sondern wurde als Instrument benutzt. Von wem und warum, wissen wir noch nicht. Vielleicht hatte jemand etwas gegen ihn in der Hand, oder er war einem alten Bekannten aus der Knastzeit verpflichtet oder bekam Geld oder, oder, oder.“

Sandra sah ihn an. „Ich habe Julia, meine Kollegin in Köln, um einen gründlichen Background-Check gebeten. Sie soll vor allem versuchen herauszufinden, welche Verbindung zwischen Manuel Esser und Thomas Schmittig besteht.“

„Sehr gut, Sandra. Genau diese Information fehlt uns. Was ich aber in meinen Verhören bereits herausbekommen habe, ist, dass sich Schmittig dem Rhetoriktrainer anvertraut hat.“

„Ach ja?“ Sandra beugte sich interessiert nach vorn.

„Klausen behauptet, dass dabei keine Namen gefallen seien, und ich glaube ihm sogar. Jedenfalls hat Herr Klausen Thomas Schmittig wohl dazu geraten, auszusteigen.“

„Wie das?“

„Herr Schmittig wollte sein Leben umkrempeln und die Erpressergeschichte hinter sich lassen. Frank Klausen hatte Tomás nach eigener Aussage ordentlich ins Gewissen geredet, sagte so etwas wie, er solle sich nicht weiter benutzen lassen, sondern stattdessen ein neues Leben anfangen. Klausen war anscheinend dabei, ihm eine Ausbildungsstelle als Handwerker zu besorgen. Und diese Wendung der Geschehnisse hat, wie man leicht verstehen kann, dem eigentlichen Drahtzieher ganz und gar nicht gefallen.“

„Hm, deine Theorie würde auch erklären, warum Schmittig kurz vor seinem Tod noch einmal nach Frank gefragt hat. Nicht, um einen letzten Hinweis auf seinen Mörder zu geben, sondern weil er seinen Mentor an seiner Seite wissen wollte.“

„Das glaube ich auch. Klausen war eine Art Vaterfigur für Schmittig!“

„Und Schmittig wurde deswegen umgebracht, weil er Klausens Vorschläge angenommen hat?“

„Genau so sehe ich das. Ja.“

„Gratuliere. Da hast du einiges herausgefunden.“

„Stimmt, aber noch nicht genug.“

Sandra nickte. „Ja. Wir müssen neue Wege gehen. Irgendetwas haben wir übersehen. Am besten arrangieren wir gleich für morgen weitere Verhöre.“

„Ich werde Sofía darum bitten.“

Etwas später verabschiedete sich Sandra von Javier.

„Ich bin so erleichtert, dass ich hierbleiben kann, bis der Fall gelöst ist.“

„Darüber bin ich ebenfalls froh.“

„Danke auch für den schönen Abend.“

„Gern geschehen. Danke auch für das Bier, das du mir ausgegeben hast.“

„Bitte sehr.“

Wir sehen uns dann morgen Mittag im Palmen-Hotel.“

„Ganz genau. Und dann stellen wir erst die Aussagen von Frau Kramer und anschließend die von Frau Meyer auf den Prüfstand.“

„So machen wir das." Javier verabschiedete sich mit Küsschen von ihr. Bevor sie ins Bett ging, rief Sandra noch einmal Julia an. Ihre Kollegin ging sofort ans Handy.

„Hallo, Sandra. Ich habe schon gehört, dass du die Frau vor Ort bleibst. Glückwunsch."

„Danke. Ich kann es noch nicht fassen. Aber anscheinend hat sich mein Chef, Javier, für mich eingesetzt. Javier, ausgerechnet ..."

„Sag mal, kann das sein, dass du eine grottige Menschenkenntnis hast?"

„Kann schon sein. Ich weiß auch nicht."

Julia lachte am anderen Ende der Leitung, und auch Sandra musste grinsen. Dann wurde ihre Kollegin wieder ernst.

„Rufst du nur an, um mir diese gute Nachricht mitzuteilen, oder kann ich euch bei der Ermittlung weiterhelfen?"

„Es wäre super, wenn du uns weiterhin unterstützen würdest. Wir bräuchten noch einen Background-Check zu dem Schauspieler und gern noch etwas mehr zu dem Opfer. Schwerpunkt: Wer waren mögliche Feinde, und was für ein potenzielles Druckmittel gab es, um Schmittig zu den Erpresserbriefen zu zwingen?"

„In Ordnung, mache ich. Ist dir im Übrigen schon aufgefallen, dass du gerade von ‚wir' gesprochen hast?"

Sandra dachte einen Moment nach. Nein, das war ihr nicht aufgefallen, aber Julia hatte recht. Da hatte sich etwas bei ihr geändert.

„Ach, weißt du, Julia ...“ Sie seufzte laut auf. „Wenn ich es mir recht überlege, bin ich unglaublich dankbar dafür, dass ich hierbleiben kann. Es ist so schön hier. Andalusien ist großartig.“

„Ich habe schon befürchtet, du wärst für alle Ewigkeiten der Barcelona-Fraktion verfallen.“

Mit einem Mal wurde Sandra bewusst, dass sie schon lange nicht mehr an Barcelona, die Costa Brava oder Giancarlo gedacht hatte. Sie verabschiedete sich herzlich von Julia und stellte erstaunt fest, wie gut es ihr ging. Wer hätte geahnt, dass sich das Blatt noch einmal wenden würde. Bevor sie einschlief, dankte sie Javier im Geiste für das, was er für sie getan hatte.

Kapitel 35

Samstag, den 15. Juni, 9 Uhr

Javier

Javier stellte die silberne Kaffeekanne auf den Herd und dachte über den Abend mit Sandra nach. Ihr Strahlen, nachdem er ihr gesagt hatte, dass sie in Málaga bleiben konnte. Die komplizierte Familiengeschichte, die sie ihm anvertraut hatte. Der Kaffee blubberte, und die Küche füllte sich mit seinem wunderbaren Duft. Javier schäumte die aufgewärmte Milch und setzte sich an seinen kleinen Tisch. Er tunkte einen Muffin in das heiße Getränk und dachte über seine eigene Familiengeschichte nach. Plötzlich kam ihm der Gedanke, dass er, nachdem seine Mail an die Staatsanwältin so erfolgreich gewesen war, dieselbe Technik vielleicht auch bei seiner Tochter anwenden könnte. Er dachte an das Abendessen bei Inma und ihren Rat, mit seiner Tochter über die Verletzungen zu sprechen, die Anas Mutter ihm zugefügt hatte. Doch es schien ihm unmöglich, seine Tochter in seine Auseinandersetzungen mit Carmen einzuweihen. Zumindest nicht von Angesicht zu Angesicht. Aber vielleicht würde es ihm gelingen, das Unaussprechbare auf Papier zu bannen. Nein, nicht als

Mail, das wäre viel zu stillos. Er würde einen handgeschriebenen Brief verfassen.

Bevor Javier es sich anders überlegen konnte, nahm er Papier und Stift zur Hand.

Liebe Ana,

Javier stand auf und kochte sich einen weiteren Becher Kaffee. Dann setzte er sich wieder vor das leere Blatt und starrte es an. Sein Kopf war viel zu voll, um etwas zu Papier bringen zu können: die E-Mail an die Staatsanwältin, der lange Prozess, den er durchlaufen hatte, bis er den Schauspieler mit anderen Augen sehen konnte. Anfangs war Manuel Esser der Prototyp eines Künstlers für ihn gewesen. Mehr oder weniger identisch mit dem Mann, der ihm seine Frau ausgespannt hatte.

Viel zu spät hatte er seine Voreingenommenheit hinterfragt und sich bemüht, objektiv zu bleiben. Javier fand es im Nachhinein peinlich, sich eingestehen zu müssen, dass er ähnlich befangen wie Sandra gewesen war. Aber, so schränkte er dann nach einigen Minuten des Nachdenkens ein, das war auch bis zu einem bestimmten Grad normal. Sandra und er waren beide nur Menschen und dementsprechend Träger von Vorurteilen. Das Wichtige war, sich dessen bewusst zu werden.

Nach diesem Eingeständnis der eigenen Unvollkommenheit war es Javier möglich, Ana auf dem schriftlichen Weg einige auch für sie wichtige Hintergrundinformationen über seine und Carmens Ehe mitzuteilen. Der *Comisario Principal* gab sich einen Ruck und schrieb den erstbesten Satz auf, der ihm einfiel.

Wie geht es dir?

Diese Floskel reichte schon aus, um die Blockade zu lösen. Javier fing an zu schreiben, und schon flossen all die ungesagten Wörter, die er so lange unterdrückt hatte, aus ihm heraus.

Ich möchte dir ein bisschen von dem Fall erzählen, an dem ich gerade sitze. Kurz zusammengefasst geht es darum, dass ein Schauspieler von einem Mann erpresst worden ist. Bei den Ermittlungen habe ich bemerkt, wie voreingenommen ich gegenüber dem Schauspieler war. Du musst wissen, dass es sich dabei um einen ausgesprochen charismatischen Mann handelt.

Und dann enthüllte Javier, dass Carmen und er sich kurz vor dem Autounfall heftig gestritten hatten, da Anas Mutter mit einem Künstler ein neues Leben beginnen wollte. Javier versuchte seiner Tochter zu erklären, wie sehr es ihn damals verletzt hatte, dass Carmen ihn, den zuverlässigen Polizisten, für einen malenden Künstler verlassen wollte. Er beschrieb Ana, dass er das als einen Angriff auf seine Persönlichkeit verstanden hatte und das Gefühl hatte, Carmen stelle ihn von Grund auf infrage.

Mittlerweile sehe ich das Ganze selbstverständlich anders. Heute verstehe ich deine Mutter und kann es nicht mehr nachvollziehen, dass ich mein Leben damals lediglich auf meinen Beruf reduziert hatte. Zum Glück hast du, liebe Ana, mich aus diesem Hamsterrad herausgeholt. Du bist das Beste, was mir in meinem Leben passiert ist. Das größte Geschenk, das Carmen mir hat machen können.

Javier schrieb noch einiges mehr, dann legte er den Stift nieder.

Das Verfassen des Briefes war schmerzhaft. Er wusste, warum er sich jahrelang verboten hatte, an A-nas Mutter zu denken. Sobald das Bild seiner Ex vor seinem inneren Auge erschien, hatte er mental ein großes rotes Stoppschild vor ihrem Gesicht aufgestellt. Doch dieses Stoppschild hatte sich im Laufe der Zeit ver-selbstständigt und stand schließlich auch zwischen ihm und seiner Tochter.

Er würde es definitiv irgendwann abreißen müssen. Aber noch war es nicht so weit. Noch war er zu dünn-häutig.

Javier nahm den Brief an seine Tochter und zerriss ihn.

Er schaute auf die Uhr. Zeit, sich für die Befragung von Nina Kramer und Tamara Meyer zurechtzuma-chen.

Kapitel 36

Samstag, den 15. Juni, 9.45 Uhr

Sandra

Nach einem ausgiebigen Frühstück im Hotel erreichte Sandra überpünktlich die Polizeidienststelle. Javier und sie hatten sich zu einer Strategiebesprechung verabredet, bevor sie sich zusammen auf den Weg zu den beiden Verhören im Palmen-Hotel machen wollten. Sandra hatte darüber hinaus beschlossen, noch ein wenig früher zu starten, um sich vorab bei ihren spanischen Kolleginnen und Kollegen zurückzumelden. Je näher sie der Dienststelle kam, umso langsamer wurden ihre Schritte. Sie konnte da gleich nicht einfach hineinspazieren. Alle würden Bescheid wissen, dass sie eigentlich wieder in Köln hätte sein sollen ...

Die Tür sprang auf, und heraus kam Sofía, die Sekretärin. Sie sah Sandra und begrüßte sie temperamentvoll mit zwei Küsschen auf jeder Wange. „Schön, dass du wieder bei uns bist. Javier wartet schon auf dich."

Mit so einer herzlichen Begrüßung hatte Sandra nicht gerechnet. Erfreut ging sie den Gang entlang, der sie zu Javiers Büro brachte. „Guten Morgen, Frau Oberkommissarin", hörte sie einen Polizisten, der an ihr vorbeiging, sagen. „Hallo, Frau König", wurde sie von einer weiteren freundlichen Stimme begrüßt, bevor sie an Javiers Bürotür klopfte.

„Herein!"

Javier lächelte ihr zu. „Da bist du ja wieder. Guten Morgen, Sandra. Lass uns gleich loslegen." Er wies auf einen Stuhl, der sich gegenüber von seinem Platz befand. „Was müssen wir noch vor den Verhören im Palmen-Hotel klären?", fragte er sachlich.

„Eigentlich nichts", antwortete sie ihm.

„Okay, umso besser. Ich wollte dich nur schon einmal vorwarnen, dass ich plane, dich gleich immer wieder mal mit den Zeugen allein zu lassen. Aus strategischen Gründen. Ich glaube, dass sie dir in meiner Abwesenheit mehr erzählen werden."

„Du meinst, so von *Frau zu Frau* ...?"

„Genau, und vor allem von deutscher Frau zu deutscher Frau. Sprich: ohne Übersetzung ins Spanische für den seltsamen, fremden Polizisten." Javier lachte.

„Ich weiß nicht, ob das alles eine so große Rolle spielt, wie du glaubst", merkte Sandra vorsichtig an. „Aber wir können es gern ausprobieren."

Wenig später machten sie sich zusammen auf den Weg zum Palmen-Hotel. An der Rezeption entschuldigte sich Javier. Sandra sah, wie er in seiner Tasche nach Zigaretten suchte und sich mit der Packung in der Hand in den Eingangsbereich des Hotels stellte. Hatte er Schmacht, oder war das bereits der erste Teil seiner neuen Strategie?

Sandra bat eine Angestellte, sie schon einmal allein mit dem Fahrstuhl zu der Dachterrasse hochzufahren. Schon als sie ausstieg, sah sie, dass Nina Kramer an der

Brüstung stand und sich, wie verabredet, für die Befragung bereithielt.

Weder das Hotelpersonal noch die Reisegruppe hatten anscheinend jemals erfahren, dass Sandra zurück nach Köln hatte gehen sollen. Zum Glück! Javier war augenscheinlich die ganze Zeit davon ausgegangen, dass er es hinbekommen würde, sie wieder zurückzuholen. *Gracias*, dachte Sandra.

Die Krankenschwester hielt ihr Gesicht in die Sonne und genoss offensichtlich die Wärme. Sandra hingegen war es zu heiß. Sie hielt Ausschau nach einem Platz im Schatten.

„Hallo, Frau Kramer. Wie schön, dass Sie es einrichten konnten, zu unserem Treffen zu kommen." *Immer schön tiefstapeln und das bedrohliche Wort „Verhör" weiträumig umschiffen*, dachte Sandra.

„Hallo, Frau König. Lange nicht gesehen."

Sandra ging nicht darauf ein. Es war geschickter, sich bedeckt zu halten.

„Macht es Ihnen etwas aus, wenn wir uns an den Tisch neben der Tür in den Schatten setzen?"

„Gern", sagte Frau Kramer und folgte Sandra.

Sandra bestellte einen Milchkaffee. Frau Kramer nahm nichts.

„Und, wie gefällt Ihnen die Reise?"

„Was ist das für eine seltsame Frage? Der Anfang war aufschlussreich, aber jetzt ist es keine Studienreise mehr, sondern eine regelrechte Verbrecherjagd."

Einen Moment später hielt Frau Krämer sich nicht mehr mit Höflichkeiten auf, sondern legte los.

„Und nein, die Reise gefällt mir überhaupt nicht. Ich habe Angst. Ich mache mir große Sorgen um unsere persönliche Sicherheit, Frau König. Einer von uns ist schon tot, verstehen Sie?"

Touchée, dachte Sandra. Ihr Versuch, Small Talk zu machen, war nach hinten losgegangen. Wie sollte sie es jetzt bewerkstelligen, Nina Kramers Vertrauen zurückzugewinnen? Denn das benötigte sie, wenn sie herausfinden wollte, ob Javier richtig mit seiner Vermutung lag, dass die Krankenschwester für Manuel Esser schwärmte.

„Immer mit der Ruhe. Bald wird der Mord aufgeklärt sein."

Sandra merkte, wie Nina Kramer bei dem Wort „Mord" zusammenzuckte.

„Ich habe gehört, dass Manuel erpresst wurde."

„Das ist korrekt."

„Von Tom."

„Richtig."

„Ich kann das gar nicht glauben. Sie schienen sich zu mögen, und Manuel ist so ein toller ... wie soll ich sagen? ... so ein wertvoller Mensch, und er hat so viel Talent, als Schauspieler, meine ich ..."

Sie wurde über und über rot. Sandra schaute schnell weg. Javier schien mit seiner Vermutung wieder einmal richtiggelegen zu haben.

Ein Kellner brachte ihr den Milchkaffee. Er war sehr schwach. Touristen-Plörre.

„Sie mögen Herrn Esser?"

Nina Kramer bewegte sich so abrupt, dass Sandras Milchkaffee überschwappte. Sandra rettete schnell die Zuckertütchen und stellte überrascht fest, dass Frau Kramer das kleine Malheur gar nicht mitbekommen hatte.

„Ja, natürlich. Wir alle mögen ihn."

„Wirklich? Herr Schmittig mochte Herrn Esser nicht. Und bei Ihnen sehe ich, dass Sie erröten. Mir scheint, das ist nicht nur auf die Sonne zurückzuführen?"

Sandra hoffte, dass ihr Lächeln so etwas wie Frauensolidarität signalisierte. Als Frau Kramer zögerte, legte sie vorsichtig nach.

„Herr Esser ist ein auffallend attraktiver Mann mit einer großen Strahlkraft."

„Ja, das ist er."

„Sie empfinden etwas für ihn."

„Ich denke nicht, dass Sie das etwas angeht."

„Ich denke doch. Wenn Sie romantisch involviert sind, wollen Sie sicher auch, dass der Fall baldmöglichst aufgeklärt wird."

„Natürlich will ich das."

Sandra ließ nicht locker.

„Und erwidert Herr Esser Ihre Gefühle?"

Frau Kramer errötete abermals.

„Nein."

„Macht Sie das wütend?"

„Was wollen Sie mir unterstellen? Ich denke, ich gehe ..."

„Gar nichts, gar nichts", ruderte Sandra zurück. „Ich versuche lediglich auszuloten, wie die Gruppendynamik hier funktioniert. Wie schätzen Sie das ein: Hat Herr Esser Feinde in der Reisegruppe?"

Frau Kramer schaute sich suchend um, wollte anscheinend Zeit gewinnen. In diesem Moment betrat Javier die Dachterrasse. Er sah Sandra fragend an, und sie nickte. Zuerst war sie davon ausgegangen, dass der *Comisario Principal* sich verspätet hatte, mittlerweile glaubte sie, dass er ihr extra ein wenig Zeit allein mit Frau Kramer gelassen hatte.

„Hallo", begrüßte er die beiden Frauen und setzte sich zu ihnen. Frau Kramer ignorierte ihn und beantwortete Sandras Frage.

„Nein, Feinde nicht. Unsere Reisegruppe ist eine nette Truppe. Klar, anfangs haben wir uns alle kritisch beäugt. In unserem Alter haben alle so ihre Eigenarten entwickelt, aber wir sind immer respektvoll miteinander umgegangen. Das hat mir gut gefallen an dem Bildungsurlaub, denn so etwas erlebt man selten. Schon gar nicht in dem streng hierarchischen Krankenhausbetrieb, in dem ich arbeite." Sie machte eine kurze Pause, bevor sie weitersprach. „Ich glaube, die Atmosphäre war so positiv, weil wir uns im Grunde genommen fremd sind. Wir leben alle in unserer eigenen *Bubble* und werden uns nach dieser Spanienfahrt vermutlich nicht so schnell noch einmal wiedersehen. Das ist eine prima Grundvoraussetzung für eine gute Gruppendynamik, wie Sie das nennen. Wir haben nichts zu verlieren. Aus genau diesem Grund sind wir hier auch ehrlicher miteinander als im Alltagsleben. Zum Beispiel beim Pitchen."

„Ich habe davon gehört. Sie alle sollten Ihre Berufsvisionen in einem Videoclip vorstellen." Sandra schaute Javier an, wartete auf seine Aufforderung, für ihn zu übersetzen. Doch Javier hielt sich im Hintergrund, tat unbeteiligt. Das war vielleicht auch besser so.

„Das stimmt", fuhr Frau Kramer eifrig fort. „Und bis auf Manuel sind wir alle keine Profis. Wir sind nervös, verhaspeln uns und haben Angst, vor der Kamera nicht gut rüberzukommen. Das schweißt zusammen. Und dann wiederum fühlt es sich großartig an, die eigenen wirren Träume im Kopf tatsächlich in Worte zu fassen und sie in der Öffentlichkeit kundzutun."

Sandra hörte ihr fasziniert zu. Sie dachte an den Erasmus-Austausch mit den anderen Polizistinnen und Polizisten. Da hatte es eine ähnliche Dynamik von Vertrautheit und Fremdheit gegeben. Auch François, Giancarlo und sie hatten einander erst misstrauisch unter die Lupe genommen, bis sich gute Freundschaften und Liebschaften zu entwickeln begannen.

„Also, alles traute Harmonie", fasste Sandra zusammen. Ihre betont strenge Stimme half ihr, in ihre Berufsrolle zurückzukehren. „Keine Feinde, keine Interessenskonflikte."

„Das stimmt." Frau Kramer sah sie mit großen Augen an. „Ich glaube nicht, dass das Problem etwas mit unserer Reisegruppe zu tun hat. Ich denke, da müssen Sie woanders suchen."

Sandra nickte ihrem Kollegen zu.

„Von mir aus war das alles. Javier, hast du noch Fragen?"

Der *Comisario Principal* schüttelte den Kopf.

„Danke für Ihre Zeit, Frau Kramer."

„Tschüss", sagte die Krankenschwester und verließ die Dachterrasse. Sobald Frau Kramer außer Sichtweite war, zeigte Javier Präsenz.

„Und, Sandra, was sagst du?"

„Verliebt ja, verdächtig nein."

„Das dachte ich mir. Hast du etwas Neues erfahren?"

„Die Stimmung in der Reisegruppe kippt gefährlich ins Aggressive. Hoffentlich kommen wir schnell weiter mit unseren Ermittlungen."

„Ich hatte eben auch die Staatsanwältin am Apparat. Sie fragt ungeduldig nach, wann wir ihr endlich Ergebnisse vorlegen.“

„Oh, Mann. Das hat uns gerade noch gefehlt ... Zaubern können wir schließlich auch nicht.“

Javier zuckte wortlos mit den Schultern.

„Auf welche Uhrzeit hat deine Sekretärin die Befragung mit Frau Meyer gelegt?“

Javier schaute auf seine Armbanduhr. „In einer halben Stunde geht’s weiter.“

Dann hielt er inne. „Wäre es für dich in Ordnung, wenn ich bei diesem Gespräch auch erst etwas später dazustoßen würde?“

„Kein Problem. Hast du etwas Besonderes vor?“

„Ich habe noch etwas zu erledigen.“

Ohne seine Pläne weiter zu erläutern, stand er auf und ging.

Kapitel 37

Samstag, den 15. Juni, 10.30 Uhr

Javier

Javier bat eine Hotelangestellte, das Konferenzzimmer für ihn aufzuschließen.

„Kann ich das Telefon benutzen?"

„Natürlich. Wenn Sie mit jemandem außerhalb des Hotels sprechen möchten, müssen Sie lediglich eine 1 vorab wählen."

„Danke."

„Kann ich sonst noch etwas für Sie tun? Hätten Sie zum Beispiel gern einen Kaffee?"

„Danke nein. Wenn Sie mich bitte allein lassen würden."

„Selbstverständlich."

Javier rief zuerst Frau Nuñoz an.

„Ja bitte?"

„Guten Tag, Frau Nuñoz. Hier spricht *Comisario Principal* Javier Sánchez. Es tut mir leid, Sie am Wochenende zu stören."

„Das macht nichts. Ich bin gerade in meinem Büro in der Sprachschule und bereite einen Deutschkurs vor. Was kann ich für Sie tun?"

„Ich wollte Sie fragen, was Sie über Ihre Vorgängerin, Frau Santos, wissen.“

„Sie meinen, die Eventmanagerin, die vor mir die Bildungsreise von Herrn Fuhrmann betreut hat?“

„Exakt.“

„Nicht viel. Ich glaube, sie musste wegen privater Angelegenheiten oder aus gesundheitlichen Gründen pausieren. Ist schon so lange her. Ich kann mich nicht mehr an den genauen Wortlaut erinnern. Jedenfalls ist sie aus privaten Gründen zurückgetreten.“

„Private Gründe“, wiederholte Javier und dachte nach.

„Aber warten Sie mal, irgendwo habe ich noch ihre Nummer. Ich habe sie einmal angerufen, weil ich Probleme mit der Software hatte, die Herr Fuhrmann benutzt. Sie war sehr hilfsbereit, und wir haben das Problem schnell gelöst. Wo habe ich den Zettel nur ...? Moment, hier ist er. Haben Sie etwas zum Schreiben?“

„Habe ich.“

Frau Nuñoz gab Javier eine Handynummer. Javier wiederholte die Zahlen.

„Danke schön. Also, Sie sagen, Sie hätten einmal mit Frau Santos telefoniert, sie aber nie persönlich kennengelernt.“

„Das stimmt.“

„Ist Ihnen irgendetwas aufgefallen?“

„Nein, nichts Besonderes. Sie schien nett zu sein.“

„Wissen Sie, wie lange sie schon für Herrn Fuhrmann gearbeitet hat?“

„Ich bin mir nicht sicher, aber ich glaube, von Anfang an. Also schon ein paar Jahre. Warum fragen Sie nicht Herrn Fuhrmann oder Frau Santos?“

„Und sie hat gesagt, sie könne aus privaten Gründen nicht mehr weiterarbeiten?"

„Ja, ich glaube schon. Ich habe nicht weiter nachgehakt."

„Und Sie selbst möchten diesen Job aber noch länger ausüben?"

„Ja, im Prinzip schon. Wobei ich mir nicht sicher bin, ob überhaupt noch einmal so eine Bildungsreise stattfinden wird."

„Danke, Frau Nuñoz, Sie haben mir sehr geholfen. Ich wünsche Ihnen noch einen schönen Tag."

„Ihnen auch, Herr *Comisario Principal.*"

Javier beendete das Gespräch und wählte die Nummer von Frau Santos. Nach drei Freizeichen wurde das Telefonat angenommen. Eine ältere Frauenstimme meldete sich.

„Frau Santos?"

„Am Apparat. Wer will das wissen?"

Javier stellte sich vor.

„Ist etwas passiert?"

„Ein Unfall", wich Javier aus. Er wollte die ehemalige Eventmanagerin nicht verschrecken.

„Frau Santos. Sie haben damit nichts zu tun, seien Sie unbesorgt. Ich möchte Sie aber bitten, mir meine nächste Frage wahrheitsgemäß zu beantworten. Mir geht es nur um den Unfall. Sie haben nichts zu befürchten."

„Was wollen Sie wissen?"

„Warum haben Sie den Job als Eventmanagerin für die Bildungsreisen von Herrn Fuhrmann aufgegeben?"

Stille.

„Das hatte private ..."

„Frau Santos. Die Wahrheit bitte. Es ist ausgesprochen wichtig.“

Javier hörte, dass Frau Santos schwer atmete.

„Ich bekam einen Anruf. Von einer Frau.“

„Ja?“

„Einer Frau, die deutsch sprach.“

Javier nickte. Dann fiel ihm ein, dass Frau Santos ihn nicht sehen konnte. Schnell murmelte er eine Bemerkung, mit der er ihr Interesse signalisierte. „Hm. Eine Frau also.“

„Sie bot mir Geld dafür, dass ich jemandem aus der Reisegruppe irgendwelche Nachrichten hinlegen sollte. Ich bin sofort misstrauisch geworden und habe abgelehnt. Daraufhin hat sie mir immer mehr Geld angeboten. Da habe ich es mit der Angst zu tun bekommen und Johannes abgesagt.“

„Und dann?“

„Dann war der Spuk vorbei.“

„Und die Frau. Eine Deutsche, sagen Sie?“

„Sie sprach jedenfalls akzentfrei.“

„Irgendetwas Auffälliges?“

„Nein.“

„Denken Sie noch einmal nach. Wie klang die Stimme? Eher alt oder jung?“

„Jünger als ich, aber auch nicht ganz jung. Irgendetwas zwischen zwanzig und dreißig, würde ich schätzen.“

„Fielen Namen, oder wurde eine Kontoverbindung genannt?“

„Nein, so weit sind wir nicht gekommen.“

„Und haben Sie eine Idee, woher die Frau Ihre Nummer hatte?“

„Das ist einfach. Ich habe eine eigene Website und stand damals auch als Ansprechpartnerin auf der Website von Herrn Fuhrmann.“

„Danke, Frau Santos. Bitte rufen Sie mich an, wenn Ihnen noch etwas einfällt.“

Javier gab ihr seine Nummer. Dann beendete er das Gespräch. Eine Frau also. Er beeilte sich, um Sandra bei dem Verhör zu unterstützen.

Kapitel 38

Sandra

„Guten Tag, Frau Meyer."

Die angesprochene Frau zuckte erschreckt zusammen.

„Ach, Frau König. Sie sind's."

„Wen hatten Sie denn erwartet?"

Während Sandra mit der Sozialarbeiterin plauderte, hielt sie Ausschau nach dem *Comisario Principal*. Von ihm war wieder nichts zu sehen. War das Absicht? Dieser Wechsel zwischen Javiers Anwesen- und Abwesenheit irritierte Sandra zunehmend.

„Äh, niemanden. Wen soll ich schon erwarten?"

Sandra konzentrierte sich auf Frau Meyer. War sie schon immer so bleich gewesen? Oder wirkte sie nur so blass, weil sie wieder einmal ausschließlich schwarze Kleidung trug? Langer schwarzer Rock und eine schwarze Bluse, die ihr mindestens eine Nummer zu groß war. Sie sah mitgenommen aus.

„Geht es Ihnen gesundheitlich nicht gut?"

„Doch, doch. Warum sollte es mir nicht gut gehen? Ich nehme meine Tabletten, und damit ist alles in Ordnung."

Instinktiv entschied Sandra, ihre Verhörstrategie zu ändern. Sie schaltete routiniert das Aufnahmegerät ein.

„Frau Meyer, wir haben lange genug um den heißen Brei herumgeredet. Ich bin nicht dumm. Was ist am Tatort geschehen?"

„Das habe ich Ihnen doch schon gesagt. Ich habe mit Caro geredet."

In diesem Moment kam Javier auf sie zu.

„Sandra, ich muss dich kurz sprechen."

Sandra entschuldigte sich rasch bei Frau Meyer.

„Sie warten hier, ich komme gleich zurück."

Sie folgte Javier in eine ruhige Ecke. Dort berichtete er ihr, was er von der ehemaligen Eventmanagerin erfahren hatte. Sandra tauschte sich kurz mit dem *Comisario Principal* über ihre neue Strategie bei Frau Meyer aus, und anschließend setzten sie das Verhör zusammen fort.

„Frau Meyer", nahm Sandra das Gespräch wieder auf. „Wir wissen Bescheid", bluffte sie. „Wir wissen, dass wir es nicht mit einem Mörder, sondern mit einer Mörderin zu tun haben."

„Nein! Sie verdächtigen doch nicht etwa mich?" Frau Meyer schaute Sandra und Javier mit weit aufgerissenen Augen an.

„Das liegt doch auf der Hand", erhöhte Sandra den Druck.

„Sie verstehen das falsch. Ich bin unschuldig." Das Bein der Sozialarbeiterin fing an, sich immer schneller auf und ab zu bewegen.

„Ach ja?", Sandra ließ ihre Stimme vor Spott triefen.

„Aber ich habe die Frau gesehen, die Tom vom Felsen gestoßen hat."

„Und das sollen wir Ihnen glauben?"

Frau Meyer vergrub ihr Gesicht in den Händen und begann laut aufzuschluchzen. Ihr ganzer Körper bebte. Javier schaute Sandra wortlos an. Dann richtete Frau Meyer ihren Oberkörper wieder auf.

„Haben Sie ein Taschentuch?"

Javier verstand sie anscheinend auch ohne Deutschkenntnisse und bot ihr eine Packung Papiertaschentücher an.

„Als wir den Geierberg verließen, musste ich austreten. Deshalb ging ich noch einmal kurz zurück. Carola war im Gespräch mit jemand, und ich wollte sie nicht stören. Ich glaube, weder sie noch sonst wer hat meine Abwesenheit bemerkt. Als ich ein passendes Gebüsch gefunden hatte, sah ich, wie Tom auf dem Felsen saß."

Frau Meyer verstummte. Kurz darauf hatte sie sich wieder gefangen und sprach weiter.

„Als ich fertig war, ging ich auf Tom zu, und da sah ich sie. Ich meine, ich sah sie nur von hinten. Eine Frau, die sich an Tom heranschlich. Das erschien mir komisch, darum hielt ich mich zurück. Dann schlug sie auf ihn ein und schubste ihn schließlich vom Felsen."

Frau Meyers Lippen bebten so stark, dass sie kaum weitersprechen konnte. „Ich wollte ihm zu Hilfe kommen, aber es ging so schnell. Ich stand unter Schock. Dann war von Tom nichts mehr zu sehen, und die Frau drehte sich um. Ich duckte mich sofort weg, bin mir aber sicher, dass sie mich gesehen hat. Ich hatte solche Angst. Doch es geschah nichts. Sie kam nicht auf mich zu oder so. Ich war wie gelähmt."

Sie wischte sich eine Träne mit Javiers Papiertaschentuch ab. „Als ich das nächste Mal wagte, in Richtung Felsen zu schauen, war sie weg. Ich lief der Reisegruppe hinterher und versteckte mich dabei immer wieder zwischen den Sträuchern. Als ich zu ihnen stieß, war alles wir vorher. Caro ging noch immer ganz hinten und unterhielt sich mit Johannes und Manuel, und niemand hatte Notiz davon genommen, dass ich zwischendurch weg gewesen war."

„Wie sah die Frau denn aus?", fragte Sandra.

„Ich habe sie kaum gesehen. Bis auf den kurzen Augenblick, als sie sich umgedreht hat, nur von hinten. Niemand, den ich kenne. Keine Ahnung, wer sie ist. Genau das macht mir solche Angst. Es könnte jede Frau sein."

„War sie dick oder dünn, groß oder klein?"

„Weiß nicht. Normal."

„Und das Alter?"

„Dazu kann ich nichts sagen."

„Überlegen Sie noch einmal. Wie waren ihre Bewegungen? Wie wirkte der Kleidungsstil?"

„Nicht so alt, eher jung. Zwanzig, dreißig. Jünger als ich. Nehmen Sie mich jetzt fest?"

„Im Moment möchte ich Sie erst einmal bitten, uns zur Polizeidienststelle zu begleiten. Wir benötigen jede Einzelheit, an die Sie sich erinnern können."

„Ich habe Ihnen bereits alles berichtet, was ich auf dem Geierberg gesehen habe."

„Wir wollen alles von Ihnen wissen: vom Geierberg, wo Sie waren, als der Stein in das Fenster der Polizeidienststelle geflogen ist, und warum Sie den Notruf im Hotel abgesetzt haben."

„Gut. Ich werde Ihnen helfen, so gut ich kann."

„Es ist zu Ihrer eigenen Sicherheit!" Sandra hielt einen Moment inne. Ihre Bemerkung klang zwar beruhigend, bedeutete aber das Gegenteil: Wenn die Mörderin wusste, dass es eine Zeugin gab, befand sich Frau Meyer in Lebensgefahr.

„Es soll einfach nur vorbei sein!" Frau Meyers Stimme zitterte, und Sandra konnte sich allmählich vorstellen, was die Sozialarbeiterin bereits durchgemacht hatte. Javier und sie mussten die Täterin so schnell wie möglich dingfest machen. Nur so konnten sie einen weiteren Mord verhindern!

Kapitel 39

Samstag, den 15. Juni, 11.30 Uhr

Javier

Als Javier mit Sandra und Frau Meyer auf der Wache ankam, war die Übersetzerin schon anwesend. Zu viert gingen sie in Javiers Büro, um Frau Meyer zu vernehmen. Die Zeugin wiederholte das, was ihm Sandra bereits zusammenfassend mitgeteilt hatte.

„Frau Meyer", fragte Javier, „können Sie die Stelle genauer beschreiben, an der Sie sich in die Büsche geschlagen haben?" Frau Meyer schloss die Augen und konzentrierte sich.

„Dort standen hüfthohe, halbwegs blickdichte Sträucher. Einige Zweige hatten Dornen. Ich weiß das, weil ich dort mit meinem Oberteil hängen geblieben bin. Die Stelle, wo Tom auf dem Felsen gesessen hat, befand sich ungefähr vierzig bis fünfzig Meter von mir entfernt." Sie öffnete die Augen wieder.

„Würden Sie die Stelle wiederfinden?", fragte Sandra.

„Ich glaube schon."

„Prima, lassen Sie uns dorthin fahren. Dann können Sie uns alles vor Ort genau zeigen", schlug Javier vor.

„Meinetwegen."

Sie fuhren zügig nach El Chorro. Zwischendurch musste Javier tanken. Bevor er wieder ins Auto stieg, rief Javier Inmaculada an. Sie ging sofort ans Handy.

„Hallo?"

„Inma, ich bin's, Javier. Sag mal, könntest du vielleicht jetzt zum Geierberg kommen? Ich bin gerade mit einer Kollegin und einer Zeugin auf dem Weg dorthin. Ich kenne die Gegend nicht sonderlich gut. Aber ich weiß, dass sie dir als Wanderführerin bestens vertraut ist."

„Klar, das mache ich gern. Ihr seid schon unterwegs? Okay. Ich versuche so schnell wie möglich dorthin zu kommen. Sollen wir uns wieder auf dem Parkplatz treffen?"

Sofort entstand vor Javiers innerem Auge das Bild von Inma, wie sie mit einer gold-silbernen Wärmedecke über den Schultern auf ihn gewartet hatte.

„Perfekt, so machen wir das. Bis gleich, Inma."

„Inma?", hakte Sandra nach.

„Eine alte Schulfreundin von mir. Sie ist Wanderführerin."

„Wie praktisch!"

„Wir treffen sie am Fuß des Geierbergs."

„Alles klar."

Javier war gefühlt gerade erst losgefahren, als er auch schon in den Tunnel abbog, der sie direkt zum Geierberg bringen würde. War es wirklich erst ein paar Tage her, dass er auf den Parkplatz gefahren war?

Kurz darauf parkte er den Wagen unter einem schattigen Baum. Es hielten sich einige Wanderer auf dem Parkplatz auf, doch Inma konnte er nicht entdecken.

Dazu war es wohl noch zu früh. Er würde auf sie warten müssen.

„Vertretet euch ruhig schon einmal die Beine", schlug er vor. „Ich bleibe beim Auto und warte auf meine Bekannte." Sandra bat Frau Meyer, ihr zu zeigen, wo genau die deutsche Reisegruppe ihre Wanderung begonnen hatte, und die Übersetzerin bestand darauf, eine halbstündige Mittagspause zu machen. Sie wollte versuchen, in der Nähe etwas Essbares aufzutreiben.

Kapitel 40

Samstag, den 15. Juni, 13.30 Uhr

Sandra

Frau Meyer hatte schon auf der Fahrt nur das Nötigste gesagt. Javier war nicht gerade langsam gefahren, und so hatte Sandra das Schweigen der Sozialarbeiterin hauptsächlich auf ihre Angst vor hohen Geschwindigkeiten zurückgeführt. Doch auch nachdem sie ausgestiegen waren, wurde es nicht besser. Ganz im Gegenteil. Frau Meyer schien neben sich zu stehen und wirkte nach wie vor kaum ansprechbar, während sie ein paarmal die Straße vor dem Parkplatz hoch und runter gingen.

„Und, erkennen Sie etwas wieder?", bemühte sich Sandra, das Gespräch in Gang zu bringen. Frau Meyer schüttelte den Kopf. „Tut mir leid, ich habe keinen besonders guten Orientierungssinn." Das konnte ja heiter werden, ärgerte sich Sandra. Womöglich hatten sie den ganzen langen Weg umsonst gemacht.

„Sehen Sie mal das Schild." Sandra zeigte mit dem Finger darauf. „Ein Wegweiser zum Geierberg."

Frau Meyer schaute nicht einmal richtig hin.

„Frau Meyer, bitte konzentrieren Sie sich! Haben Sie damals mit der Reisegruppe diesen Weg genommen?"

„Weiß nicht." Die Sozialarbeiterin zuckte nur mit den Schultern.

Nach einer Weile gab Sandra ihre Bemühungen auf. „So, ich glaube, unsere Zeit ist um. Wir sollten zurück zum Parkplatz gehen."

Doch plötzlich blieb Frau Meyer stehen. Sandra sah, wie sich Schweißtropfen auf ihrer Stirn bildeten.

„Frau Meyer, ist alles in Ordnung mit Ihnen?"

„Hier stand das Auto."

„Sie meinen den Bus der Gruppe?"

„Nein, das Auto mit dem deutschen Kennzeichen."

„Aber hier gibt es doch gar keine Haltebucht."

„Eben." Frau Meyer sprach schnell und aufgeregt. „Darum ist es mir auch aufgefallen. Beim Aufstieg. Ich dachte: Warum steht da ein Wagen? Es sah so aus, als ob jemand wollte, dass man das Fahrzeug nicht sieht. Mir kam der Gedanke, dass da vielleicht jemand Parkgebühren sparen wollte. Und dann habe ich mich über das deutsche Autokennzeichen gefreut. Und dann, nach dem Abstieg, war das Auto verschwunden."

„Moment mal. Was für ein Auto war das?"

„Ein Smart. Silbern."

„Konnten Sie das Kennzeichen sehen? Ich meine, versuchen Sie sich zu erinnern: Mit welchen Buchstaben fing es an?" Frau Meyer schloss die Augen und dachte nach, wobei sie ihre Stirn in Falten legte.

„Tut mir leid, da kann ich mich beim besten Willen nicht mehr dran erinnern." Sandras Gehirn lief auf Hochtouren. Sie suchten nach einer Frau, die zwischen zwanzig und dreißig Jahre alt war und einen silbernen Smart fuhr. Die Täterin sprach Deutsch und hatte Frau Santos noch vor Beginn der Studienreise angerufen. Sie

hatte sich am 2. Juni zwischen 16 und 19 Uhr am Geierberg und am 10. Juni zwischen 11.30 und 12 Uhr an der
Polizeiwache befunden und dort einen Stein geworfen.
Langsam lief Sandra mit Frau Meyer zum Parkplatz zurück. Dort sah sie schon von Weitem, dass Javier sich
mit einer kleinen, schlanken Frau in seinem Alter unterhielt. Die Übersetzerin Frau Ruiz stand unbeteiligt
daneben.

Kapitel 41

Samstag, den 15. Juni, 14 Uhr

Javier

Javier war so in das Gespräch mit Inma vertieft, dass er Sandra und Frau Meyer erst wahrnahm, als sie schon fast vor ihm standen. Er machte die Anwesenden miteinander bekannt. Dann nahm Sandra ihn zur Seite und berichtete von Frau Meyers Erinnerung an den silbernen Smart mit dem deutschen Kennzeichen. Sofort rief Javier den Bereitschaftsdienst der Spurensicherung an und bat sie, zum Geierberg zu kommen, um die versteckte Haltebucht zu untersuchen. Auch Sandra telefonierte. Sie versuchte, ihre Kollegin in Köln zu erreichen, doch die nahm anscheinend nicht ab.

Unter Inmas Leitung entschieden sie sich für einen der drei Wege, die zum Geierberg hinaufführten. Sie fragten Frau Meyer bei jeder Abzweigung, welchen Weg die Wandergruppe damals eingeschlagen hatte, doch die Sozialarbeiterin konnte sich an nichts erinnern. Erst als sie schon ein langes Stück bergauf gelaufen waren, sagte Frau Meyer endlich, dass sie die Stelle wiedererkennen würde.

„Da kommt gleich eine Aussichtsplattform. Dort haben wir auf dem Hinweg eine Trinkpause gemacht.“

Javier schaute seine frühere Klassenkameradin fragend an.

„Ja, dort ist ein Aussichtspunkt.“

„Gut, dann sind wir richtig.“ Javier schaute sich um. Dabei bemerkte er, dass Sandra nachdenklich aussah. „Was hast du?“, fragte er.

„Trinkpause“, wiederholte sie. „Vielleicht wurde hier das Betäubungsmittel in Schmittigs Trinkflasche gegeben.“

„Schon möglich“, antwortete Javier. „Ich glaube aber eher, dass das später passiert ist. Als Schmittig allein war.“

Sobald sie die Plattform erreicht hatten, faltete Inma ihre Karte auf dem Picknicktisch aus. Javier stellte sich neben sie und spürte, wie ihm ein Hauch ihres Orangenparfüms in die Nase stieg. Sehr angenehm.

„Schau mal, wir sind hier. Die Reisegruppe hat aller Wahrscheinlichkeit nach diesen Weg genommen.“ Sie fuhr mit dem Finger auf der Karte entlang. „Vielleicht kannst du dich bei der Eventmanagerin, welche die Exkursion organisiert hat, rückversichern, ob ich mit meiner Vermutung richtigliege.“ Inma zeigte anschließend auf eine andere Stelle auf der Karte und zog dann mit dem Zeigefinger einen kurzen Strich nach unten. „Neben dieser langen, malerischen Aufstiegsmöglichkeit gibt es noch eine Abkürzung. Hässlich, ein wenig unwegsam, aber schnell.“

„Interessant“, schaltete Sandra sich ein. „Diese Abkürzung könnte erklären, warum das Auto bereits verschwunden war, als die Reisegruppe nach dem Abstieg wieder am Fuß des Geierbergs angekommen ist.“

„Gut möglich", stimmte ihr Inmaculada zu. Dann legte sie ihren Kopf in den Nacken, und alle taten es ihr nach. Sie schauten in den Himmel und erkannten dort oben drei kreisende schwarze Schatten. „Stein- und Lämmergeier", erklärte Inma.

Javier betrachtete die leicht geröteten Wangen seiner ehemaligen Klassenkameradin. Sie war in ihrem Element und wirkte mit ihrer Leidenschaft für die Natur wie ein junges Mädchen. Sie passte viel mehr in diese raue Naturlandschaft als in das trubelige Málaga.

Nach einer guten Viertelstunde kamen sie an eine Stelle, an der es neben dem Pfad, auf dem sie sich befanden, besonders steil abwärtsging. Javier war dankbar, dass dort ein Kabel als Handlauf gespannt war. Wenig später erreichten sie den Gipfel.

Oben angekommen, führte Frau Meyer sie zu dem Ort, von dem aus sie den Mord beobachtet hatte. Javier sah anfangs nur Geröll. Er untersuchte die Dornenbüsche und wandte sich an Inma. „Alles dieselben Sträucher. Ganz schön stachelig!"

Inma lachte. „Da gibt's schon Unterschiede: Hier ist Stechginster, dort hinten steht Wacholder, und da ganz weit weg siehst du Weißdorn." Später fand Javier einen schwarzen Faden, der von der Bluse stammen konnte, die Frau Meyer am Exkursionstag getragen hatte. „Sandra, schau mal." Er zeigte auf den Faden, der sich in einem Zweig verheddert hatte.

Javier und Sandra versuchten den Tathergang so gut wie möglich zu rekonstruieren. Javier fiel auf, wie hartnäckig Sandra dabei vorging. Immer wieder fragte sie nach, von wo genau die Täterin gekommen war. Ihre

Beharrlichkeit hatte schließlich Erfolg, denn sie konnten einen klar definierten Bereich für die Kriminaltechniker markieren. Die Kollegen würden die Spuren rund um das Versteck von Frau Meyer mit denen der Haltebucht abgleichen können.

Anschließend ging Javier mit Inma zu dem Felsen, von dem aus Schmittig entsprechend der Aussage von Frau Meyer in die Tiefe gestoßen worden war. Das blau-weiße Absperrband war mittlerweile entfernt worden. Javier zeigte auf eine glänzende Oberfläche unter ihnen. „Was ist das, Inma?"

Ihre Antwort kam sofort. „Da hinten sieht man den Stausee *Conde de Guadalhorce*."

Javier schaute nach unten. Der Ausblick regte seine Fantasie an. Er konnte sich vorstellen, wie die deutsche Wandergruppe denselben oder einen ähnlichen Weg nach oben genommen hatte:

Johannes Fuhrmann läuft zusammen mit dem Schauspieler vorneweg, die Krankenschwester wirft Esser sehnsuchtsvolle Blicke zu, während der Knopfmensch ihr irgendetwas von Import-Export erzählt. Tom Schmittig lässt sich ein wenig zurückfallen, um allein zu sein und über seinen Entschluss nachzudenken, dem kriminellen Milieu ein für alle Mal den Rücken zuzukehren.

Allmählich begann alles einen Sinn zu ergeben. Endlich!

„Die Spurensicherung geht davon aus, dass Schmittig hier auf diesem Felsen gesessen hat. Vermutlich mit dem Gesicht nach vorn", informierte er seine alte Schulfreundin.

„Ja, hier ruhen sich auch viele der Teilnehmer bei meinen Wanderungen aus. Ich sage ihnen dann immer, dass sie vorsichtig sein sollen, denn der Stein ist nicht dazu gedacht, sich auf ihn zu setzen. Er soll eigentlich als eine Art Sperre dienen, damit niemand versehentlich in die Schlucht fällt."

„Höchstwahrscheinlich hat sich die Täterin dann von hinten angeschlichen und ihn in den Abgrund gestoßen." Beide schwiegen einen Moment und blickten betroffen nach unten. „Wir gehen davon aus, dass Herr Schmittig seine Mörderin gekannt hat. Vielleicht haben sie sogar noch miteinander gesprochen. Die Obduktion hat ergeben, dass Tom Schmittig nicht nur einmal, sondern mehrere Male geschlagen worden ist. Das könnte unsere Vermutung unterstreichen, dass es sich bei dem Täter um eine Frau handelt. Vielleicht hatte sie nicht genügend Kraft, ihn mit einem Ruck nach unten zu befördern."

„Mein Gott, ich möchte mir gar nicht ausmalen, welche letzten Gedanken dem Jungen durch den Kopf gegangen sein mögen. Er erkennt die Frau, weiß, was auf ihn zukommt, wehrt sich, spricht vielleicht noch mit ihr, versucht verzweifelt, sie von ihrem Vorhaben abzubringen ... Einfach nur scheußlich."

„Ja, nicht schön." Beide hingen ihren Gedanken nach. „Und das zu einem Zeitpunkt, zu dem er sein Leben umkrempeln wollte. Wirklich tragisch."

Nach gut einer Stunde kamen die Kriminaltechniker von der Spurensicherung. Sandra und Javier wiesen sie ein und fuhren anschließend zusammen mit Frau Meyer zurück nach Málaga. Eine Zeit lang fuhr Inma, die Frau Ruiz in ihrem Auto mitnahm, hinter ihnen her, doch dann hupte sie einmal kurz, winkte ihnen zu und nahm eine andere Strecke.

„Gut, dass uns deine Bekannte unterstützt hat. Sie kennt sich hervorragend in der Gegend aus."

„Ja, sie war hilfreich", bestätigte Javier. Er schaute in den Rückspiegel und sah, dass Frau Meyer verkrampft auf dem Rücksitz saß und wie hypnotisiert aus dem Fenster starrte.

„Ja, ja, hilfreich", zog Sandra ihn auf.

„Wie meinst du das?", schoss Javier unmittelbar zurück und ärgerte sich gleich darauf über sein Verhalten. Es war der falsche Zeitpunkt und der falsche Ort, um über seine und Inmas Beziehung zu sprechen.

„Ich mein ja nur", sagte Inma grinsend. „Ich habe bloß den Eindruck, dass Inmaculada dein Johannes Kleiwer ist."

Javier brauchte einen Augenblick, bis er die Anspielung verstand. Dann grinste er vielsagend zurück.

„Kann schon sein."

Javier fuhr zum Palmen-Hotel und ließ Frau Meyer aussteigen. Unauffällig nickte er den zwei Kollegen in einem parkenden Auto zu, die er zur Observation angefordert hatte. Anschließend fuhr er zur Wache und ging mit Sandra zu seinem Büro. Auf dem Weg dorthin klingelte sein Handy.

„Hallo, Papa."

Er gab Sandra ein Zeichen, und sie begann schon einmal mit dem Protokoll, während er bei der Tür stehen blieb und weiter mit Ana telefonierte.

„Hallo, Schatz. Wie schön, dass du mich auch mal anrufst."

„Ich kann auch wieder auflegen."

„Nein, nein, so war das nicht gemeint. Ich freue mich wirklich, dich zu hören." Javier dachte daran, was Inma erzählt hatte: Offensichtlich wurde das Gefälle zwischen dem übergroßen Nähe-Bedürfnis der Eltern und dem minimalen Kontaktwunsch der Kinder von Generation zu Generation weitervererbt.

„Würdest du dich auch freuen, mich zu sehen?"

„Na klar, immer."

„Auch heute Abend?"

„Heute Abend? Das kommt ein bisschen überraschend, aber wie du weißt, ist meine Flexibilität legendär."

Javier freute sich, als er hörte, dass seine Tochter über seinen Witz lachte.

„Prima, dass es dir wieder besser geht. Bei unserem letzten Gespräch hatte ich den Eindruck, dass es bei dir nicht so gut läuft."

Das wurde immer besser. Seine Tochter machte sich Gedanken darüber, wie es ihm ging. Und sie hatte recht. Der öffentliche Tadel der Staatsanwältin lag ihm noch immer im Magen.

„Das Übliche: Stress bei der Arbeit."

„Dachte ich mir schon. Hör mal, ich plane, so gegen 20 Uhr bei dir zu sein. Würde dir das passen?"

„Ich freue mich sehr auf dich. Weißt du schon, wie lange du bleiben wirst?"

„Ich habe vor, morgen Nachmittag wieder nach Madrid zurückzufahren. Ich komme nämlich, weil ich einer alten Klassenkameradin versprochen habe, ihr beim Umzug zu helfen."

„Von wem sprichst du? Von deiner alten Freundin, lass mich überlegen, wie sie hieß ... Inés?"

„Inés?" Ana lachte. „Aber nein, Papa, so hieß meine Kindergartenfreundin. Zu der habe ich schon seit Ewigkeiten keinen Kontakt mehr. Meine Schulfreundin kennst du nicht. Ich habe mir übrigens gedacht, dass wir vielleicht heute Abend noch einen Absacker mit deiner deutschen Kollegin trinken könnten. Die freut sich sicherlich, wenn sie ausgehen kann."

„Moment, ich frage sie. Sandra steht direkt neben mir."

Javier ging zu seiner Kollegin und fragte sie, ob sie Lust hätte, später am Abend seine Tochter kennenzulernen. Sandra nickte.

„Sandra würde gern etwas mit dir unternehmen. Alles Weitere können wir später verabreden. Ich muss jetzt weitermachen."

„Alles klar, bis später."

Plötzlich fühlte Javier sich froh und energiegeladen. Sein Stimmungsumschwung schien Sandra nicht zu entgehen.

„Du strahlst ja richtig. Ich nehme an, dass du dich darauf freust, deine Tochter wiederzusehen."

Er nickte.

„Ana scheint ausgesprochen nett zu sein. Ich finde es lieb von ihr, dass sie auch an mich denkt."

„Ach, das ist vielleicht nicht ganz uneigennützig. Schließlich liegt ihr altersmäßig näher beieinander als wir."

„Wie alt ist Ana noch gleich?"

„Zweiundzwanzig."

„Zweiundzwanzig? Ich bin einunddreißig. Sie ist Studentin, ich Oberkommissarin."

„Du wirkst eben noch jung und frisch."

Sandra wollte anscheinend etwas erwidern, sagte dann aber nichts.

„Dann lass uns weitermachen."

Um 19 Uhr waren sie fertig, und Javier lief zügig nach Hause, um Anas Bett frisch zu beziehen, noch etwas aufzuräumen und den Tisch zu decken. Um zehn vor acht klingelte der Lieferdienst. Javier öffnete, nahm dem Boten die Essenspakete ab und gab ihm gut gelaunt ein üppiges Trinkgeld.

Er nahm die Speisen aus der Verpackung und füllte sie in Schüsseln um. Anschließend legte er das Besteck noch ein wenig ordentlicher hin und zündete eine Kerze an. Zuletzt stellte er eine CD mit Soulmusik an. Besonders die Songs von Marvin Gaye hatten Ana und er früher so gern zusammen gehört. Er setzte sich an den Tisch. Alles sah perfekt aus. Nicht so dekorativ wie bei Inma, aber schon geschmackvoll.

Fünf nach acht. Sie schien sich zu verspäten.

Zehn nach acht. Javier legte einen Deckel auf die Schüsseln. Wenn Ana nicht bald käme, dann müsste er die Speisen bei ihrer Ankunft noch einmal erwärmen.

Um halb neun blies Javier die Kerze aus. Wo blieb sie nur? Warum hatte er sie auch nicht gefragt, ob sie mit dem Zug oder mit dem Auto nach Málaga fahren wollte.

Um zwanzig vor neun klingelte es.

„Hallo, Liebling." Er nahm seiner Tochter die Tasche ab und umarmte sie.

„Wie schön, dass du endlich angekommen bist."

„Hallo, Papa, puh, war das nervig. Ich habe Ewigkeiten im Stau gestanden. Doch ich habe das Beste daraus gemacht und bin, als es weder vor noch zurück ging, bei der Autobahnraststätte abgefahren und habe mir dort ein zünftiges Mahl gegönnt.“

Javier gab sich Mühe, sich seine Enttäuschung nicht ansehen zu lassen.

„Ich gehe schnell in mein Zimmer und mache mich frisch.“

Javier räumte das Essen in den Kühlschrank. Ihm selbst war der Appetit vergangen. Er hatte gerade die letzte Folie über den Schüsseln befestigt, als Ana ihn von hinten umarmte.

„Papa, wärst du sehr böse, wenn ich ins Kino gehen würde?“

„Wann? Heute?“

„Ja. Beim Sommerkino-Festival zeigen sie eine amerikanische RomCom, die ich mir schon immer hab anschauen wollen.“

„Eine Komödie?“

„Ja, so mit Liebe und allem Drum und Dran. Blöd und vorhersagbar, aber genau das Richtige nach einer langen nervigen Anfahrt mit vielen Staus. Für dich ist das nichts, aber ich glaube, Sandra könnte das auch gefallen.“

„Aha.“ Javier setzte sich hin.

„Komm, tu doch nicht so. Spätabends noch auszugehen, war doch noch nie dein Ding.“

Gut gelaunt ging sie zum Obstteller und knipste sich eine Rispe Weintrauben ab. Schmatzend aß sie eine Traube nach der anderen und fragte ihren Vater nach Sandras Nummer. Er hörte die beiden jungen Frauen miteinander telefonieren und fühlte sich alt und müde.

Eine Viertelstunde später verabschiedete Ana sich mit zwei Küsschen von ihm.

„Und bitte wecke mich morgen früh nicht. Ich freue mich schon darauf, ausschlafen zu können. Für den Umzug will ich fit sein. Also, wenn wir uns nicht mehr sehen: Weiterhin viel Erfolg bei der Arbeit. Tschüss, Papa."

„Grüße an Sandra", gelang es ihm noch zu sagen.

„Gebe ich weiter", versicherte Ana ihm, und dann fiel die Tür ins Schloss.

Kapitel 42

Samstag, den 15. Juni, 21.30 Uhr

Sandra

Sandra stand vor den Plakaten des Programmkinos der Altstadt und wartete. Javiers Tochter kam und kam nicht. Hatte sie sich vertan und sich mit dem Treffpunkt oder der Zeit geirrt? Sandra begann, die Aushänge zu lesen, konnte den Titel der RomCom, von der Ana gesprochen hatte, aber nirgendwo entdecken. Seltsam. Sandra ließ die berühmte akademische Viertelstunde verstreichen. Von Ana war immer noch nichts zu sehen. Als sie gerade ihr Handy aus der Tasche nahm, bemerkte sie eine junge, hübsche Frau, die mit schnellen Schritten auf sie zukam.

„Es tut mir so leid, dass ich mich verspätet habe." Javiers Tochter war etwas außer Atem.

„Ich bin Ana."

Schon umarmte sie Sandra und begrüßte sie mit Küsschen.

„Hallo, Ana, ich bin Sandra", erwiderte Sandra ein wenig steif. Javiers Tochter war ihm wie aus dem Gesicht geschnitten. Die Augenpartie und die hohen Wangenknochen sahen genau gleich aus. Nur Anas Lippen waren anders, voller als die ihres Vaters. Auch ihr Haar war beneidenswert lang und voluminös und nicht mit Javiers fisseliger Kurzhaarfrisur zu vergleichen.

Obwohl sie sich nun endlich vor dem Programmkino in der Altstadt getroffen hatten, machte Ana keine Anstalten, dort hineinzugehen. „Wir machen etwas Besseres", versprach sie. Sandra erklärte ihr, dass sie sich auch schon gewundert habe, dass die versprochene RomCom nicht in besagtem Programmkino angezeigt worden war. Ana lächelte geheimnisvoll und schwieg.

Sie führte Sandra in Richtung Strandpromenade, bog dann aber links in den prachtvollen kleinen Park ab, in dem Sandra auch schon oft gewesen war. Sie liefen an süßlich duftenden tropischen Pflanzen und malerischen Plätzen vorbei. Neben einem plätschernden Brunnen blieb Ana an einem Kiosk stehen und kaufte Limonade, Chips und Sonnenblumenkerne. Sandra hatte immer noch keine Ahnung, was sie vorhatte. Ein abendlicher Snack neben dem Brunnen? Die Luft war angenehm warm, die drückende Hitze des Tages verflogen. Noch war es hell, aber bald würde es dämmern.

„*Cine Abierto*", sagte Ana und betonte es so, als wäre es eine Zauberformel wie *Sesam, öffne dich.*

„Und das bedeutet was?" Sandra bedauerte es fast schon ein wenig, sich auf die Verabredung mit Javiers Tochter eingelassen zu haben. Sie konnte Ana nicht einschätzen. Sie war deutlich jünger als sie und benahm sich in ihren Augen ziemlich merkwürdig.

„In den Sommermonaten bietet Málaga in vielen Stadtteilen kostenlose Kinovorstellungen an. Und unsere findet in einer halben Stunde dort hinten im Pavillon statt."

Sandra kannte den Pavillon. Auf dem Weg zum Strand war sie dort schon öfter vorbeigekommen. Er hatte sie immer an einen Kurpark erinnert.

Vor der Bühne befanden sich viele Stühle, etwa jeder fünfte war besetzt. Familien, Seniorinnen und Senioren, Touristen. Eine bunte Mischung unterschiedlicher Zuschauerinnen und Zuschauer hatte sich bereits eingefunden. Sie aßen Knabberzeug und ließen die Schalen auf den Boden fallen. Zwischen den Stuhlreihen lagen umgekippte Bierflaschen.

„Komm, wir setzen uns hierhin." Ana zog sie in die vorletzte Reihe zu einem der sauberen mittleren Plätze.

„Gute Idee", stimmte Sandra zu. Nachdem sie Platz genommen hatten, sah sie sich neugierig um. Auf der Bühne des Pavillons stand eine riesige Leinwand. Plötzlich wurde es hell. Ein Beamer warf ein Bild auf die Leinwand: große bunte Buchstaben, die sich lustig auf und ab bewegten. Als die Buchstaben stehen blieben, formten sie einen spanischen Satz, den Sandra im Kopf mit „Málaga, wie ich dich liebe!" übersetzte. Sie hatte keine Vorstellung davon, was sie erwartete. Im nächsten Moment hüpften verkleidete Schauspielerinnen und Schauspieler auf die Bühne. Sandra meinte, in den Verkleidungen einen Haufen Hundekot, eine Bananenschale und eine Zigarette zu erkennen.

„Was ist denn das?", wandte sich Sandra verwirrt an Ana.

„Eine Aktion von einer der vielen Gruppen, die sich für ein sauberes Málaga engagieren."

Und schon fingen die Personen auf der Bühne an, Sketche zu performen. Sie stellten dar, wie jemand an der Bushaltestelle einen Zigarettenstummel auf den Boden warf, woraufhin alle Schauspieler „Buh!“ riefen. Als der Komödiant den Stummel endlich im Mülleimer deponierte, klatschten alle Applaus. *Sehr subtil,* dachte Sandra ironisch. *Muss man mögen.* Später übte eine Schauspielerin ein Lied mit dem Publikum ein, das davon handelte, wie schön es sein würde, wenn in Zukunft die öffentlichen Plätze für alle zugänglich, sauber und angenehm wären.

Die Kinder in der Reihe vor Ana und Sandra sangen den Refrain bereits fröhlich mit.

„Ich komme mir vor wie im Kindergarten“, flüsterte Sandra Ana zu.

„Ich finde das cool. Es mag dir lächerlich vorkommen, aber solche bürgernahen Kampagnen wirken. Ich jedenfalls finde es richtig, in der Nachbarschaft für Umweltschutz zu werben.“ Ana stieß Sandra an und machte sie auf einen jungen Mann aufmerksam, der als Mülleimer verkleidet im Publikum Papiertüten für Abfall verteilte. Sandra musste an Frau Kramer denken. Der würde diese Aktion sicherlich ebenfalls gefallen. Es wurden noch zwei Videoclips gezeigt, in denen alle dazu aufgefordert wurden, ihre Stadt sauber zu halten.

Mittlerweile war es dunkel geworden. Ana reichte ihr eine Flasche Limo, die sich dann aber als Cola-Rum-Mix entpuppte. Der Film begann. Er wurde im Original mit spanischen Untertiteln gezeigt, was Sandra sehr entgegenkam. Ein unterhaltsamer Gute-Laune-Film, bei dem von Anfang an klar war, dass sich das Paar am Ende in den Armen liegen würde. Ana und Sandra knabberten zufrieden an ihren Sonnenblumenkernen und warfen

die Schalen in die Papiertüte, die ihnen vor dem Film
ausgehändigt worden war.

Kapitel 43

Samstag, den 15. Juni, 22.30 Uhr

Javier

„Inma, bist du noch wach?"

„Hallo, Javier, wie schön, dass du noch einmal anrufst. Ich bin nicht nur noch wach, sondern richtig aufgewühlt. Diese Ereignisse heute ... Ich komme einfach nicht zur Ruhe."

„Das kann ich gut verstehen. Es war in der Tat bewegend, was wir heute am Geierberg erlebt haben."

„Ja, mich hat es vor allen Dingen mitgenommen, den Tatort zu sehen. Außerdem war es fürchterlich, die Stelle wiederzufinden, an der sich Frau Meyer versteckt gehalten hat. Ich kann nicht aufhören, an diesen Fall zu denken."

„Was hältst du davon, noch auf ein Stündchen bei mir vorbeizukommen?"

„Ich weiß nicht."

„Doch, doch. Um mir einen Gefallen zu tun. Weißt du, heute hat sich Ana aus heiterem Himmel bei mir angemeldet. Als Übernachtungsgast. Ich dachte, sie wolle mich sehen, sprechen und einen gemütlichen Vater-Tochter-Abend mit mir verbringen."

„Oh, Javier ..."

„Oh, Javier, ganz genau. Ich falle immer wieder darauf rein. Ich glaube, Ana will Zeit mit mir verbringen, aber in Wirklichkeit sucht sie nur eine kostenlose Übernachtungsmöglichkeit.“

„Hm“, Inmaculadas Stimme klang mitfühlend.

„Jedenfalls sitze ich hier auf Unmengen von Essen, das ich für Ana besorgt hatte. Doch als sie kam, hatte sie schon gegessen.“

„Das kenne ich“, Inma lachte. „Die Jungs kamen, kurz nachdem sie ausgezogen waren, auch nur vorbei, um ihr Gepäck abzulegen, und dann zogen sie weiter: ins Fitnessstudio, zu Freunden oder zu einer Fiesta. Unter diesen Umständen komme ich gern vorbei. Wo wohnst du?“

Eine Viertelstunde später stand Inma vor seiner Tür. Als sie ihn zum Abendessen eingeladen hatte, war ihre Verabredung hochoffiziell gewesen, und beide hatten sich dementsprechend in Schale geworfen. Doch an diesem Abend war alles anders. Inma war ungeschminkt, trug eine bequeme Stoffhose und eine grobe Strickjacke, Javiers Kleidung bestand aus Jeans und seinem weiten, verwaschenen Lieblingspulli. Die fünfzehn Minuten, die ihm bis zu ihrer Ankunft geblieben waren, hatte er dazu genutzt, den Esstisch noch einmal liebevoll zu decken.

„Komm rein.“

Inma schaute sich neugierig um. Javier wartete auf einen Kommentar, doch sie sagte nichts. Erst als sie den Esstisch sah, machte sie eine positive Bemerkung.

„Das sieht aber lecker aus. Schön, mit den Kerzen und der Musik. Da hat sich deine Tochter etwas entgehen lassen.“

Mit einem Mal war das Eis gebrochen. Beide aßen und tranken ungezwungen und gingen immer wieder die Ereignisse des Tages durch. Gegen Mitternacht bereitete Javier ihnen einen Kaffee in seiner silbernen Kanne zu. Sie hatten den Esstisch bereits abgeräumt und machten es sich im Wohnzimmer gemütlich.

„Ich frag mich, wann Ana nach Hause kommt."

„Wo ist sie denn?"

„Sie wollte mit meiner deutschen Kollegin ins Kino gehen."

„Das ist aber nett von ihr."

„Irgendwo habe ich noch Gebäck." Javier setzte sich seine Brille auf und warf einen Blick in die Kommode.

„Ich benötige auch schon seit Langem eine Lesebrille, bin aber meist zu eitel, sie aufzusetzen. Aber, Javier, ich muss schon sagen: Du hast dich gut gehalten."

Javier schaute sie überrascht an.

Endlich hatte er das Paket mit den Plätzchen gefunden, nach dem er gesucht hatte. Er öffnete die Verpackung, legte das Gebäck in eine Schale und bot es Inma an.

„Danke für dein Kompliment. Ich versuche mich fit zu halten, schon allein für den Beruf. Aber je älter ich werde, desto mehr müsste ich für mein körperliches Wohlbefinden tun …"

„… und desto weniger Lust hat man dazu", ergänzte Inma seinen Satz.

„Ganz genau", Javier freute sich, dass sie ihn sofort verstanden hatte. Normalerweise klammerte er das Thema Altwerden sorgfältig aus allen Unterhaltungen aus. Wenn er ehrlich war, verdrängte er es auch aus seinen Gedanken. Vermutlich sollte er jetzt anfangen, die

Weichen für die Zeit nach der Pensionierung zu stellen, indem er mehr Sport trieb und vor allen Dingen mit dem Rauchen aufhörte. Das wäre sehr vernünftig … und komplett abschreckend.

„Ach, weißt du", sagte Inma, während sie sich entspannt in seinem Fernsehsessel zurücklehnte und an einem Keks knabberte, „meiner Meinung nach hat das Thema Fitness in unserem Alter vor allen Dingen mit der inneren Einstellung zu tun. Anfang fünfzig ist heutzutage noch jung."

„Das neue Vierzig", witzelte Javier.

„Ich meine, wir alle kennen Menschen aus unserer Generation, die bereits gesundheitlich schwer angeschlagen sind. Von denen spreche ich nicht. Es gibt aber so viele in meinem Bekanntenkreis, die ihr ,Alter' als Vorwand benutzen, um sich nicht mehr weiterzuentwickeln. Sie feiern ihre Wehwehchen, fühlen sich einsam, sind verbittert und haben das Gefühl, im Leben zu kurz gekommen zu sein. Klar, ich habe mich auch scheiden lassen, und in meinem Leben ist ebenfalls nicht alles wie im Bilderbuch verlaufen, aber alles in allem habe ich das Gefühl, dass das Leben es gut mit mir gemeint hat." Sie zögerte. „Und es hoffentlich noch weiterhin gut mit mir meint."

Javier überlegte einen Moment, während er einen Schluck Kaffee nahm. Ihm gefiel, was seine alte Schulkameradin da sagte. Und wenn er sich nicht täuschte, dann hatte in Inmas letzter Bemerkung auch so eine Art vager Einladung an ihn mitgeklungen.

Kapitel 44

Sandra

„Ach, war das schön", sagte Ana ironisch, als sie den Platz vor dem Pavillon gegen Mitternacht wieder verließen.

„Ich hatte nur zu wenige Taschentücher dabei", scherzte Sandra. „Darf ich dich noch auf einen Drink einladen? Kennst du eine gute Kneipe in der Nähe?"

„Das nehme ich gern an. Wie wäre es mit dem *Gallinero*, dem Hühnerstall?"

„Witziger Name. Da müssen wir unbedingt hin."

Sie sprachen erst noch über den Film und wandten sich dann persönlicheren Themen zu.

„Und, wie gefällt es dir in Málaga?"

„Mittlerweile fühle ich mich wohl. Anfangs fiel es mir jedoch schwer, mich einzugewöhnen. Ich habe Málaga andauernd mit Barcelona verglichen."

„Keine gute Idee. Vergleiche sind meist nicht sehr hilfreich." Ana spielte mit dem Papierschirm ihres Cocktails. „Magst du mir erzählen, was du in Barcelona gemacht hast?"

„Na klar, das ist kein Geheimnis." Sandra berichtete ihr vom Erasmus-Austausch.

„Hört sich gut an. Und darf ich dich angesichts unserer RomCom fragen, wie die europäische Zusammenarbeit mit den jungen männlichen Polizisten geklappt hat?"

„Fragen darfst du alles", sagte Sandra lachend. „Ja, wir haben uns gut verstanden. Und ja, da gab es auch jemanden, mit dem ich mich besonders gut verstanden habe."

„Hört, hört. Anscheinend beruhte das auf Gegenseitigkeit, du Glückliche."

„Tja, und damit hörte das Glück auch schon wieder auf. Besagter junger Mann ist nämlich schon verheiratet, was er aber irgendwie *vergessen* hatte, mir mitzuteilen."

„Autsch."

„Und bei dir?"

„Frisch verliebt."

„Glückwunsch."

„Danke, ist aber auch schwierig. Abdel kommt aus Algerien."

„Kann ich mir vorstellen, dass das problematisch sein kann. Und, bevor du fragst. Ich sage deinem Papa nichts. Unsere Männergeschichten bleiben unter uns."

„Darauf trinken wir. Ich weiß, dass es indiskret ist zu fragen, aber vielleicht ist es okay für dich, mir zu sagen, wie du mit meinem Vater klarkommst."

Sandra fand Ana sympathisch, aber sie wusste, dass sie sich auf dünnes Eis begab. „Unter dem Siegel der Verschwiegenheit."

„Darauf trinken wir."

Sie stießen erneut an.

„Also?"

„Ich mag deinen Vater. Er ist ein großartiger *Comisario Principal.*"

„Aber?"

„Als ich ankam, war er ... wie soll ich sagen? ... nicht gerade begeistert, dass ich ihn unterstützen sollte."

„Er hat dich nicht mit offenen Armen empfangen."

„Ja, so könnte man es ausdrücken. Wir hatten unterschiedliche Vorstellungen, aber dann, als ich mich selbst ins Aus geschossen habe ..."

„Ich frag da besser nicht nach ..."

„Ich darf und will dir keine Details weitergeben, das ist auch nicht so wichtig ... Das Entscheidende ist, dass dein Vater sich für mich eingesetzt hat. Das wird nicht angenehm für ihn gewesen sein, aber er hat alles getan, was in seiner Macht stand, um mich zu unterstützen. Und dafür bin ich ihm sehr dankbar. Insofern lass ich nichts auf Javier kommen. Ich habe großen Respekt vor ihm. Sowohl als *Comisario Principal* als auch als Mensch."

Ja, genau so war es gewesen, dachte Sandra. *Das, was sie Ana erzählt hatte, entsprach der Wahrheit.* Spätestens nach der großen Krise, wie sie es innerlich nannte, hielt sie große Stücke auf Anas Vater. Und er schien es genauso zu sehen, denn von Tag zu Tag wurde der *Comisario Principal* umgänglicher.

Ana schaute sie mit ihren großen dunklen Augen an.

„Mir hat es die Sprache verschlagen."

„Wieso?"

„Weil ich ihn oft ganz anders erlebe. Rechthaberisch, festgefahren, von sich selbst eingenommen."

„Ich glaube, ich kann mir in etwa vorstellen, was du meinst. Er kann unnahbar und abweisend sein."

„Weißt du, manchmal glaube ich, er kennt mich nicht. Er weiß, dass ich studiere, aber nicht, was. Wobei ich mir selbst nicht sicher bin, ob ich mich karrieretechnisch auf dem richtigen Weg befinde. Manchmal beneide ich Menschen wie dich und meinen Papa. Ihr mögt euren Beruf, und ihr möchtet damit etwas Gutes tun. Ich bin sicher, dass das eure Antriebskraft ist, auch wenn meine Freunde und ich nicht selten das ganze System und auch den Polizeiapparat infrage stellen. Aber keine Angst, das müssen wir heute Abend nicht ausdiskutieren. Jedenfalls ist es gut, dass du mir die solidarische Seite meines Vaters noch einmal vor Augen geführt hast."

Sandra nickte in Gedanken versunken. Für Ana stellte es eine neue Sicht auf ihren Vater dar, zu hören wie kompetent und kollegial er sich in seinem Beruf verhielt. Für sie öffnete es ihrerseits eine neue Perspektive, sich den *Comisario Principal* als Vater vorzustellen. Ihre eigenen Eltern waren ungefähr zwanzig Jahre älter als Javier. Sie gestand es sich nur ungern ein, aber sie wurden alt. Ihr Vater hörte nicht mehr so gut, und ihre Mutter fühlte sich schnell überfordert, wenn sie mehrere Dinge gleichzeitig tun musste. Sandra hatte ihre Eltern bislang als alterslos wahrgenommen, war scharf mit ihnen ins Gericht gegangen, vor allem, was ihre Bevorzugung von Robert anging. An diesem Kinoabend mit Ana war ihr, ebenso wie in dem letzten persönlichen Gespräch mit Javier, bewusst geworden, dass diese trotzige Haltung nicht mehr passte.

Bevor sie diesen Überlegungen auf den Grund gehen konnte, wandte sich Ana, die sich gerade ein paar Chips genommen hatte, mit einer weiteren Frage an sie.

„Und haderst du immer noch damit, in Andalusien statt in Katalonien zu sein?“

„Ehrlich gesagt, beginne ich mich immer mehr für Andalusien zu interessieren.“ Diese Entwicklung wunderte sie selbst am allermeisten, hatte sie in den letzten Tagen doch insgeheim gehofft, dass sie bald wieder zurück in die Domstadt fliegen würde. Jetzt hatte sich das Blatt vollständig gewendet, und ihr gefiel Andalusien in der Tat immer mehr.

„Ich finde es spannend, dass hier so viele Kulturen aufeinandertreffen.“

„Was meinst du damit?“

„Die Meerenge von Gibraltar. Selbst wenn man Marokko außen vor lässt, dann bleibt da immer noch die spanische und die englische Sprache und Lebensart. Neulich habe ich ein Hinweisschild Richtung Gibraltar gesehen. Mir war gar nicht klar, dass das so nah ist.“

„Ah, okay. Verstehe. Gibraltar ist krass. Da musst du unbedingt mal hinfahren. Ein Schritt nur, und auf einmal bist du im britischen Überseegebiet, befindest dich in einer anderen Kultur.“

„Linksverkehr?“

„Nein, Linksverkehr gibt es dort nicht, aber sonst ist es schon sehr englisch. Alle sprechen *British English*, zahlen mit dem Gibraltar-Pfund, wobei wir natürlich auch Euros benutzen können, und trinken ihren *Cream Tea*. Nein, ich übertreibe ein wenig. Aber Gibraltar gehört zu Great Britain, und das merkst du sofort.“

„Wirklich faszinierend.“ Sandra merkte, wie ihre Begeisterung für Barcelona immer mehr verblasste und von dem Charme der Gegenwart überholt wurde.

„Wenn du Gibraltar besichtigst und den Felsen aus Kalkstein besteigst, solltest du dich vor den Berber-Affen in Acht nehmen.“

„Berber-Affen?“

„Na klar. Sie sind eine berühmte Sehenswürdigkeit in Gibraltar. Frei laufende Berber-Affen. Hört sich wild und romantisch an, aber die Tiere sind richtig frech, betteln um Essen, gehen an deine Klamotten und versuchen dir alles zu stibitzen, an das sie rankommen.“

„Irre.“ Sandra unterdrückte ein Gähnen. „Heute Abend gehe ich auf jeden Fall nirgendwo mehr hin. Ich bin so was von müde!“

„Ich bin auch platt. Ist dir übrigens aufgefallen, dass du manchmal schon ein wenig andalusischen Dialekt sprichst?“

„Tatsächlich?“

„Na klar. Du verschluckst Buchstaben und benutzt immer wieder mal diesen typischen Tonfall.“

„Ich glaube, das liegt vor allem am Alkohol“, witzelte Sandra.

Ana lachte. „Vielleicht auch ein bisschen, aber nicht nur. Gib's zu, du fühlst dich hier schon fast ein bisschen zu Hause.“

„Kann schon sein.“

„Ich weiß, wovon ich spreche. Seit ich in Madrid studiere, werde ich manchmal aufgezogen, weil man mir anhört, dass ich aus Andalusien komme.“

„Und das gefällt deinen Mitstudierenden nicht?“

„Viele *madrileños* finden, dass sich das provinziell und wenig akademisch anhört.“

Sandra erzählte Ana von ihren eigenen Erfahrungen mit dem kölschen Zungenschlag.

„Ana, es war ein großartiger Abend mit dir. Vielen Dank. Und viel Erfolg morgen beim Umzug.“

„Danke. Mir hat unser Treffen auch gut gefallen. Ich wünsche dir noch eine schöne Zeit in Málaga.“

Sie gaben sich Küsschen und gingen beide ihrer Wege. Doch dann hörte Sandra, wie Ana ihren Namen rief.

„Sandra.“

„Ja?“ Sie drehte sich um.

„Und lass dich nicht von meinem Papa nerven!“

Beide lachten und winkten sich zu.

Kapitel 45

Sonntag, den 16. Juni, 1.15 Uhr

Javier

Es klingelte. Automatisch ging Javiers Blick zu der Wanduhr über der Wohnzimmertür. Mitternacht war längst vorbei. Warum hatte Ana keinen Schlüssel mitgenommen? Doch da sah er in Inmas lachendes Gesicht, und sofort fiel sein Ärger von ihm ab. Er öffnete die Wohnungstür.

„Oh, Papa, tut mir leid, dass ich geklingelt habe. Ich hoffe, ich habe dich nicht geweckt."

Javier konnte Ana ansehen, wie sie plötzlich bemerkte, dass Wohnzimmer und Küche hell erleuchtet waren.

„Du hast noch nicht geschlafen?"

„Nein, ich habe Besuch."

„Du hast Besuch?", fragte Ana überrascht.

Javier stellte die beiden Frauen einander vor. Danach tauschten sie noch einige Sätze über den Kinofilm und das Abendessen aus, bevor sich Inmaculada mit einer langen Umarmung von ihm verabschiedete.

Kapitel 46

Sonntag, den 16. Juni, 9.12 Uhr

Sandra

Sandra stieg aus der Dusche und zog sich an. Sie war mal wieder zu spät dran. Wie so oft fehlte ihr die Zeit, um in der Pension zu frühstücken. Um halb zehn würde sie sich mit Javier in der Dienststelle treffen. Endlich ging es mit dem Fall voran! *Wenn doch Julia nur zurückriefe.* Kaum hatte sie das gedacht, da klingelte ihr Handy.

Magisch.

„Guten Morgen, Sandra. Sorry, dass ich erst jetzt anrufe, aber ich habe mir eben erst deine Sprachnachricht angehört. Da tut sich ja ordentlich was bei euch. Nachdem du eben nicht an dein Handy gegangen bist, habe ich schon versucht, dich in der Dienststelle in Málaga zu erreichen. Dort ist aber nur dein Chef rangegangen. Der hat eine Wahnsinns-Bassstimme, so richtig tief."

Sandra setzte sich hin.

„Wirklich? Ist mir noch gar nicht aufgefallen. Ist vielleicht seine Telefonstimme."

„Mag sein. Hörte sich auf jeden Fall sympathisch an. Ich glaube aber, dass es ihn gestresst hat, Englisch zu sprechen."

„Da wirst du recht haben. Ich schätze, er hätte sich sehr gern mit dir über deine Ermittlungsergebnisse ausgetauscht. Doch es kann gut sein, dass sein Englisch dafür nicht ausreicht. Hör mal, wir sind tatsächlich ein gutes Stück weitergekommen. Lass mal hören, was du für uns hast. Mit etwas Glück passt es zu unserer neuesten Theorie."

„Jetzt machst du mich aber auch neugierig. Wie ist denn euer Ermittlungsstand?"

„Wir glauben, dass es sich um eine Täterin handelt. Eine deutsche Frau, die einen silbernen Smart fährt. Aber das ist nur eine Hypothese."

„Hm, könnte tatsächlich passen."

„Sag schon, was du herausgefunden hast!" Sandra fing an, aufgeregt hin und her zu laufen.

„Ich war noch mal bei der Mutter von Thomas Schmittig. Ich sag dir, die Frau schiebt die ganz harte Nummer. So eine Familie gönne ich echt niemandem."

„Ja, du hast erzählt, dass die Mutter so abweisend war."

„Genau das. Jedenfalls hattest du mich doch gebeten, Nachforschungen darüber anzustellen, ob sich die beiden Familien kennen. Die vom Opfer und die vom Schauspieler. Und du liegst richtig mit deiner Vermutung."

„Thomas Schmittig und Manuel Esser kannten sich schon vor der Studienreise?"

„Es ist durchaus wahrscheinlich, dass die Familien sich gekannt haben, da beide in demselben Stadtteil, in der Hustadt, wohnen. Benachteiligtes Quartier, Hochhäuser, Armut und Arbeitslosigkeit."

„Aber der Schauspieler kommt doch aus Hamburg ..."

„Mag sein, dass er dort seinen aktuellen Wohnsitz hat, aber seine Geburtsstadt ist Bochum."

„Und die Geburtsstadt von Thomas Schmittig ..."

„... ist ebenfalls Bochum-Hustadt."

„Mist, da hätten wir auch früher drauf kommen können."

„Schmittigs reizende Mutter kannte ich bereits. Ich habe aber noch weiter recherchiert. Zum Beispiel, was den jeweiligen Gefängnisaufenthalt von Thomas Schmittig und Frank Klausen angeht. In dem Bereich bin ich aber nicht weiter fündig geworden. Interessanter wurde es in puncto Finanzen."

„Wieso?"

„Thomas Schmittig hatte große Geldsorgen, und damit haben wir schon mal ein ernst zu nehmendes Motiv für die Erpressungen."

Sandra dachte laut nach. „Ja, das könnte passen. Schmittig braucht Geld und verdient es sich dadurch, dass er dem Schauspieler Erpresserschreiben unterjubelt und ein paar Hetzartikel auf seinen Fake-Accounts veröffentlicht."

„Texte, die nicht einmal unbedingt von ihm geschrieben sein müssen."

„Als Gegenleistung erhält er Geld und eine Reise in den sonnigen Süden."

„So könnte es gewesen sein."

„Aber wer ist dann die graue Eminenz, also die Person, die Druck auf Manuel ausüben will? Schmittigs Mutter?"

„Ich glaube eher, halte dich fest, dass es die Schwester von Manuel Esser ist."

„Was? Er hat nie erwähnt, dass er eine Schwester hat."

„Vielleicht will er sie schützen, was weiß ich."

Sandra dachte an die letzten Befragungen. Ab einem bestimmten Punkt hatte der Schauspieler immer gemauert. Julias Vermutung konnte durchaus zutreffen.

„Die Schwester heißt Meike. Sie ist achtundzwanzig Jahre alt, also drei Jahre älter als ihr Bruder. Meike Esser war anscheinend eine Art Ersatzmutter für ihn. So ist sie beispielsweise trotz guter Noten von der Schule abgegangen und hat gearbeitet, um ihrem Bruder die Schauspielausbildung zu bezahlen."

„Und mit was hat sie Geld verdient?"

„Gelegenheitsjobs. Unqualifizierte Arbeit: Sie saß an der Kasse im Supermarkt, ist immer noch bei einer Putzfirma angestellt und hat offensichtlich viel gekellnert."

„Und was ist mit der Mutter von den beiden?"

„Frau Esser war anscheinend immer schon kränklich und wurde dann dement."

„Und der Vater?"

„Der taucht in den Akten gar nicht erst auf. Die Mutter hat beide Kinder von Anfang an allein großgezogen. Es ist noch nicht einmal klar, ob Meike und Manuel Geschwister oder Halbgeschwister sind."

„Das kann man die Mutter doch fragen."

„Kann man nicht. Dafür ist es zu spät. Sie ist tot."

„Tot?"

„Lungenentzündung. Eine Spätfolge von Corona, nimmt man an. Die Mutter von Meike und Manuel Esser musste künstlich beatmet werden und ist dann noch wochenlang von ihrer Tochter zu Hause gepflegt worden, bevor sie gestorben ist."

„Meike Esser fühlt sich von ihrem Bruder im Stich gelassen und hat eine Sau-Wut darauf, dass er sich als Schauspieler feiern lässt, während sie die demente Mutter gepflegt und sogar die Schule abgebrochen hat, um die Familie über Wasser zu halten. Moment, Moment, mir raucht der Kopf. Lass mich zusammenfassen: Die Familien Schmittig und Esser kennen sich. Thomas Schmittig braucht Geld. Warum weiß die Schwester des Schauspielers über die finanzielle Situation von Thomas Schmittig Bescheid?"

„Guter Punkt. Das könnte ich sie fragen."

„Und warum sollte Meike Esser ihrem Bruder Manuel die Karriere verderben, nachdem sie ihm diese doch erst durch ihren Schulabbruch und ihre Knochenjobs ermöglicht hat? So ganz passt das für mich nicht zusammen."

„Stimmt, auch dazu sollte ich sie verhören. Will sie Geld? Hasst sie ihren Bruder? Beides?"

„Vielleicht spielt auch der Tod der Mutter eine Rolle."

„Kann gut sein."

„Prima, vielleicht führt uns das alles auf eine falsche Fährte, aber vielleicht stehen wir auch schon kurz vor der Lösung des Falls. Du solltest als Erstes herausfinden, ob irgendeine Frau aus den Familien Schmittig oder Esser oder irgendjemand aus dem Bekanntenkreis der anderen Bildungsreisenden einen silbernen Smart fährt."

„Mach ich. Sag mir noch, wie ihr darauf gekommen seid, dass der Täter eine Frau sein könnte, und was es mit dem silbernen Smart auf sich hat."

„Mist, mein Akku verabschiedet sich gleich. Ich gehe jetzt zur Dienststelle und rufe dich von dort noch einmal an."

Kapitel 47

Sonntag, den 16. Juni, 11 Uhr

Javier

Javier saß am Schreibtisch und las den Bericht der Spurensicherung, als Sandra in sein Büro stürmte. Bevor er etwas sagen konnte, redete sie schon aufgeregt drauflos. „Ich glaube, wir wissen, wer die Mörderin ist."

Javier schaute unbeeindruckt hoch. „Stimmt", sagte er. „Die Spurensicherung tippt auf eine Frau, Mitte zwanzig, um die ein Meter sechzig klein, sechzig Kilo schwer." Sandra schaute ihn verwirrt an.

„Wieso das?", fragte sie nach einer kurzen Pause.

„Unten bei der Haltebucht haben sie Fußabdrücke gefunden ... anhand der Tiefe der Spuren ..."

Sandra ließ ihn nicht aussprechen. „Javier, es ist höchstwahrscheinlich die Schwester des Schauspielers. Meike Esser."

„Jetzt bin ich platt." Javier rollte mit seinem Bürostuhl nach hinten und richtete seine gesamte Aufmerksamkeit auf seine deutsche Kollegin. „Schieß los!"

Sandra fasste zusammen, was sie von Julia erfahren hatte.

„Meike Esser also. Weißt du, ob sie einen silbernen Smart fährt?“

„Ich muss Julia gleich zurückrufen. Ich hoffe, dass sie bis dahin schon das Auto in der Datenbank überprüft hat. Sie will anschließend in die Hustadt fahren, um die Schwester zu verhören.“

„Gut, dann teilen wir uns doch am besten auf. Du wartest hier und schließt dich mit deiner Kollegin kurz. Ich fahre in Begleitung der Übersetzerin zum Palmen-Hotel und konfrontiere Herrn Esser mit dem, was wir wissen.“

Eine Viertelstunde später hämmerte Javier, in Begleitung von Frau Ruiz, an die Tür des Schauspielers.

Manuel Esser öffnete innerhalb von Sekunden. „Was gibt’s denn so Dringendes?“

Sein Blick, der zwischen belustigt und arrogant lag, gefiel Javier gar nicht.

Javier kam sofort auf den Punkt. „Wir wissen, wer der Mörder ist.“

Mit einem Schlag fiel Manuel Essers Aufgeblasenheit in sich zusammen. „Kommen Sie rein.“

Javier und die Übersetzerin betraten den Raum. Das Zimmer wirkte aufgeräumt, das Bett war gemacht. Frau Ruiz setzte sich auf den Stuhl, er auf die Bettkante. Javier nahm sein Handy aus der Hosentasche, drückte auf Aufnahme und legte es demonstrativ auf die Matratze vor sich hin.

„Und Sie wissen ebenfalls, wer der Mörder ist.“

„Ja, ich weiß es auch.“

Obwohl Javier den Schauspieler am liebsten auf den Kopf gestellt hätte, bis ihm die Wörter aus dem Mund gepurzelt wären, beherrschte er sich und wartete schweigend auf eine Erklärung.

Als Herr Esser nach einer Minute immer noch nichts sagte, begann Javier innerlich seine Atemzüge zu zählen. Eins, zwei, drei.

Er schaute aus dem Fenster.

Vier, fünf, sechs.

Die Zeit lief ihnen weg. Sieben, acht ... gleich würde er platzen.

Da sah er, dass Manuel Esser zum Reden ansetzte.

„Wie haben Sie es herausgefunden, dass es meine Schwester war?", übersetzte Frau Ruiz.

Das Warten hatte sich gelohnt.

„Seit wann wussten Sie es?"

„Meike hat mir meinen Erfolg nie gegönnt."

Der Schauspieler schaute aus dem Fenster und führte gedankenverloren eine Art Selbstgespräch.

„Ich habe schon früh gewusst, dass sie hinter allem steckt. Schon bei den allerersten Hass-Tiraden, die gegen mich im Netz gepostet wurden, habe ich auf Meike getippt. Es war so offensichtlich. Plötzlich las ich auf allen möglichen Social-Media-Kanälen genau dieselben Vorwürfe, die mir meine Schwester in fast identischer Wortwahl schon seit Jahren an den Kopf knallt. Mir war augenblicklich klar, dass Meike irgendwelche Bekannte auf mich angesetzt hat. Wissen Sie, Meike kann sehr einnehmend sein. Die meisten Leute, die sie das erste Mal sehen, halten sie für umgänglich und nett. Erst wenn man sie länger kennt, merkt man, wie verbittert sie ist."

Javier kam die Idee, dass Herr Esser seiner Schwester in dieser Hinsicht vielleicht nicht unähnlich war.

„Wann hat das mit den Postings denn Ihrer Meinung nach begonnen?"

Nachdem Frau Ruiz seine Frage übersetzt hatte, dachte der Schauspieler länger nach, bevor er antwortete.

„Ich glaube, die ganz frühen Versuche habe ich verpasst. Erst als die Bemerkungen besonders gehässig und die Schnappschüsse wirklich peinlich wurden, habe ich verstanden, was da vor sich ging." Der Schauspieler machte eine weitere Pause. „Vor etwa drei Monaten hatte ich sie im Verdacht, und dann bin ich in der Timeline zurückgegangen und habe gesehen, dass sie vor einem halben Jahr damit angefangen hat, mich von verschiedensten Leuten beleidigen zu lassen."

„Unseren Ermittlungen zufolge handelte es sich nicht um unterschiedliche Personen. Die Posts kamen wohl hauptsächlich von Thomas Schmittig, der mit verschiedenen Fake-Accounts gearbeitet hat."

„Tatsächlich? Das ist unglaublich! Ich hatte das so verstanden, dass Tom hauptsächlich für die Erpresserbriefe verantwortlich war. Na ja, mehr oder weniger verantwortlich, denn mir war von Anfang an klar, dass Meike Tom oder wen auch immer nur als Handlanger benutzt hat, um mir ihre Papierfetzen unter die Nase zu reiben."

„Und da Sie wussten, dass Ihre Schwester hinter den diffamierenden Beiträgen und den Drohbriefen steckte, waren Sie auch nicht besonders wütend auf Thomas Schmittig ..."

„Stimmt genau. Ich habe das Ganze nicht besonders ernst genommen. Bis ..."

„Ja?"

„Natürlich bis zu dem Zeitpunkt, zu dem mit großer Sicherheit feststand, dass Toms Sturz kein Unfall war."

Javier erinnerte sich an den Tag. Manuel Esser hatte sich im Zimmer von Herrn Klausen befunden. Als Esser hörte, dass Schmittig nachweislich ermordet worden war, geriet er so sehr außer sich, dass Javier ihm damals unterstellt hatte, das Entsetzen nur zu spielen.

„Wissen Sie, was für ein Auto Ihre Schwester fährt?"

„Ja klar. So einen Frauenwagen. Klein und silbern."

„Einen Smart?"

„Ja."

„Kennzeichen?"

„Das weiß ich nicht. Wieso?"

„Ihr Auto wurde allem Anschein nach zur Tatzeit in der Nähe des Tatorts gesichtet. Wir werden das Auto Ihrer Schwester zur Fahndung ausschreiben."

Wieder sah Javier Bestürzung in Essers Augen.

„Und?" Javier wollte, dass der Schauspieler aussprach, was er dachte. „Was, glauben Sie, hat sie vor?"

„Ich fasse es nicht. Sie muss völlig durchgedreht sein." Vor Javiers Augen verwandelte sich der Schauspieler in ein Häufchen Elend. „Ob Meike mich umbringen will? Ich kann das nicht glauben. Aber ich hätte mir auch nie vorstellen können, dass sie überhaupt einen Menschen töten würde."

Javier wählte seine Worte mit Bedacht.

„Meike Esser hat Thomas Schmittig höchstwahrscheinlich nicht im Affekt getötet. Sie hat den Mord geplant. Noch bevor die Reise losging, hat sie die ehemalige Eventmanagerin so unter Druck gesetzt, dass sie sich krankgemeldet hat."

Manuel Esser sah ihn ungläubig an.

„Auf dem Geierberg hat Ihre Schwester Stunden im Gebüsch gehockt und auf den richtigen Zeitpunkt gewartet, um Herrn Schmittig erst betäuben und dann ermorden zu können."

Javier hörte, wie der Schauspieler laut schlucken musste.

„Wissen Sie, ob Ihre Mutter damals Medikamente bekommen hat, um besser schlafen zu können?"

Esser zögerte erst und gab sich dann einen Ruck. „Ja, Fenta… irgendwas. Damit sie nicht ständig so unruhig war. Sie wollte die Tabletten erst nicht nehmen, da hat Meike sie zerbröselt und unter ihr Abendessen gemischt. Später hat der Arzt ihr dann irgendwelche Tropfen verschrieben."

„Danke."

„Hören Sie, ich kann mir nicht vorstellen, dass Meike das alles kaltblütig geplant haben soll."

„Oh, doch. Das hat sie. Erinnern Sie sich noch an unsere Befragungen? Bei unseren Verhören nach der Tat hat sie die Zeugen, namentlich Sie, durch das Werfen eines Steins eingeschüchtert." Die Übersetzerin schaute Javier erstaunt an.

Esser vergrub das Gesicht in den Händen. „Herr Schmittig war nicht nur für die Erpresserbriefe zuständig", fuhr Javier unerbittlich fort. „Darüber hinaus hat er Ihre Schwester offensichtlich genau darüber informiert, wann die Reisegruppe sich wo befinden wird."

„Mein Gott. Was ist nur los mit ihr?"

„Tja, da stellen Sie eine wichtige Frage: Was bringt einen Menschen dazu, ausgerechnet diejenigen zu quälen, die er am meisten liebt?"

„Glauben Sie, Meike will mich umbringen?"

Javier zog die Schultern hoch. „Sagen Sie es mir!"

Manuel Esser schüttelte den Kopf. „Ich weiß es nicht. Ich habe Meike in letzter Zeit, so gut es ging, gemieden. Ich konnte ihr selbstmitleidiges Genörgel nicht länger ertragen."

Wieder schwiegen beide.

„Bekomme ich jetzt Polizeischutz?"

„Vielleicht."

„Wie haben Sie Ihrer Schwester das Geld zukommen lassen?"

„Es gab da eine Sporttasche."

„Sprechen Sie weiter."

„In einem Brief stand, wo ich die Tasche mit dem Geld jeweils hinstellen sollte."

„Kann ich ...?"

„Nein, ich habe diese Anweisungen immer sofort nach Erhalt vernichtet."

„Und woher hatten Sie das Geld?"

„Ich habe regelmäßig kleine Beträge vom Konto abgehoben, Freunde haben mir geholfen, und ich hatte auch noch verschiedene Reserven. Anfangs waren die Beträge nicht so hoch. Das kam erst am Ende. Tom hat die letzte Tasche mit dem Geld bei Frank untergestellt, und er hat sie ... Ich meine, nachdem das mit dem Mord feststand ..."

„Ja? Sprechen Sie weiter: Was hat Herr Klausen mit der Tasche voller Geldscheine gemacht?"

Javier schaute resigniert aus dem Fenster. Offensichtlich hatte Sandra mit ihrer Verdächtigung, dass Klausen einer der Hauptschuldigen war, doch recht gehabt. Von wegen großer Weltverbesserer. Nicht nur, dass er Schmittig durch seine Sprüche vom besseren Leben in den Tod getrieben hat. Nein, er hat sich auch noch selbst an dem Geld bereichert, das Schmittig von dem Schauspieler für dessen Schwester erpresst hatte.

„Frank hat mir das Geld zurückgegeben."

Javier atmete laut aus.

Juristisch hatte Klausen den falschen Weg eingeschlagen. Natürlich hätte er sofort die Polizei einschalten müssen. Es lag auf der Hand, dass Frank Klausen sich mitschuldig gemacht hatte. Aber dennoch ... Javier merkte, wie sich sein angespannter Kiefer wieder lockerte. Frank Klausen hatte sich nicht bereichert. Ihm war es augenscheinlich nicht um seinen persönlichen Vorteil gegangen, sondern er hatte Thomas Schmittig tatsächlich helfen wollen.

„Gibt es sonst noch etwas, das ich wissen muss?"

Herr Esser schüttelte den Kopf.

Javier verließ das Palmen-Hotel und ging mit schnellen Schritten zur Polizeidienststelle zurück. Er konnte es kaum erwarten, Sandra die neuesten Entwicklungen mitzuteilen und von ihr zu hören, was sie erfahren hatte.

Kapitel 48

Sonntag, den 16. Juni, 13 Uhr

Sandra

„Gut, dass du kommst, Javier. Wir müssen Meikes Auto zur Fahndung ausschreiben. Meine Freundin will mir gleich das Kennzeichen schicken. Das Auto befindet sich nicht in der Nähe ihrer Wohnung. Frau Esser scheint unterwegs zu sein."

„Habe ich das richtig verstanden, dass deine Kollegin Meike Esser nicht in Deutschland angetroffen hat?"

„So ist es", bestätigte Sandra.

„Julia hat mir erzählt, dass sie zu Frau Essers Wohnung gefahren ist, aber ihr niemand geöffnet hat. Aber sie versucht nun, Erkundigungen in der Nachbarschaft einzuziehen."

„Und weiß man, wo sich Frau Esser zurzeit aufhält? In Deutschland oder in Spanien?"

„Keine Ahnung. Julia weiß es bislang noch nicht."

„Dann sollten wir noch auf den Rückruf deiner Kollegin warten. Wir müssen uns absprechen, wie wir die Fahndung durchführen. Es wäre auch hilfreich, wenn wir ein aktuelles Foto von Meike Esser bekommen könnten."

In diesem Moment klingelte das Telefon.

„Hallo, Julia“, begrüßte Sandra ihre Kollegin. „Was hast du herausgefunden?“

„Hallo, Sandra. Hör mal, ich kann die Schwester des Schauspielers nicht erreichen. Die Nachbarn haben sie auch schon länger nicht mehr gesehen.“

„Mist.“

„Von den Nachbarn habe ich jedoch erfahren, dass Meike Esser wochenlang ihre demente Mutter gepflegt hat, bis sie dann gestorben ist.“

„Okay, erzähl weiter.“

„Zu dieser Zeit standen die Nachbarn anscheinend im regelmäßigen Austausch mit ihr. Darum sind auch viele von ihnen zur Beerdigung der Mutter gegangen. Dort haben sich dann alle, so sagte man mir, darüber aufgeregt, dass Frau Essers Sohn es nicht für nötig befunden hat, seiner Mutter die letzte Ehre zu erweisen.“

„Wann war denn die Beerdigung?“

„Vor zwei, drei Wochen. Ich habe mir das Datum aufgeschrieben, müsste es raussuchen.“

„Was? Da hat sich Manuel Esser doch vermutlich schon in Spanien befunden. Vielleicht hat er den Termin gar nicht mitbekommen?“

„Nein, so war es eher nicht. Man munkelt, dass er sich vor der Begegnung mit der Schwester gedrückt hat, weil er das Lieblingskind war. Auch wenn die demente Mutter nur Habseligkeiten besaß, hat sie jedem erzählt, dass sie alles, was sie habe, einzig und allein ihrem über alles geliebten Sohn zukommen lassen wollte.“

Sandra pfiff durch die Zähne. „Das ist heftig. Die Schwester bricht erst die Schule ab, um ihren kleinen Bruder, ihre Mutter und sich selbst über Wasser zu halten, dann pflegt sie die alte Mutter, während er in der

Weltgeschichte herumreist. Und sie organisiert auch noch die Beerdigung, als die Mutter stirbt. Der kleine Bruder jedoch erachtet es nicht einmal für notwendig, auf der Beerdigung zu erscheinen. Allmählich verstehe ich Frau Essers Wut auf ihren Bruder."

In Sandras Kopf tauchten einige der Schlüsselwörter aus den Erpresserschreiben auf. Wenn sie sich recht erinnerte, war in den Schreiben die Rede von „Gier" und „Schuld" gewesen. Beide Wörter ergaben in diesem Kontext Sinn.

„Die Schwester scheint sich jedenfalls nicht in Bochum aufzuhalten. Ich habe sie weder in ihrer Wohnung in der Hustadt angetroffen noch in der Wohnung der verstorbenen Mutter, die sich nur zwei Blöcke entfernt von ihrer befindet. Außerdem ist Meike Esser seit fast drei Wochen nicht mehr bei ihren Putzstellen erschienen. Alle Befragten sagten mir dasselbe: Frau Esser ist direkt im Anschluss an die Beerdigung verschwunden. Hört sich fast so an, als ob Manuel Essers Fehlen bei der Begräbnisfeier das Fass zum Überlaufen gebracht hätte. Alles deutet darauf hin, dass sie mit ihrem silbernen Smart weggefahren ist."

„Nach Südspanien."

„Vermutlich. Ich schicke dir gleich das Autokennzeichen."

„Danke. Ich glaube, Frau Esser befindet sich immer noch hier in Málaga. Wir müssen in Spanien nach ihr fahnden. Du hast nicht etwa ein aktuelles Foto von ihr?"

„Doch, eine Nachbarin hat mir ein Handybild von der Beerdigung weitergeleitet, auf dem das Gesicht von Meike Esser gut zu erkennen ist. Ich schicke es dir.

Kennzeichen und Fotos sollten gleich da sein. Ich wünsche dir und Javier viel Glück!"

„Danke, Julia."

Sandra wollte Javier erzählen, was sie erfahren hatte, aber sein Büro war leer. Er musste den Raum während ihres Telefonats verlassen haben. Sandras Fuß tat weh. Eingeschlafen vermutlich. Sie bückte sich, um die Schnalle zu lockern. Im selben Moment hörte sie eilige Schritte auf dem Flur, kurz darauf wurde die Tür aufgerissen.

Kapitel 49

Sonntag, den 16. Juni, 13.30 Uhr

Javier

„Sandra?", rief Javier. „Sandra! Was gibt's Neues? Ich habe gerade mit der Staatsanwältin gesprochen. Sie genehmigt die Fahndungsverfügung. Hast du das Autokennzeichen von Meike Esser?"

„Schrei doch nicht so. Ich bin hier." Sandra kroch unter seinem Schreibtisch hervor. „Mein Fuß war eingeschlafen. Ja, Julia hat mir sowohl ihr Nummernschild als auch ein aktuelles Foto geschickt."

„Prima, dann wird Sofía gleich eine internationale Verkehrswege-Sofortfahndung ausschreiben."

„Gute Idee. Wir müssen Europol einschalten und sollten alle silbernen Smart-Autos kontrollieren lassen."

„Hoffen wir nur, dass sie das Fahrzeug nicht gewechselt hat."

„Ich frag mich, was Meike Esser vorhat. Ich glaube nicht, dass sie nach Deutschland zurückfährt."

„Ich ehrlich gesagt auch nicht. Frau Esser will sich an ihrem Bruder rächen. Dazu ist ihr jedes Mittel recht. Sie hat nichts mehr zu verlieren."

„Wenn sie es wirklich auf ihren Bruder abgesehen hat, dann wird sie sich in der Nähe von Málaga aufhalten."

Kaum dass die Sofortfahndung begonnen hatte, gingen bei Javier zwei Meldungen über die angebliche Sichtung des Autos ein. Beide erwiesen sich innerhalb kürzester Zeit als falsch. Eine Stunde später erhielt Javier eine weitere Mitteilung. Diesmal hatte ihm ein Verkehrspolizist Ausschnitte der Videoüberwachungskamera einer Tankstelle in der Nähe von Tarifa überspielt. Das Kennzeichen des silbernen Smarts stimmte.

„Sandra, kommst du mal bitte?"

„Klar. Hast du was?"

Sandra stellte sich hinter ihn.

„Hier ist das gewünschte Kennzeichen. Aber mach dich auf was gefasst!"

„Gut oder schlecht?"

„Übel. Sehr übel."

„Da, da ist Frau Esser. Geh mal auf *Pause*."

Sandra verglich das Standbild mit dem Foto von der Beerdigung, das Sandra ihr weitergeleitet hatte.

„Sie hat sich die Haare gefärbt. Von Schwarz auf Dunkelblond, aber ja, das ist zweifelsohne Meike Esser."

„Bist du bereit für den Schock?"

„Was meinst du?"

Javier ließ die Aufnahme der Überwachungskamera weiterlaufen. Und dann konnte auch Sandra das sehen, was Javier schon ein paar Minuten länger wusste: Meike Esser war nicht allein. Auf dem Beifahrersitz des Autos saß noch jemand.

„Nein“, hörte er seine Kollegin aufschreien, als er den Ausschnitt von Frau Essers Begleiterin vergrößerte. Schwarze Kleidung, schwarze Haare.

„Die Sozialarbeiterin. Unfassbar, oder?“

„Ausgerechnet die schreckhafte Frau Meyer.“

„Oh, nein“, Sandra hielt sich die Hand vor den Mund. „Was?“

„Frau Meyer nimmt regelmäßig ein Herzmedikament.“

„Stimmt. Ich erinnere mich. Wir müssen herausfinden, ob sie es dabeihat und wann sie es spätestens einnehmen muss.“

„Javier ...“

„Was gibt's, Sandra?“

„Ich habe ein ganz schlechtes Gefühl bei der Sache.“

Ihm ging es nicht anders.

„Ich glaube auch nicht, dass es sich um einen Zufall handelt, Sandra, dass es Frau Meyer getroffen hat.“

„Du meinst, Frau Esser weiß, dass sie den Mord gesehen hat, und will sie deshalb entführen?“

„Entweder so, oder Frau Meyer hat uns allen einen Bären aufgebunden. Stell dir vor, die beiden Frauen sind Komplizinnen und versuchen, sich zusammen abzusetzen.“

„Was sollen wir machen?“

„Eine Ringfahndung ausgeben, fünfzig Kilometer um Tarifa.“

„Und die Presse informieren. Du kennst da doch diese Papparazzi-Frau. Die könnte die Öffentlichkeit um Unterstützung bei der Suche nach den beiden Frauen bitten.“

„Wenn Frau Esser tatsächlich Frau Meyer entführt hat und die ihr Herzmedikament braucht, dann wird die Nachricht im Sekundentakt in allen Fernseh- und Radiostationen laufen. Das garantiere ich dir. Aber dafür brauchen wir handfeste Beweise."

„Javier", Sandra legte ihre Hand auf seinen Unterarm. „Weißt du, was wir machen?"

Er lächelte seine Kollegin an, die kaum zu bremsen war. Er konnte Sandra regelrecht ansehen, wie das Adrenalin durch ihren Körper jagte und sie gar nicht schnell genug rennen, reden und denken konnte. *In ebendieser Reihenfolge*, dachte er, sagte aber nichts.

Stress hatte bei ihm grundsätzlich die genau gegenteilige Wirkung: Er wurde immer ruhiger und langsamer. Er bemerkte, wie Sandra ihn fragend ansah. Da fiel ihm ihre rhetorische Frage wieder ein, und er schüttelte gespielt den Kopf.

„Was schlägst du vor?"

„Wir fahren zum Palmen-Hotel und schauen uns das Zimmer von Frau Meyer an. So erhalten wir Aufschluss darüber, ob sie entführt wurde oder ob die Begegnung mit Frau Esser geplant war. Mit etwas Glück gibt es im Hotel auch Augenzeugen, die die Entführung hautnah mitbekommen haben.

„*Vamos.*"

Kapitel 50

Sonntag, den 16. Juni, 17.30 Uhr

Sandra

Der Wachmann des Palmen-Hotels erkannte Javier und Sandra. Er nickte ihnen zu und ließ sie das Gebäude betreten. Sandra stürmte zur Rezeption und bat die Empfangsdame, ihnen das Zimmer von Frau Meyer zu öffnen.

„Tut mir leid, aber Frau Meyer ist nicht da."

Die junge Frau schien neu zu sein und hielt Sandra anscheinend für eine Gästin. Sandra fiel es schwer, ihre Ungeduld zu zügeln.

„Ich weiß. Wir sind von der Polizei und ersuchen Sie freundlich darum, uns Zutritt zu verschaffen."

Javier zeigte seinen Dienstausweis. In diesem Moment näherte sich ihnen ein elegant gekleideter Mann und stellte sich neben sie.

„Danke, das hat alles seine Richtigkeit. Ich übernehme."

Er nickte der Empfangsdame zu, die sich schnell entfernte.

„Guten Abend, Frau König, Herr Sánchez." Der Hoteldirektor gab ihnen die Hand. „Kommen Sie bitte mit."

Auf dem Weg zum Fahrstuhl ließ er es sich nicht nehmen, einen Witz zu machen. „Also, da bin ich ja schon einmal froh, dass Sie diesmal nach dem Schlüssel zu dem Zimmer von Frau Meyer fragen und nicht sofort die Tür eintreten lassen.“

Sandra verstand die Anspielung im ersten Moment nicht. Es hatte sich in den letzten Tagen so viel ereignet, dass ihr Gedächtnis den nächtlichen Notruf samt Panik, Verständigungsproblemen, Türbeschädigung und Umquartierung bereits in die hinteren Gehirnwindungen verschoben hatte.

Als der Fahrstuhl hielt, schritt der Hoteldirektor voran, schob die Schlüsselkarte in den Schlitz und hielt Ihnen die Tür auf.

„Kann ich Ihnen behilflich sein?“

„Ja. Bitte bestellen Sie alle Angestellten und Hotelgäste, die mit Frau Meyer heute im Laufe des Tages Kontakt hatten, in die Konferenzräume.“

„Was?“, für einen Moment verlor der Direktor die Contenance. „Wie stellen Sie sich das vor?“

„Sie haben doch sicherlich eine Lautsprecheranlage?“, schlug Sandra genervt vor.

„Aber ...“

„Ich informiere Sie hiermit im Vertrauen, dass wir mit dem Verdacht auf Entführung ermitteln“, versuchte es Javier.

Der Hoteldirektor sammelte sich.

„In diesem Fall schlage ich vor, wir fangen mit meinen Mitarbeitern an. Sie werden sie in zehn Minuten im Konferenzraum B verhören können. Wenn Sie dann noch immer unsere Gäste befragen wollen, werde ich das sofort im Anschluss daran organisieren.“

Während Javier vor der Tür noch weiter diskutierte, betrat Sandra das Hotelzimmer von Frau Meyer.

Es sah durcheinander und benutzt aus. Nichts deutete auf einen geplanten Aufbruch hin. Sandra öffnete den Kleiderschrank. Er war so voll, wie sie es erwartet hatte. Das Bett war ungemacht, und auf dem Nachttisch lag eine Packung Tabletten. Sie sah, dass schon viele Pillen aus den Blistern gedrückt worden waren. Auf der Pappschachtel stand etwas von Herzschwäche und ACE-Hemmer. Sandra konnte mit den Begriffen nichts anfangen, fotografierte aber alles ab, damit Javier die Bilder an die zuständigen Experten weiterleiten konnte. Anschließend schickte sie die Fotos an Julia und bat sie, sich mit Frau Meyers Hausarzt in Verbindung zu setzen.

„Hast du was gefunden?"

Javier ließ seinen Blick durch das Hotelzimmer schweifen.

„Nur die Tabletten. Ich hab dir die Fotos schon weitergeleitet."

„Gut. Für mich sieht das hier alles nach einer spontanen Aktion aus." Halbherzig durchsuchte er noch einmal den Kleiderschrank, während Sandra die Schreibtischschubladen aufzog. Sie waren leer. Danach verließen Sandra und Javier das Hotelzimmer, zogen die Tür hinter sich zu und begaben sich zu dem Konferenzraum B.

Vor dem Saal wartete die neue Rezeptionistin bereits auf sie. „Ich hatte heute mit Frau Meyer Kontakt."

Javier machte eine einladende Geste. „Dann fangen wir doch mit Ihnen an. Bitte kommen Sie mit."

Zu dritt setzten sie sich an einen Ecktisch. Sandra legte ihr Handy auf den Tisch und betätigte die Aufnahmetaste.

„Ich nehme unser Gespräch auf. Ich hoffe, das ist Ihnen recht."

Eingeschüchtert nickte die junge Frau.

„Für die Aufnahme ist es wichtig, dass Sie das, was Sie uns mitteilen wollen, mit Worten ausdrücken."

„Ach so, natürlich. Ja, ich bin einverstanden mit dem Mitschnitt."

„Danke. Gut. Haben Sie Frau Meyer heute gesehen?"

„Ja, ich habe sie gesehen. Sie verließ unser Hotel mit einer schwangeren Frau."

„Moment. Wie meinen Sie das: *mit einer schwangeren Frau?*"

„Eine Señora, die ein Baby erwartet, hat mich nach Frau Meyer gefragt. Sie war sehr nett und sehr höflich."

„Und woher wussten Sie, dass sie schwanger war?"

Die Rezeptionistin schaute Sandra erstaunt an. „Wegen des Bauchs. Die Frau hat zwar versucht, ihn zu verbergen, indem sie besonders weite und luftige Sachen trug, aber ich habe den Babybauch deutlich gesehen, als ihre Bluse bei einer Bewegung einmal kurz zur Seite gerutscht ist."

Sandra zeigte der Rezeptionistin das Bild von Frau Esser während der Beerdigung.

„Sie sprechen von dieser Frau?"

Die Empfangsdame schaute sich das Foto ein paar Augenblicke lang an. „Ja, das ist sie. Nur, dass der Bauch jetzt größer ist. Außerdem sind die Haare mittlerweile blond."

„Was hat Frau Esser genau gesagt, als sie mit Ihnen gesprochen hat?“

„Die Señora war ausgesprochen freundlich und bemüht. Wartete, bis ich Zeit hatte, mich um sie zu kümmern, lobte das Hotel, entschuldigte sich dafür, dass sie nicht Spanisch spricht.“

Das war Sandra ein wenig zu ausführlich. Dennoch passte diese Beschreibung zu dem, wie Herr Esser seine Schwester charakterisiert hatte.

„Und dann?“

„Na ja, sie meinte, sie wäre extra aus Deutschland gekommen, um ihrer Freundin Tamara Meyer einen Überraschungsbesuch abzustatten. Sie hätte einen Ausflug vorbereitet und wollte sie abholen. Ich sollte bei der Überraschung helfen und Frau Meyer auf ihrem Zimmer anrufen, um sie zu bitten, zur Rezeption zu kommen.“

„Das taten Sie?“

„Ja, natürlich. So etwas kennt man sonst nur aus dem Fernsehen. Ich fand es schön, bei dem Überraschungsausflug der Freundin helfen zu dürfen.“

„Und dann riefen Sie Frau Meyer an. Welche Erklärung nahmen Sie als Vorwand, um sie zu bitten, zur Rezeption zu kommen?“

Die Frau sah Sandra mit großen Augen an.

„Ich meine, es sollte eine Überraschung werden, wenn ich das richtig verstanden habe.“

„Gar keine. Das war gar nicht nötig. Ich sagte einfach: Bitte kommen Sie zur Rezeption.“

„In Ordnung. Dann fuhr Frau Meyer mit dem Fahrstuhl zum Erdgeschoss, stieg aus, kam auf sie zu und sah Frau Esser. Wie reagierte sie bei deren Anblick?“

„Tut mir leid, das kann ich nicht sagen, denn plötzlich kam eine britische Reisegruppe, die ich einchecken musste."

Enttäuscht sah Sandra die Rezeptionistin an. „Offensichtlich besitzen Sie ein gutes Beobachtungsvermögen", versuchte sie ihrer Zeugin zu schmeicheln. „Sie haben auch nicht zufällig aus dem Augenwinkel heraus gesehen, wie Frau Meyer beim Anblick von Frau Esser reagiert hat?"

„Nein. Ich war abgelenkt, hatte zu tun. Aber, Moment, wenn Sie mich so genau fragen ... Eine Sache fand ich schon merkwürdig."

„Nämlich welche?" Sandra spürte den Puls in ihrem Hals klopfen. Sie merkte, dass auch Javier, der sich bislang, wie so oft, im Hintergrund gehalten hatte, den Kopf hob und die Rezeptionistin erwartungsvoll ansah.

„Ich habe mich gewundert, dass Frau Meyer keine Handtasche und keine Sonnenbrille mitgenommen hat. Normalerweise verlässt sie das Hotel nie ohne diese beiden Utensilien. Sie hat so eine schöne senfgelbe Umhängetasche aus Leder, in die anscheinend so einiges hineinpasst, und die Sonnenbrille, das hat mir Frau Meyer einmal erklärt, hat sie immer wegen ihrer lichtempfindlichen Augen dabei."

„Danke. Fällt Ihnen sonst noch etwas ein?"

Die Rezeptionistin dachte nach. „Moment mal. Sie sagten, Frau Esser. Hat sie etwas mit Herrn Esser, dem Schauspieler, zu tun?"

Javier beantwortete ihre Frage, während er sie hinausführte. Sandra fuhr unterdessen mit der Vernehmung der Angestellten fort. Da außer der Empfangsdame niemand etwas Wesentliches beisteuern konnte, brachen Sandra und Javier die Befragung kurz darauf ab. Als sie den Konferenzraum verließen, rief jemand Sandras Namen.

„Frau König, warten Sie!"

Sandra drehte sich um und sah, wie Manuel Esser mit schnellen Schritten auf sie zukam. Kaum, dass er sie erreicht hatte, fing er, ein wenig außer Atem, auch schon zu sprechen an.

„Gibt es etwas Neues von Meike?"

Sandra betrachtete den Schauspieler skeptisch. Konnten sie ihm trauen, oder würde er sie in die Irre führen, um seine Schwester zu schützen? Das wäre recht wahrscheinlich, denn genau das hatte er bereits getan. Aus diesem Grund würde sie ihm zuerst Testfragen stellen, um abschätzen zu können, ob er ihnen wirklich helfen wollte.

„Warum sind Sie nicht zur Beerdigung Ihrer Mutter erschienen?"

„Ganz einfach, weil ich im Ausland war."

„Der Tod der eigenen Mutter ist aber nicht einfach, oder?"

„Ich wollte Meike nicht begegnen. Sie hat mir immer nur Vorwürfe gemacht."

„Vielleicht ging es Ihnen weniger um die üblichen *Vorwürfe* Ihrer Schwester, sondern darum, dass Sie Ihre Mutter im Stich gelassen haben und sich trotzdem von ihr anhimmeln ließen."

„Nun ja, meine Mutter hat mich eben geliebt."

„Und Ihre Schwester nicht?"

„Weiß der Geier. Vielleicht weniger. Liebe ist nicht gerecht. Meike war immer da, hat sich um alles gekümmert. Ich war oft weg, hatte zum Teil große Erfolge. Da hat Mama sich in etwas reingeträumt. Mein Leben schien ihr wichtiger, schillernder, intensiver. Was weiß ich."

„Soso", merkte Sandra kurz an. Sie wollte seinen Redefluss nicht aufhalten.

„Vielleicht lag es auch an unseren Vätern, daran, dass meine Mutter meinen Vater mehr geliebt hat als Meikes Erzeuger. Meine Schwester hat zwar darauf bestanden, dass wir einen gemeinsamen Papa hätten, aber ich bin mir ziemlich sicher, dass das nicht stimmt."

„Und Ihre Mutter hat Ihnen beiden wirklich nicht verraten, von wem Sie abstammen?"

„Nein. Sie hat nur immer ganz allgemein schlecht über Männer gesprochen. Sie hat sie Meike und mir prinzipiell als triebhafte, eklige Egoisten dargestellt. Nicht gerade das, was man als ein positives oder sagen wir zumindest realistisches Männerbild bezeichnen würde."

Sandra dachte kurz an Robert, die Nummer eins in ihrer Familie. Dadurch war für sie immer nur der letzte Platz übrig geblieben. Insofern konnte sie diese Meike Esser schon auch verstehen. Es konnte einen sehr wütend machen, immer den Kürzeren zu ziehen.

Auf jeden Fall hatte Sandra den Eindruck, dass Manuel Esser ihr endlich die Wahrheit sagte. Sie schloss sich mit Javier kurz. Ihr Kollege bestärkte sie in ihrer Einschätzung und schlug vor, Herrn Esser explizit um Mithilfe zu bitten. Sandra gab sich einen Ruck und weihte den Schauspieler ein.

„Vielleicht können Sie uns in dieser vertrackten Situation weiterhelfen. Haben Sie irgendeine Ahnung, wo Ihre Schwester hinfahren möchte? Was ist ihr Ziel?"

„Wo wurde sie gesichtet?“

Sandra überlegte einen Moment, ob sie ihm diese Information weitergeben sollte. Es sprach mehr dafür als dagegen. Auch Javier befürwortete das.

„Tarifa.“

„Oh, nein.“

„Warum *oh, nein?* Kennen Sie den Ort?“

„Aber ja. Von diesem Hafen fahren die Schnellfähren nach Marokko ab, nach Tanger. Das habe ich Meike selbst erzählt, bevor ich mich für diese Studienreise angemeldet habe. Ich glaube, sie will nach Marokko.“

„Ja, das wäre möglich. Der schnellste Weg, um Europa zu verlassen.“

„Javier, Herr Esser denkt, seine Schwester will sich mit der Fähre nach Marokko absetzen. Er hat ihr selbst davon erzählt.“

„Das darf doch nicht wahr sein.“ Javier tippte auf dem Handy herum. Dann entspannten sich seine Gesichtszüge. „Heute schaffen sie es nicht mehr nach Marokko. Die letzte Fähre hat bereits um 15 Uhr abgelegt, dann gab es eine Unwetterwarnung, sodass der Fährverkehr eingestellt wurde. Die erste Fähre, die morgen Tarifa in Richtung Marokko verlässt, wird frühestens um 9 Uhr starten.“

„Ein Glück!“ Sandra seufzte. Herr Esser wollte von ihr wissen, was passiert war, doch sie ignorierte ihn. Stattdessen entfernten sich Sandra und Javier von dem Schauspieler, um in Ruhe ihr weiteres Vorgehen zu besprechen. Javier hatte schon einen Plan.

„Mein Vorschlag ist, dass wir uns jetzt alle gut ausruhen und morgen früh um sieben zusammen nach Tarifa fahren. Dort werden wir uns den Vormittag über am Hafen postieren und auf die beiden Frauen warten.

„Ausruhen hört sich gut an. Ich bin erschlagen. Heute war ein anstrengender Tag.“

„Geht mir genauso. Morgen früh wird einiges auf uns zukommen, da müssen wir fit sein.“

„Ich plädiere übrigens dafür, morgen auch Manuel Esser mitzunehmen. Wenn es hart auf hart kommt, kann er vielleicht noch seine Schwester überreden, aufzugeben und sich zu stellen.“

„Ich weiß nicht, Sandra. Die beiden Geschwister haben eine überaus toxische Beziehung. Aber wenn du meinst, dann lass es uns ruhig probieren. Rede du mit ihm. Ich werde versuchen, bis morgen ein Herzmedikament für Frau Meyer von unseren Medizinern zu bekommen. Außerdem werde ich gleich die Staatsanwältin informieren, und dann werden auch die Medien eingeschaltet. Wenn du die nächsten Nachrichten siehst, wirst du an den Fotos von Frau Esser und Frau Meyer nicht mehr vorbeikommen.“

„Perfekt.“

Während Sandra Herrn Esser über das weitere Vorgehen informierte, war Javier mit dem Handy beschäftigt. Zehn Minuten später hatten sie alles erledigt.

„So, Sandra, mehr können wir heute nicht mehr tun. Wir treffen uns morgen früh um 6 Uhr in meinem Büro.“

„Zu Befehl.“

Kapitel 51

Montag, den 17. Juni, 6 Uhr

Javier

Es klopfte. Javier schaute auf seine Armbanduhr, es war genau 6 Uhr. Sandra war pünktlich. Vor der Wache stand ein geräumiger Streifenwagen mit Fahrer für sie bereit. Als Erstes ging es zum Palmen-Hotel. Manuel Esser wartete bereits vor dem Eingang auf sie. Javier ließ ihn neben seiner Kollegin Platz nehmen.

„Sandra. Was hältst du davon, auch Frank Klausen mitzunehmen? Ein bisschen psychologisches Back-up von einem Landsmann kann nicht falsch sein, oder was meinst du?"

„Finde ich gut. Ich hole ihn."

Eine Viertelstunde später stieg Sandra zusammen mit dem stellvertretenen Reiseleiter erneut in den Wagen. Sie machten noch einen letzten Halt in Málaga, um die Übersetzerin abzuholen, und dann ging es nach Tarifa.

„Warst du schon einmal in Tarifa?", fragte Javier seine Kollegin.

„Nein. Ich habe gehört, es soll eine Hochburg für Surfer sein."

„Das ist richtig. Ein Touristenmagnet. Einige Surfer überwintern dort in ihren Vans auf extra dafür freigegebenen Parkplätzen. Das ist ein überaus spezieller Menschenschlag, sag ich dir. Mit großem Enthusiasmus für hohe Wellen und mit wenig Geld.“

„Geografisch gesehen, so habe ich das gestern noch im Netz gelesen, ist Tarifa der südlichste Punkt des europäischen Festlands.“

„Und vor allem die engste Stelle der Meerenge von Gibraltar. Marokko liegt nur vierzehn Kilometer von Tarifa entfernt. Das verführt viele Migranten zur illegalen Überfahrt.“

Klausen, der anscheinend einige Schlüsselwörter auf Spanisch verstanden hatte, mischte sich in das Gespräch ein.

„Was hat er gesagt?“, wandte sich Javier an die Übersetzerin.

„Er hat erzählt, dass man von Tarifa aus Marokko mit bloßem Auge erkennt“, übersetzte Frau Ruiz. „Danach hat er gesagt, dass die Strömung in der Meerenge von Gibraltar besonders gefährlich sei, weil sich Mittelmeer und Atlantik dort mischen.“

Nach diesen Erläuterungen sprach niemand mehr. Spannung, Angst und Müdigkeit prägten die Stimmung im Auto. Der Fahrer fuhr durchgehend auf der Überholspur. Javier starrte aus dem Fenster und überlegte, wie sie weiter vorgehen sollten. Sie waren spät dran, und die Autobahn füllte sich.

„Wie lange brauchen wir noch?“, erkundigte er sich bei dem Fahrer.

„Ich fahre, so schnell ich kann, aber es könnte zeitlich eng werden. Normalerweise benötige ich knapp zwei

Stunden für die Strecke, aber es ist Montag. Hier in der Gegend beginnt der Pendelverkehr gegen halb acht."

Javier ergänzte das Offensichtliche. „Und wir sind erst spät losgekommen, da wir noch so viele Zwischenstopps in Málaga eingelegt haben."

„So ist es."

„Schaffen wir es, bis um 8.30 Uhr am Hafen zu sein?"

Der Fahrer nahm den Blick kurz von der Fahrbahn. „Mit einer Alarmfahrt erwischen wir die Fähre um 9 Uhr."

„Dann also bitte ab jetzt mit Blaulicht und Sirene."

„In Ordnung."

Javier gab den Befehl zu einer Fahrt mit Sondersignalen nur ungern. Er wusste, dass dabei erhöhte Unfallgefahr bestand, und er wollte niemanden gefährden. Doch in dieser Situation ging es nicht anders. Jede Minute zählte. „Überprüfen Sie bitte alle, ob die Sicherheitsgurte sitzen."

Frau Ruíz übersetzte die Aufforderung ins Deutsche.

Auf der Autobahn kamen sie mit Einsatzhorn und Blaulicht schnell voran, da die anderen Fahrzeuge ihnen auswichen. Als sie diese jedoch verließen, um sich der Küstenstadt auf kurvigen Bahnen zu nähern, mussten sie das Tempo wieder drosseln. Die Fahrt wurde immer ungemütlicher. Frank Klausen wurde durch das Ruckeln geweckt und stellte anscheinend eine komische Frage. Sandra kicherte und erzählte Javier, dass der stellvertretende Reiseleiter völlig desorientiert aus einem Traum gerissen worden sei. Javier beneidete Klausen um seinen gesunden Schlaf. Für ihn wäre es unmöglich, in dem rasenden, lauten Fahrzeug überhaupt zur Ruhe zu kommen. Nicht nur wegen des aggressiven Fahrstils, sondern auch wegen des hohen psychischen Drucks, unter dem er stand. Schließlich ging es darum, ein Menschenleben zu retten, einen weiteren Mord zu verhindern.

Der Fahrer versuchte die vielen Serpentinen so elegant wie möglich zu nehmen, aber selbst für einen Profi stellte das eine Herausforderung dar.

„Die arme Frau Meyer", sagte Sandra. „Für sie muss diese Strecke fürchterlich sein. Als Entführungsopfer, aber auch weil sie große Probleme mit Schwindel und Höhenangst hat."

Javier ging darauf nicht ein. Er schrieb sich mit den spanischen und marokkanischen Kollegen, die im Hafen von Tarifa arbeiteten.

„Was machst du da?", fragte Sandra, der seine Unaufmerksamkeit ihr gegenüber nicht entgangen war.

„Es ist Montagmorgen nach einem Fährverkehrstopp wegen einer Unwetterwarnung. Es könnte gut sein, dass es am Hafen von Tarifa ziemlich chaotisch zugeht und unsere Fahndung samt Steckbriefen und Passkopien zu spät bemerkt wird. Ich befürchte, dass meine Kollegen die beiden Frauen an der Grenze versehentlich durchwinken. Sie entsprechen so gar nicht den üblichen Verdächtigen."

„Sprichst du von *racial profiling?*"

Javier ignorierte Sandras Bemerkung.

„Ich will die Wichtigkeit unserer Fahndung noch einmal deutlich hervorheben, damit alle Passagiere besonders gründlich kontrolliert werden. Wenn Frau Esser so gerissen ist, dass sie Menschen täuschen kann, wie ihr Bruder gesagt hat, dann wird sie Mittel und Wege finden, auf die Fähre zu kommen und sich ins Ausland abzusetzen."

„Außerdem wird sie ihre Schwangerschaft für ihre Zwecke einzusetzen wissen. Was hast du vor?"

„Ich stelle sicher, dass wir am Hafen genug Unterstützung bekommen."

Javiers deutsche Kollegin murmelte fragend ein paar übersetzt wirkende Fachbegriffe, die wie „Grenzschutz" und „Spezialeinsatzkommando" klangen.

Javier klärte sie auf.

„In Spanien ist die *Guardia Civil* für den Grenzschutz zuständig. Außerdem habe ich eine sogenannte *Grupo Especial de Operaciones* angefordert. Das sind unsere Experten, wenn es um Entführung und Ähnliches geht."

Sandra wirkte angespannt.

„An einem so aufregenden Einsatz nimmst du in Köln vermutlich nicht so oft teil, oder?", versuchte er sie abzulenken.

„Nein, nicht so regelmäßig. Meist haben wir uns anderen Herausforderungen zu stellen."

Mein Gott, wie käsig seine Kollegin aussah!

„Geht es dir gut?"

„Geht so, ich versuche nur, witzig zu sein."

Javier schüttelte den Kopf. Seine deutsche Kollegin war schon speziell.

„Keine Angst. Wir werden Frau Meyer fassen. Wenn wir zu spät sind, kümmert sich die *Guardia Civil* um alles Weitere. Wenn die sie nicht aufhalten können, kommt die GEO, also diese *Grupo Especial de Operaciones, von der ich gesprochen habe,* zum Einsatz. Und sollte das alles nicht funktionieren, dann wird sie von unseren marokkanischen Kollegen festgenommen. Das Einreiseverbot ist bereits verhängt."

„Kein Grund zur Sorge, was?", sagte Sandra mit ironischem Unterton.

„Aber nein, warum auch?", antwortete Javier und hoffte, dass er überzeugender klang, als er sich fühlte.

Kapitel 52

Montag, den 17. Juni, 8.45 Uhr

Sandra

Sandra merkte, dass sowohl der Fahrer als auch Javier von Minute zu Minute unruhiger wurden.

„Wie ist unser Zeitplan?"

„Wir schaffen es nicht mehr, pünktlich anzukommen."

„Was heißt das?"

„Die Fähre fährt um 9 Uhr ab. Und wir haben bereits Viertel vor neun und brauchen noch zwanzig Minuten zum Hafen."

„Wir müssen die Fähre stoppen."

„Ich weiß, ich habe schon Bescheid gegeben. Vor Viertel nach neun wird nichts passieren. Die Kollegen haben zudem den Boarding-Prozess unterbrochen und lassen keine Passagiere mehr auf die Fähre. Aber alle Anwesenden – Touristen, Bordbesatzung und Grenzpolizei – stehen unter enormem Druck. Wir müssen so schnell wie möglich vor Ort sein."

„Verdammte Scheiße!"

Der Fahrer fluchte und stieg auf die Bremsen. Mit einem Ruck wurden alle Insassen nach vorn geschleudert. Sandra spürte, wie der Gurt in ihren Bauch drückte und ihr in die Schulter schnitt. Instinktiv schrie sie auf. Der Wagen kam ins Schleudern, drohte auszubrechen, doch dann hatte der Fahrer ihn wieder unter Kontrolle und konnte ihn am Straßenrand zum Stehen bringen.

Javier fragte mit ruhiger Stimme, ob jemand verletzt sei. Frau Ruiz übersetzte die Frage, wobei sie so tonlos wie eine Übersetzungs-KI klang. Zum Glück sagten alle Mitreisenden, dass es ihnen gut gehe. Der Fahrer stieg aus und lief um den Wagen herum.

„Das linke Hinterrad ist platt."

„Und jetzt?", fragte Javier.

„Wir brauchen einen Ersatzwagen. Einen Polizeiwagen oder ein Taxi, ganz egal", antwortete Sandra.

„Kann ich anfordern." Javier begann zu telefonieren.

Sandra schaute auf die Uhr. Es war zehn vor neun.

Javier beendete sein Telefonat. „Weder Streifenwagen noch Taxi sind in der Nähe. Ich habe sie angefordert, aber das wird dauern, bis sie kommen. Fünfzehn, zwanzig Minuten, wurde mir gesagt, und dann benötigen wir noch einmal dieselbe Zeit, um zum Hafen zu fahren."

„Wir müssen ein Auto beschlagnahmen."

„Das habe ich noch nie gemacht. Wie soll das gehen?"

„Ich auch nicht", gab Sandra zu. „Aber wir müssen es versuchen. Frau Meyer braucht ihr Herzpräparat."

„Hm", ihr Kollege schien nicht überzeugt zu sein.

„Nur du und ich. Alle anderen lassen wir zurück. Hast du das Herzmedikament?"

„Ja."

„Okay, wir steigen jetzt aus."

Javier sagte nichts, folgte ihr jedoch, nachdem sie die Tür geöffnet hatte und ausgestiegen war. Sandra fühlte sich leicht benommen und schnappte gierig nach der frischen Luft. Doch jetzt war keine Zeit für Empfindlichkeiten. Beherzt stellte sie sich breitbeinig auf die Straße und streckte die Arme aus. In der Ferne sah sie ein Auto auf sich zurasen. Es kam näher und näher, bremste und hielt.

„Sind Sie völlig durchgedreht?", brüllte der Fahrer durch das geöffnete Fenster.

„Nein. Wir sind von der Polizei." Javier zeigte seinen Dienstausweis. „Steigen Sie aus. Wir benötigen Ihr Auto."

„Was?"

„Sofort! Es geht um Leben und Tod."

Zwei Minuten später saß Javier hinter dem Steuer und gab Gas.

„Ungewöhnliche Maßnahme", sagte er.

„Fast ein bisschen wie Trampen", flachste Sandra und versuchte die Stimmung aufzulockern.

Am Hafen angekommen, stiegen sie aus. Es roch nach Teer und Seeluft. Schon von Weitem sahen sie die Menschenmenge, die vor dem Fährschiff stand. Beim Näherkommen suchte Sandra die Passagiere mit den Augen nach Frau Meyer und Frau Esser ab. Sie hörte, wie Javier seine Waffe entsicherte.

„Sandra", hörte sie Javier sagen, „egal, was passiert, denk immer zuerst an deine Eigensicherung!"

„Okay."

„Nein, ich meine es ernst. Versprich es mir!"

Sie sah ihn an. Nein, er wollte sie nicht bevormunden.

„Versprochen! Denk du ebenfalls daran!"

„Versprochen!"

Während sie sich noch anschauten, hörte Sandra einen Schrei. Schnell drehte sie sich um. Panik flackerte einen Moment lang in ihr auf, aber durch die vielen Einsatzübungen hatte sie die Angst schnell wieder im Griff. Sie erinnerte sich daran, was sie gelernt hatte, und scannte die Umgebung systematisch nach den beiden deutschen Frauen ab. Wo waren sie nur?

„Hilfe!", ertönte es mit einem Mal schräg vor ihr.

Und dann sah sie die schwarz gekleidete Tamara Meyer. Sie stand knapp dreißig Meter von ihr entfernt.

Javier und Sandra rannten auf sie zu.

„Polizei, alle runter!", brüllte Javier.

Die meisten ließen sich zu Boden fallen, einige liefen in Panik weg. Babys brüllten, Eltern riefen ihre Kinder zu sich. Sandra sah aus dem Augenwinkel, dass sich ihnen Männer und Frauen in Uniform näherten. Sie bewegten sich nacheinander und gaben sich gegenseitig Schutz. *Verstärkung!*, freute sich Sandra. *Gleich ist es vorbei!*

Doch sie hatte nicht mit Meike Esser gerechnet. In Ermangelung einer Waffe hatte sie ihre Geisel in den Schwitzkasten genommen und schob sie vor sich her. Es sah brachial aus.

„Aus dem Weg. Ich will auf die Fähre, und wenn man mich nicht durchlässt, dann erwürge ich sie mit meinen eigenen Händen."

Seitlich laufend näherte sie sich dem Eingang der Fähre.

„Frau Esser, geben Sie auf", rief Sandra. „Sie haben keine Chance!"

„Klappe halten. Wenn Sie wollen, dass meine Geisel überlebt, lassen Sie mich durch!"

Sie drückte fest zu, und Sandra hörte, wie Frau Meyer einen Schmerzenslaut ausstieß.

Der Stewart vom Fährschiff sah Sandra fragend an. Doch bevor Sandra und Javier etwas sagen konnten, schrie Frau Meyer: „Mein Herz, mein Herz." Sie hob ihre Hand vor die Brust und sackte zusammen. Frau Esser ließ sie wie einen nassen Sack fallen und rannte allein auf die Fähre.

Plötzlich hatte sie ein Ruder in der Hand und schlug es dem Fährangestellten ins Gesicht. Dann ging alles sehr schnell.

Sandra hörte Rufe. Erst auf Spanisch, dann auf Englisch. Danach folgten Schüsse.

Einige Minuten später wurde Frau Esser in Handschellen von einer Grenzbeamtin von der Fähre geführt. Die Beamtin musste Meike Esser beim Gehen stützen, da deren Bein blutete.

„Achtung, sie ist schwanger", rief Sandra den heraneilenden Sanitätern zu und machte eine entsprechende Geste vor dem Bauch.

Meike Esser sah das. „Ja, schwanger von diesem Verräter! Zum Glück muss meine Tochter diesen Feigling von Vater nicht ertragen."

Sandras Gehirn arbeitete auf Hochtouren. „Tom Schmittig", startete sie einen Versuchsballon.

„Ganz genau. Tom-der-sich-in-die-Hosen-scheißt-Schmittig." Ihre Stimme klang verächtlich. „Plötzlich wollte der Kerl seriös werden. Auf einmal war ich ihm nicht mehr gut genug. Und auch die Zukunft seiner

Tochter ging ihm von heute auf morgen am Arsch vorbei." Sie schaute Sandra direkt in die Augen. „Lassen Sie sich nie auf einen Mann ein! Die haben ihren Spaß, und dann lassen sie einen sitzen. Das war bei meiner Mutter so, und mir erging es genauso. Passen Sie bloß auf!"

Meike Esser spukte vor Javier aus. Dann brachte die Grenzbeamtin sie zum Zollgebäude.

Sandra schaute ihr kurz nach und lief dann in Richtung Fähre. Javier rannte ihr hinterher. Als sie keuchend bei Frau Meyer ankamen, saß diese auf dem Boden, den Rücken an einen Container gelehnt. Javier fingerte nach der Medikamentenpackung.

„Wie geht es Ihnen?", fragte Sandra leicht außer Atem.

Frau Meyer lächelte. „Ganz gut. Es ist vorbei. Endlich!"

„Und Ihr Herz? Mach schon, Javier, wo sind die Tabletten?"

„Ach das." Frau Meyer machte eine abwehrende Handbewegung. „Alles gut, ich habe den Anfall nur vorgespielt. Ich habe immer eine Notfallration Herztabletten bei mir. Ich bin ja nicht lebensmüde."

„Sie haben das nur gespielt?"

Sie nickte stolz. „Ich glaube, ich war überzeugend."

Sandra warf Javier einen vielsagenden Blick zu. Dann halfen Sandra und Javier Frau Meyer auf die Beine, und zusammen liefen sie zu dem Zollgebäude.

Kapitel 53

Montag, den 17. Juni, 21.30 Uhr

Javier

Javier stand oben auf dem Burgberg in der Nähe des Restaurants, rauchte eine Zigarette und wartete auf Sandra. Plötzlich stand sie vor ihm und begrüßte ihn mit zwei Küsschen.

„Guten Abend, Sandra. Mann, siehst du chic aus!" Sie trug ein hübsches Sommerkleid, offenes Haar und auffallenden Ohrschmuck.

„Du hast dich aber auch herausgeputzt."

Das stimmte. Er hatte sich Sandra zuliebe etwas festlicher angezogen, denn es war der letzte Abend, den er zusammen mit seiner deutschen Kollegin verbringen würde. Am Tag darauf säße sie bereits wieder im Flugzeug nach Deutschland.

„Ich habe dich gar nicht kommen gehört."

„Ich bin den Burgberg von der anderen Seite her hochgelaufen. Ich mag den Kiefernwald so gern. Aber schau mal, der Blick von hier auf die Stadt ist fantastisch."

„Warte erst einmal, bis wir im Restaurant sind. Von da aus schauen wir direkt auf den Hafen. Das sieht besonders schön aus, wenn die Lichter angehen. Ich habe uns extra zwei Fensterplätze reserviert. Sollen wir hineingehen?"

Der Kellner führte sie zu ihrem Tisch und nahm einige Minuten später die Bestellung entgegen. Während Javier Fleisch- und Fischgerichte wählte, entschied sich Sandra für die vegetarische Küche. Sie warteten auf das Essen, lachten und machten sich gegenseitig Komplimente, wie geschickt jeder von ihnen den Fall vorangebracht hatte.

„Also, Javier", sagte Sandra, „als mir die Rezeptionistin gesagt hat, dass Meike Esser schwanger sei, konnte ich es erst gar nicht glauben. Und dass Tom Schmittig der Vater ist, darauf sind wir wirklich erst ganz zum Schluss gekommen."

„Du! Du bist darauf gekommen, Sandra! Ich finde es unglaublich, wie sie ihren Liebhaber kurzerhand zum Geldeintreiber gemacht hat. Wie in diesem Erpresserbrief. Hieß es da nicht so etwas wie „Geldstück um Geldstück"?

„Du denkst an *Auge um Auge, Zahn um Zahn*." Sandra musste lachen. „Ich glaube, der Spruch lautete: *Münze für Münze*."

In diesem Augenblick wurde die Vorspeise serviert: Fischsuppe für Javier, Tapas für Sandra.

„Hm, das sieht ja gut aus." Sandra schaute auf die Platte mit den braunen Tonschälchen, in denen verschiedene Leckerbissen brutzelten.

„Ich wäre auch nicht auf die Idee gekommen, dass Meike Esser und Tom Schmittig ein Liebespaar sind", führte Javier das Gespräch fort. „Und das mit dem gemeinsamen Kind kam für mich ebenfalls völlig überraschend. Zum Glück konnten wir heute auch noch das private Handy von Tomás auswerten. Meike Esser muss es ihm abgenommen haben, bevor sie ihn vom Felsen gestoßen hat."

Die Fischsuppe duftete köstlich. Javier nahm einen Löffel. Sie schmeckte so wunderbar, wie sie roch.

„Stimmt. Das ist mir gleich seltsam vorgekommen, dass wir damals auf dem defekten Handy von Schmittig keinerlei private Fotos oder Chat-Nachrichten gefunden haben."

„Offensichtlich besaß Tomás zwei Handys. Eine Art *Diensthandy* für die diffamierenden Posts und eins für sein Privatleben. Apropos Privatleben: Ich kann mir nicht vorstellen, wie es mit Frau Esser und ihrem Kind in Zukunft weitergehen soll."

„Kein schönes Thema." Sandra tunkte die Kartoffelstücke in die scharfe Soße. „Schon tragisch, das Ganze, denn im Grunde genommen wollte Frau Esser nur, dass ihre Tochter es im Leben besser als sie haben soll."

„Na ja, das mit dem Traum von einer rosigen Zukunft für ihr Kind ist jedenfalls ordentlich schiefgegangen. Das hat sie vermutlich selbst bemerkt und dann in einer letzten Verzweiflungstat versucht, sich mit Frau Meyer als Geisel nach Marokko abzusetzen."

Sandra nickte zustimmend. Kurz darauf wurde ihr Hauptgang serviert: Gemüsecurry.

„Fang schon mal an, bevor es kalt wird."

Während Sandra die ersten Bissen nahm und den Koch lobte, griff Javier wieder ihr vorheriges Gesprächsthema auf.

„Aus unserer unfreiwilligen Zeugin Frau Meyer bin ich die ganze Zeit ebenfalls nicht schlau geworden. Sie hat den Herzanfall am Hafen anscheinend vorgespielt,

um freizukommen. Das hätte ich ihr niemals zugetraut."

„Ja, eine merkwürdige Frau, finde ich auch."

„Immerhin gut zu wissen, dass sie Tabletten dabei-
hatte und während der Entführung nicht wirklich in
Lebensgefahr geschwebt hat. Weißt du, worüber ich
mich am meisten geärgert habe?"

In diesem Moment bekam auch er sein Hauptgericht:
ein Steak mit Pommes frites und Salat. Genau das Richtige, um nach einem so abenteuerlichen Tag wieder zu
Kräften zu kommen.

„Über was?", fragte Sandra neugierig.

„Darüber, dass ich nicht schon viel früher auf die Idee
gekommen bin, zu überprüfen, warum sich Frau Santos, die ursprüngliche Eventmanagerin, zurückgezogen
hat."

„Das stimmt, da waren wir betriebsblind und hätten
uns durch einen gründlicheren Background-Check viel
Arbeit ersparen können. Wir sagen in Deutschland in
so einem Fall gerne: *Hätte, hätte, Fahrradkette.*"

„Bitte was?"

Sandra versuchte kichernd die deutsche Redewen-
dung ins Spanische zu übersetzen. Dann wurde sie wieder ernst.

„Weißt du, wer mir auch noch bis zum Schluss fremd
geblieben ist?"

„Na klar weiß ich das." Javier grinste. „Frank Klausen."

„Stimmt genau."

„Ich kann ihn gut verstehen. Er wollte Tomás Schmittig dazu bringen, sein kriminelles Umfeld zu verlassen. Als Schmittig das tatsächlich durchgezogen hat

und dafür von Meike Esser, die sich im Stich gelassen fühlte, ermordet wurde, hat Klausen sich schuldig gefühlt."

„Und statt uns bei den Ermittlungen zu unterstützen, hat er sich tagelang im Bett verschanzt."

„Na klar, warum nicht? Wenn ich mich mit Ana streite, dann mache ich dasselbe. Ein Wochenende im Bett, Fußball gucken."

Sandra lachte. „Das kann ich mir gut vorstellen. Aber ich befürchte, der Vergleich hinkt. Was für ein verdrehter Fall. Im Grunde genommen eine Geschichte über Familienbande, Freundschaft und Liebe."

Sie redeten noch eine Zeit lang über den Fall und lachten gemeinsam über die Irrwege, die sie dabei beschritten hatten. Es wurde immer später und die Stimmung zwischen ihnen immer gelöster. Als Javier noch eine weitere Flasche Rotwein bestellen wollte, legte Sandra ihre Hand auf das Glas.

„Für mich bitte nicht mehr. Lieber einen starken Espresso."

Javier schloss sich ihr an und bat um die Nachtischkarte. Er setzte seine Lesebrille auf und bestellte sich eine Portion Karamellpudding. Sandra entschied sich für ein Stück Torte. Als sie fertig gegessen hatte, lehnte sie sich zurück.

„Köstlich. Ein wunderbares Restaurant. Eine fantastische Lage und eine außerordentlich gute Küche. Doch nun kommen wir zur großen Preisfrage: Wer hat die Wette verloren und darf die Rechnung übernehmen?"

„Falsche Frage. Ich habe bereits Bescheid gegeben, dass die Rechnung auf mich geht. Drogen waren nicht mit im Spiel."

„Aber es ging auch um Marokko, und die Mörderin kam aus dem Umfeld des Schauspielers."

„Nah dran gilt nicht. Mein Hauptverdächtiger war nicht der Mörder, genauso wenig wie deiner. Obwohl du auch fast richtiggelegen hast: Der stellvertretende Reiseleiter hat Tomás Schmittig dazu überredet, seine kriminelle Karriere zu beenden, was der Arme mit dem Tod bezahlt hat. Also, alles in allem ist es nur korrekt, dass ich dich einlade."

Sandra bedankte sich herzlich dafür. Dann lächelten sie sich an. „Es kommt mir so vor, als würden wir uns schon viel länger kennen", sagte Sandra.

„Ich kann mich noch gut an den Tag erinnern, als du das erste Mal mein Büro betreten hast. Ich dachte mir: Wer braucht schon eine unerfahrene, besserwisserische deutsche Frau an seiner Seite?"

„Höre ich da vielleicht den Hauch eines Vorurteils heraus?"

Doch Javier ließ sich nicht provozieren. Er legte seine Hand auf ihren Arm.

„Sandra, wirklich, ich werde dich vermissen. Wir sind ein großartiges Team und ergänzen uns wundervoll. Ich bin heute Abend für alles aufgekommen, du lädst mich ein, wenn du zurück nach Málaga kommst und wir einen neuen Fall zusammen lösen. Und das nächste Mal zeige ich dir noch mehr von der Costa del Sol. Die mondäne Seite hast du noch gar nicht kennengelernt. Marbella ..."

„Javier", Sandra schaute schnell aus dem Fenster und strich sich wie zufällig mit der Hand über ihre feuchte Wange. „Ich werde dich auch vermissen. Ich bin immer für dich da, wenn du Unterstützung brauchst." Javier schwieg ergriffen. Dann wechselte er das Thema. „Und, freust du dich auf Deutschland? Wie sieht es mit deiner Beförderung aus?"

Sandra lachte. „Jörg hat unsere erfolgreiche Zusammenarbeit mehrmals wortreich gelobt. Das ist eine Strategie, die er benutzt, damit er um eine Beförderung herumkommt: Schöne Worte statt Geld. Ich rechne mir da keine Chancen aus. Ich freue mich jedoch darauf, in meine Wohnung zurückzukehren. Sie ist nicht wahnsinnig groß, aber deutlich heller und luftiger als mein Pensionszimmer hier. Und ich kann es kaum erwarten, Julia wiederzusehen. Wir wollen am nächsten Wochenende zusammen ausgehen."

„Ich habe das nächste Wochenende auch frei. Ana muss lernen und hat keine Zeit, aber vielleicht nehme ich an einer von Inmas Wanderungen teil."

„Das klingt doch gut."

„Sollen wir aufbrechen? Ich bringe dich noch mit dem Auto zurück zu deinem Hotel."

Während der Heimfahrt plauderten sie noch ein wenig. Sandra sagte ihm, dass sie am nächsten Vormittag noch ein Mitbringsel für ihre Kollegin in Köln besorgen wolle, und fragte ihn, wo sie ein Teegeschäft finden könnte. Er gab ihr einen Tipp. Doch als sie sich der hässlichen Seitenstraße näherten, in der die Pension lag, versiegte das Gespräch. Sandra stieg aus und gähnte. Dann schaute sie sich sehnsüchtig um.

„Mein letzter Abend in Málaga."

„Ich weiß", antwortete Javier und merkte, dass er von ihrer Melancholie angesteckt wurde.

„Also dann, ich wünsche dir morgen einen guten Flug."

„Moment, warte bitte noch einen Augenblick."

Sandra lief schnell in ihre Pension und kehrte eine Minute später wieder zurück.

„Ich habe auch noch ein Abschiedsgeschenk für dich. Frisch aus dem Automaten des Hotels."

Dann drückte sie Javier einen Schokoladenriegel in die Hand und winkte ihm ein letztes Mal zu, bevor sie in ihre Pension verschwand.